Kaltes Wasser

Kaltes Wasser

Joachim Friedrich

Thienemann

1

Als Anna erwachte, war ihr Leben ein weißes Blatt Papier.

Sie wusste, sie war ein Mensch. Sie wusste auch, es waren Menschen, die sie ansahen. Und doch war es nicht ihre einzige Erinnerung an ihr erstes Erwachen. Sie fühlte etwas. Sie mochte dieses Gefühl nicht. Sie hatte sich in sich selbst verkrochen. Irgendwo in der äußersten Ecke ihres Bewusstseins war ein Ich. Sie wollte dort nicht bleiben. Sie wollte nicht so klein sein. Vor allem aber wollte sie nicht wach sein. Sie wollte dorthin zurück, wo sie gewesen war, bevor sie erwachte. Anna schloss die Augen.

2

»Anna. Du heißt Anna Lindenthal«, sagte Doktor Classen.

»Anna. Das bin ich. Mein Name«, sagte Anna.

Doktor Classen lächelte Anna an. »Sehr schön. Du machst gute Fortschritte, Anna!«

Anna mochte Doktor Classen. Sie kam fast jeden Tag zu ihr, damit sie die Dinge lernte, die sie schon einmal gewusst, aber wieder vergessen hatte.

Anna wusste nicht, wie lange sie in diesem Zimmer lebte. Es war nicht leicht für Doktor Classen gewesen, Anna verständlich zu machen, was Zeit war, denn für Anna war dieses Zimmer das erste Zuhause ihres neuen Lebens, das nun zwei Monate alt war. Sechzigmal war es hell und wieder dunkel geworden. So hatte Doktor Classen es ihr erklärt und Anna hatte es verstanden. Zahlen konnte sie sich besonders gut merken. Erstaunlich gut, hatte Doktor Classen gesagt. Doch was war vor den sechzig Tagen gewesen? Da hatte Anna auch schon gelebt. Nur hatte sie das, was vor diesen sechzig Tagen gewesen war, vergessen. Vergessen! Anna hatte immer noch nicht verstanden, was dieses Wort eigentlich bedeutete.

Manchmal lag Anna nachts in ihrem Bett, sah in die Dunkelheit hinaus, die hier draußen nur durch den Mond erhellt wurde, und versuchte sich vorzustellen, wie es gewesen war, bevor die Sonne sechzigmal auf- und wieder untergegangen war. Sie konnte es nicht, sosehr sie sich auch bemühte. Dabei hatte sie immer noch dieses Gefühl, sich in einer Ecke ihres Bewusstseins verkrochen zu haben. Sie wollte dieses Gefühl nicht. Es machte ihr Angst.

Doktor Classen sah auf ihre Uhr. »Ich muss bald gehen. Aber vorher könnten wir noch etwas spielen. Was hältst du von –«

»Memory!«, rief Anna sofort.

Am Ende ihrer Besuche bei Anna spielte Doktor Classen immer ein Spiel mit ihr. Memory war Annas Lieblingsspiel. Das hätte sie am liebsten jeden Tag gespielt, doch leider ließ Doktor Classen es nicht zu. Anna sollte auch Spiele lernen, die sie nicht so gut konnte.

»Aber vorher gehe ich aufs Klo!«, rief Anna.

Anna war stolz darauf, keine Windeln mehr tragen zu müssen. Darum achtete sie sehr darauf, mindestens einmal zur Toilette zu gehen, wenn Doktor Classen bei ihr war. Die Toilette und das Bad gehörten zu ihrem Zimmer, so wie das Bett, die Kommode, der Schrank und das Regal, auf dem die wenigen Bücher und Spiele, die Doktor Classen mitgebracht hatte, ein wenig verloren wirkten.

Anna war noch im Bad, da hörte sie die Stimme ihrer Mutter. Ihr Gesicht war das Erste, an das sie sich zu Beginn der sechzig Tage ihres neuen Lebens erinnern konnte. Weiß und rund hatte es über ihr geschwebt, wie manchmal der Mond, wenn sie nachts aus ihrem Fenster sah. Es hatte sie so erschreckt, dass sie die Augen gleich wieder geschlossen hatte. Trotzdem musste sie nur an diesen Augenblick denken, um das Bild wieder vor sich zu sehen.

Anna hatte ihre Eltern lieb. Doktor Classen hatte ihr erklärt, was Eltern waren und warum man sie lieb haben musste. Das hatte Anna verstanden. Sie freute sich auch jedes Mal, wenn ihre Eltern sie besuchten. Ihr Vater kam nicht so oft wie ihre Mutter und er redete auch nicht so viel wie sie. Trotzdem hatte Anna ihn sogar noch ein wenig lieber als ihre Mutter – vielleicht auch gerade deshalb.

Anna öffnete den Wasserhahn und hielt ihre Hände in den Wasserstrahl.

Ich spürte, wie das kalte Wasser durch meine Kleidung sickerte. Ich hatte Todesangst. Doch ich hatte keine Angst um mein Leben. Ich hatte Angst um ihr Leben. Und ich war wütend. So wütend, dass ich nicht gezögert hätte, ihn umzubringen.

Das kalte Wasser lief über ihre Handgelenke. Anna sah es, doch sie konnte sich nicht dagegen wehren. Langsam, aber stetig kroch es ihre Unterarme entlang. Je weiter sie den Mund aufriss, desto schwerer fiel ihr das Atmen. Bis ihre Lungen schließlich überhaupt keine Atemluft mehr zu erreichen schien. Sie würgte und ihre Augen schmerzten, als würden sie aus dem Kopf gepresst. Das Wasser näherte sich unaufhaltsam. Sie wollte schreien, doch das Wasser ließ es nicht zu. Bald würde es sie ganz umschlossen haben. Dann würde es keine Rettung mehr geben.

Annas Beine knickten ein. Sie schlug mit dem Kinn auf den Waschbeckenrand. Ihre Hände glitten aus dem Strahl. Das Wasser zog sich zurück.

Ihr ganzer Körper zitterte. Ihr Herz raste. Sie starrte auf ihre Arme, auf denen nun nur noch einige wenige Wassertropfen zu sehen waren. Sie konnte es nicht glauben!

Warum war sie nur so dumm gewesen? Sie hatte für einen Augenblick vergessen, dass sie sich nur mit warmem Wasser waschen durfte!

Angst war ein Gefühl, das Anna mittlerweile sehr vertraut war. Doch nichts versetzte sie mehr in Angst, in Todesangst, als die Bilder, die sie sah, und das Gefühl, das sie durchleben musste, wenn sie mit kaltem Wasser in Berührung kam. Sie fühlte nicht nur Angst. Sie war auch wütend.

Anna wusste nicht, was die Bilder bedeuteten und warum sie eine solche Angst in ihr auslösten. Aber sie spürte, dass es Bilder aus ihrem früheren Leben sein mussten.

Sie wünschte sich nichts sehnlicher, als zu wissen, was vor den letzten zwei Monaten gewesen war, aber diese Bilder wollte sie nicht, denn sie wollte nicht solch schreckliche Angst haben. Anna wollte kein kaltes Wasser!

Sie hatte noch niemandem von diesen Bildern und Gefühlen erzählt. Sie konnte es nicht. Es fehlten ihr noch die Worte, um zu beschreiben, was sie sah und fühlte. Und sie wollte nicht, dass Doktor Classen sie für dumm hielt. Sie wollte, dass sie stolz auf Anna war und Memory mit ihr spielte.

Allmählich beruhigte sich ihr Herz und sie konnte wieder normal atmen. Sie zog sich am Waschbecken hoch. Ihre Knie hielten stand. Anna rieb sich an dem Handtuch ihre Hände und Unterarme, bis sie ganz heiß wurden, und ging vorsichtig einen Fuß vor den anderen setzend zurück zu ihrem Zimmer.

Dort redete Doktor Classen mit ihrer Mutter. Anna ging nicht hinein. Sie blieb vor der Tür stehen, lehnte sich an die Wand und versuchte sich zu beruhigen. Doktor Classen und ihre Mutter sollten ihr die gerade überstandene Todesangst nicht anmerken. Sie lauschte in sich hinein und wartete darauf, dass ihr Herz nicht mehr so schnell schlug.

»Wie weit ist sie denn jetzt?«, hörte sie Frau Lindenthal fragen.

»Sie macht sehr gute Fortschritte. Vor allem, wenn man bedenkt, dass sie erst seit zwei Monaten hier ist«, sagte Doktor Classen. »Sie ist etwa auf dem Stand einer Sechs- bis Siebenjährigen.«

Annas Mutter seufzte. »Immer noch mehr als dreizehn Jahre hinter ihrem eigentlichen Alter.«

»Sie dürfen sie nicht als Zwanzigjährige sehen, Frau Lindenthal. Akzeptieren Sie sie in der Entwicklungsstufe, in der sie sich gerade befindet. Ich kann mir gut vorstellen, dass es Ihnen nicht leicht fällt. Schließlich ist sie Ihre Tochter. Aber bei den Fortschritten, die sie macht, wird es sicher nicht mehr lange dauern, bis sie sich ihrem Alter entsprechend entwickelt hat.«

»Ich bin ja froh, dass sie überhaupt noch lebt.«

»Das ist tatsächlich fast ein Wunder. Ich habe mit dem Kollegen gesprochen, der in der Notambulanz Dienst hatte, als sie eingeliefert wurde. Er hat mir erzählt, dass sie ein Aufputschmittel genommen oder literweise Kaffee getrunken haben muss. Wissen Sie etwas darüber?«

»Aufputschmittel?«, rief Frau Lindenthal. »Kaffee? Nein, davon weiß ich nichts.«

»Jedenfalls hat es ihr wohl das Leben gerettet. Es hat ihr Herz länger schlagen lassen, als es sonst bei dem kalten Wasser der Fall gewesen wäre.«

Anna hatte die beiden nicht belauscht. Sie hatte die Worte gehört, ohne wirklich zu verstehen, was sie bedeuteten. Doch nun erschrak sie. Kaltes Wasser! Warum hatte

Doktor Classen das gesagt? Ob sie von den Bildern wusste, die Anna sah, wenn sie kaltes Wasser berührte? Wusste sie vielleicht sogar, was sie bedeuteten? Sollte sie Doktor Classen doch davon erzählen? Nur, was sollte sie sagen?

Vielleicht erfuhr sie ja mehr, wenn sie ihr und ihrer Mutter weiter zuhörte. Sie drückte sich an die Wand und hielt die Luft an. Ihr Herz schlug immer noch heftig, doch nun achtete sie nicht mehr darauf.

»Was ist denn mit Ihrem Auto?«, fragte Doktor Classen. »Hat man es inzwischen geborgen?«

»Ja. Wir haben es gleich verschrotten lassen.«

»Das wundert mich nicht. Nach einem so schrecklichen Unfall hätte ich wahrscheinlich nicht anders gehandelt.«

Auto? Anna verstand das nicht. Wieso redeten sie von einem Auto? Bei dem, was sie sah und fühlte, gab es kein Auto, nur dieses schrecklich kalte Wasser, das sie ersticken ließ.

»Ich verstehe immer noch nicht, wie es passieren konnte«, sagte Annas Mutter. »Andere Menschen haben doch auch schwere Unfälle und erleiden trotzdem keinen so schweren Gedächtnisverlust.«

»Es ist mehr als ein Gedächtnisverlust. Anna leidet unter einer Totalamnesie. So, als wäre die Festplatte ihres Computers gelöscht worden.«

»Und das ist durch den Unfall passiert?«, fragte Frau Lindenthal.

»Das allein kann es nicht gewesen sein. Ihre Kopfverletzung war zwar schwer, aber das Gehirn ist nicht verletzt worden. Um eine Totalamnesie hervorzurufen, muss noch mehr dazukommen. Eine ungeheure psychische Belastung zum Beispiel. Aber trösten Sie sich. Es ist alles noch da. Es ist nur irgendwo in ihrem Gehirn verloren gegangen. Es gibt jedoch Hoffnung, dass sie es eines Tages wiederfindet. Und bis dahin müssen wir ihr alles, was sie nicht mehr weiß, noch einmal beibringen. Außerdem scheint sie auch etwas Positives mitgenommen zu haben: ihr unglaubliches Gedächtnis. Beim Memory habe ich nicht die geringste Chance.«

»Aber ist das nicht immer so bei Kindern?«, fragte Mama. »Als ich früher mit meiner Tochter – ich meine, mit Anna – Memory gespielt habe, hat sie auch immer gewonnen.«

»Das stimmt schon«, sagte Doktor Classen. »Aber bei Anna ist dieses Gedächtnis wesentlich stärker ausgeprägt als bei Kindern. Warum, wissen wir auch nicht. Vielleicht ein Ausgleich der Natur für ihre verlorene Erinnerung.«

»Was kann man denn tun, damit sie sich wieder erinnert?«, fragte Annas Mutter.

»Die Amnesie ist ein Gebiet der Medizin, das noch eine Menge Rätsel aufgibt. Aber eines steht fest: Die größten Heilungschancen haben die Patienten zu Hause, in ihrer gewohnten Umgebung.«

Zu Hause? Wo sollte das sein? Hier war doch ihr Zuhause! Anna verstand nicht, was Doktor Classen da sagte.

»Ich weiß. Ich glaube, ich bin auch wieder so weit hergestellt, dass wir sie nach Hause holen können.«

»Sie wohnen nicht in Berlin?«, fragte Doktor Classen.

»Nein, in Bochum. Mein Mann ist schon dort. Wenn es Anna besser geht, holt er uns ab.«

Anna hatte keine Ahnung, was oder wo Bochum war, aber sie wusste, dass sie nicht dorthin wollte. Sie wollte bleiben, wo sie war. Sie wollte ihr Zimmer, ihr Bett, ihre

Kommode, ihren Schrank und ihr Regal mit den wenigen Büchern und Spielen. Sie wollte bei Doktor Classen bleiben!

Sie rannte ins Zimmer.

»Ich will nicht nach Bochum! Ich will bei Doktor Classen bleiben!«, rief sie.

Sie stolperte und prallte mit voller Wucht gegen ihre Mutter. Die flog quer durch Annas Zimmer und landete auf ihrem Bett. Wieder erschrak Anna. Hoffentlich hatte sie es nicht kaputtgemacht!

»Anna!«, rief Doktor Classen. »Hast du mich erschreckt! Was tust du denn da?«

Dann half sie Frau Lindenthal beim Aufstehen. »Sie ist zwar auf dem Stand einer Siebenjährigen, aber sie hat die Kraft einer Zwanzigjährigen«, sagte sie zu ihr.

»Ich will nicht nach Bochum!«, rief Anna noch einmal. »Ich will hier bleiben!«

Doktor Classen nahm Anna in den Arm. »Sieh mal, Anna. Das geht leider nicht. Es kommen bald noch andere Menschen, die krank sind und um die ich mich kümmern muss.«

»Ich will aber nicht!«, rief Anna. »Wenn ich hier bleiben darf, verrate ich dir auch ein Geheimnis.«

Doktor Classen schüttelte den Kopf. »Auch dann kannst du leider nicht bleiben.«

Plötzlich mochte Anna Doktor Classen nicht mehr so gut leiden.

Doktor Classen schlug Anna vor, mit ihr Memory zu spielen, nachdem Frau Lindenthal gegangen war, doch da wollte sie nicht mehr.

Es dauerte nicht mehr lange, da wollte Anna auch das Bett, die Kommode, den Schrank und das Bett nicht mehr. Vor allem aber wollte sie das Regal mit den wenigen Büchern und Spielen von Doktor Classen nicht mehr.

Es war immer noch ihr Zimmer, aber es war nicht mehr ihr Zuhause.

3

Von da an kam Doktor Classen nicht mehr so oft wie früher. Anna störte es nicht.

Ein paar Tage später erschien noch vor dem Frühstück eine Frau in Annas Zimmer, die sie bisher noch nie gesehen hatte.

»Deine Eltern holen dich heute ab. Ich komme gleich und helfe dir beim Packen. Viel ist es ja nicht«, sagte sie und schloss die Tür wieder, bevor Anna etwas sagen konnte.

Die Frau hatte Recht. Anna gehörten hier nur ein paar Kleidungsstücke – und sechzig Tage ihres Lebens.

Sie setzte sich an das Fenster ihres Zimmers und schaute hinaus, so wie sie es in den letzten Monaten fast jeden Tag getan hatte. Sie blickte auf eine Wiese. Auf dem Weg, der zwischen kahlen Bäumen entlangführte, hatte Anna ab und zu Menschen gesehen. Obwohl Anna kaum ihre Gesichter erkennen konnte, sahen sie so traurig aus wie die kahlen Bäume.

Heute würde sie in diese Welt da draußen entlassen werden. Dort gab es mehr als kahle Bäume und traurige Menschen. Doktor Classen hatte ihr oft davon erzählt und ihr Bilder gezeigt. Doch das waren nur Bilder gewesen. Wie würde diese Welt in Wirklichkeit sein? Wie würde sie sich dort fühlen? Würde sie ihre Eltern auch ohne Doktor Classen lieb haben können? Anna hoffte es. Sie wünschte es sich fast so sehr, wie sie sich wünschte, sich an ihr früheres Leben zu erinnern.

Anna öffnete das Fenster. Der kalte Wind blies ihr ins Gesicht. Sie trug noch ihr Nachthemd. Doktor Classen würde sicher mit ihr schimpfen, wenn sie sie so sehen könnte. Doch Anna fror nicht. Sie liebte den kalten Wind. Wenn sie ihn spürte, wusste sie, dass sie lebte.

Als ihre Eltern kamen, um sie abzuholen, war Doktor Classen nicht da. Auch das fand Anna nicht schlimm. Dafür freute sie sich umso mehr, als sie ihre Eltern sah.

Ihre Mutter nahm ihre Hand. »Lass uns gehen, Anna. Jetzt kommst du endlich wieder nach Hause. Freust du dich?«

Anna blickte noch einmal durch ihr Fenster auf die kahlen Bäume. »Ja.«

»Ich freue mich auch!«, rief ihre Mutter und drückte ihre Hand.

Herr Lindenthal nahm die Tasche mit Annas Sachen.

»Freust du dich auch, Papa?«, fragte Anna.

Er schaute erst Anna und dann seine Frau an. »Sicher«, sagte er dann.

Bevor sie gingen, musste Anna mit ihren Eltern in ein anderes Zimmer, wo ein Mann in einem weißen Kittel saß, den Anna noch nie getroffen hatte. Er sah sehr streng aus.

Er gab Herrn und Frau Lindenthal und auch Anna die Hand. Anna hatte ein bisschen Angst vor ihm, aber das sagte sie nicht. Nun war sie doch ein wenig traurig, dass Doktor Classen nicht gekommen war, um sie zu verabschieden.

»Schön, dass es Anna wieder so gut geht. Sie kann nun ohne Bedenken in ihre gewohnte Umgebung entlassen werden«, sagte der Mann. »Wie mir die Kollegin Classen berichtet hat, macht sie erstaunlich gute Fortschritte, wenn man bedenkt, wie wenig Zeit seit dem Unfall vergangen ist. Sie lässt sich übrigens entschuldigen. Sie hat einen wichtigen Termin. Und ich soll dich ganz herzlich von ihr grüßen, Anna.«

»Frau Doktor Classen hat wirklich sehr gute Arbeit geleistet«, sagte Frau Lindenthal.

»Welche Arbeit?«, fragte Anna, doch niemand antwortete ihr.

»Es wird nicht einfach für Sie«, sagte der Mann stattdessen zu Annas Eltern. »Anna braucht sehr viel Zuwendung und vor allem professionelle Hilfe.«

»Sie meinen, eine Therapie?«, fragte Frau Lindenthal.

»Was ist das?«, fragte Anna.

»Dort hilft man dir«, sagte der Mann.

»Mir muss aber keiner helfen!«, rief Anna trotzig.

»Hier in Berlin könnte ich Ihnen ein paar gute Adressen nennen«, sagte der Mann, ohne weiter auf Anna zu achten. »In Bochum kenne ich mich leider nicht aus. Ich habe aber schon mit einem Kollegen dort telefoniert. Der hat mir diese Therapeutin sehr empfohlen.« Er gab Annas Mutter einen kleinen Zettel.

»Ist das denn nötig?«, fragte Herr Lindenthal. »Könnten *wir* uns nicht um sie kümmern? Meine Frau wird nicht mehr in der Firma mitarbeiten. Sie wird viel Zeit für Anna haben.«

»Trotzdem werden Sie professionelle Hilfe benötigen«, sagte der Mann. »Es wird ihr vielleicht nicht helfen, sich an ihr altes Leben zu erinnern, aber es wird sie unterstützen, um sich in ihrem neuen Leben zurechtzufinden.«

»Wird sie sich denn jemals wieder erinnern?«, fragte Herr Lindenthal.

»Das ist bei einer so schweren Amnesie kaum zu beantworten. Sie müssen Geduld haben. Ganz wichtig ist, dass Sie Anna wieder behutsam in ihr altes Leben einführen«, sagte der Mann. »Erzählen Sie ihr von früher, gehen Sie mit ihr zu Orten, die sie als Kind gesehen hat, die sie gemocht hat. Und bringen Sie sie mit Menschen zusammen, die sie aus ihrem früheren Leben kennt. Zeigen Sie ihr Bilder aus ihrem früheren Leben, alte Fotografien. Die haben sie doch bestimmt.«

»Ja – sicher«, sagte Frau Lindenthal zögernd.

Nun verstand Anna gar nichts mehr, doch sie fragte nicht. Sie wollte nicht, dass ihre Eltern und der Mann sie für dumm hielten.

»Dann wünsche ich Ihnen, vor allem aber dir, Anna, viel Glück«, sagte der Mann und stand auf.

»Dürfen wir jetzt gehen?«, fragte Anna.

»Sicher!«, lachte der Mann, obwohl Anna doch gar nichts Lustiges gesagt hatte.

Je näher sie dem Ausgang kamen, desto schneller schlug Annas Herz, fast so schnell wie bei kaltem Wasser.

Als sie schließlich mit ihren Eltern vor dem Ausgang vom Krankenhaus stand, wusste sie nicht, wohin sie als Erstes sehen sollte. So viele Menschen, Häuser, Autos!

Wieder spürte sie den kalten Wind, doch dieses Mal nicht nur in ihrem Gesicht, sondern an ihrem ganzen Körper.

Sie schloss die Augen und breitete die Arme aus. Dieser Wind war so schön, so wunderschön! Es roch auch ganz anders als in ihrem Zimmer. Nun endlich freute sie sich wirklich auf Bochum, auf ihr neues Leben mit ihrer Mama und ihrem Papa.

»Anna!«, rief Frau Lindenthal. »Was machst du denn da? Komm schnell ins Auto! Es ist kalt!«

»Ja, kalt«, sagte Anna. »Schön.«

Frau Lindenthal zog sie weiter. »Anna, komm jetzt bitte! Sonst erkältest du dich noch.«

»Was ist erkälten?«, fragte Anna.

Die Lindenthals sahen sich an.

»An solche Fragen werden wir uns wohl gewöhnen müssen«, sagte Annas Vater.

Wenn Anna sich schon kaum an dem hatte satt sehen können, was vor dem Krankenhaus an Bildern auf sie eingestürzt war, so war sie von der Autofahrt regelrecht überwältigt. Die Häuser, die Bäume, die Menschen flogen nur so an ihr vorbei. Alles war so bunt und schön. Manchmal schaute sie zum Himmel. Sogar die Wolken schienen vorbeizufliegen. Ab und zu konnte sie einen Vogel entdecken.

»Kannst du auch fliegen, Papa?«, fragte Anna.

»Nein!«, lachte ihre Mutter. »Das kann er leider nicht. Dazu braucht man ein Flugzeug.«

»Oder einen Vogel!«, rief Anna.

Frau Lindenthal lachte wieder.

Warum tat sie das? Anna war verwirrt.

»Konnte ich denn fliegen?«, fragte Anna. »Früher?«

Frau Lindenthal drehte sich zu Anna um. »Wie kommst du darauf?«

»Konnte ich?«, fragte Anna noch einmal.

»Nein, natürlich nicht.«

»Warum nicht?«

»Weil du ein Mensch bist und kein Vogel.«

»Schade«, sagte Anna. »Wer war ich denn dann früher? Bevor ich zu Doktor Classen gekommen bin?«

»Da warst du unsere Tochter, Anna«, sagte ihre Mutter. »Das weißt du doch. Unser Kind! Du warst unser Kind – nein, du bist natürlich immer noch unser Kind. Mama, Papa und Kind. Verstehst du?«

»Wir waren immer zusammen?«, fragte sie.

»Ja, genau. Wir haben in dem Haus gewohnt, zu dem wir jetzt fahren.«

»Und warum habe ich das alles vergessen?«

»Willst du ihr das erklären, Martin?«, fragte Frau Lindenthal ihren Mann.

Aber der sagte nichts, sondern sah stur aus dem Autofenster.

»Das war eine schlimme Sache«, sagte Annas Mutter nach einer Weile. »Ein Unfall. Davon erzähle ich dir zu Hause.«

»Dann erzähl mir von früher!«, rief Anna. »Bitte!«

»Du bist unser Kind.«

»Das hast du schon gesagt!«, rief Anna. »Weiter!«

»Na ja, du wurdest geboren, später bist du in den Kindergarten gegangen – kannst du nicht auch einmal etwas sagen, Martin?«

Herr Lindenthal sah seine Frau kurz an. »Das kannst du viel besser. Außerdem hatten wir abgemacht, dass du dich um sie kümmerst und ich mich um die Firma. Es war dein Plan. Vergiss das bitte nicht, Dorthe.«

»Aber du willst unsere Anna doch auch wieder zurückhaben«, sagte Frau Lindenthal. »Oder gilt das nicht mehr?«

»Du weißt, dass ich mir nichts sehnlicher wünsche«, sagte Annas Vater. »Ich weiß nur nicht, ob sie –«

»Bitte, Martin! Alles wird gut! Vertrau mir! Bald wird alles wieder so sein wie früher! Du und ich – und Anna!«

»Wie früher?«, fragte Anna. »War ich da auch eine Anna?«

Frau Lindenthal sah sich zu ihr um. »Du wirst für immer unsere Anna sein. Das verspreche ich dir.«

»Aber die Anna von früher kenne ich nicht!«, rief Anna.

»Was früher war, ist auch nicht so wichtig«, sagte ihre Mutter. »Wichtig ist nur, dass wir jetzt wieder zusammen sind, Papa, du und ich. Wir sind wieder eine Familie.«

»Und die Früher-Anna?«, fragte Anna.

Ihre Eltern antworteten ihr nicht.

Anna verstand nicht, warum sie nicht über die Früher-Anna sprechen wollten. Vielleicht war sie ja böse gewesen und ihre Eltern wollten deshalb nicht über sie reden. Anna mochte die Früher-Anna auch nicht. Sie versteckte sich vor ihr oder sie machte ihr Angst, wenn sie ihre Hände in kaltes Wasser hielt.

Den Rest der Autofahrt redeten Anna und ihre Eltern nicht mehr viel.

Anna störte es nicht. Es gab so viel zu sehen! Sie hätte immer so weiterfahren können. Doch irgendwann hielt Herr Lindenthal das Auto an.

»Da sind wir«, sagte Annas Mutter. »Das ist unser Haus.«

»Fahren wir nicht weiter?«, fragte Anna. »Das war so schön!«

»Unser Haus ist auch schön. Du hast sogar dein eigenes Zimmer.«

»Das hatte ich bei Doktor Classen auch«, sagte Anna.

»Aber dieses Zimmer gehört dir ganz allein«, erwiderte Frau Lindenthal.

Das verstand Anna zwar nicht, aber sie stieg trotzdem aus.

Der Wind war nicht mehr so kalt wie vor dem Krankenhaus in Berlin, aber trotzdem fror Anna nun. Sie sah an dem Haus empor, vor dem ihr Vater gehalten hatte.

»Das ist aber viel kleiner als bei Doktor Classen«, sagte sie.

»Das stimmt!«, lachte ihre Mutter. »Dafür haben wir es für uns ganz allein. – Und es hat sogar einen Garten. Dort pflanzen wir im Frühjahr Blumen.«

»Oh ja! Blumen!«, rief Anna. »Aber nur welche, die schön riechen!«

Doktor Classen hatte ihr einmal eine Blume mitgebracht. Die hatte wunderschön gerochen.

»Sicher!«, lachte Annas Mutter wieder. »Alles, was du willst, mein Schatz!«

Anna ging mit ihren Eltern in das Haus. Dort zeigten sie ihr alle Zimmer.

»Es ist zwar nur ein kleines Reihenhaus«, sagte Annas Vater. »Aber es genügt – vorerst.«

»Klein?«, rief Anna. »Das ist doch gar nicht klein. Ist das wirklich alles nur für uns?«

Frau Lindenthal sah ihren Mann an. »Sollen wir ihr nicht auch das andere –«

»Nein!«, rief Herr Lindenthal. »Das ist zu früh, viel zu früh!«

»Was ist zu früh?«, fragte Anna.

»Sieh mal, Anna«, sagte Frau Lindenthal schnell. »Das ist ein Fernseher. Der macht dir sicher viel Spaß!«

Auf dem Bildschirm erschien ein Nachrichtensprecher.

Anna ging zu ihm. »Wer bist du?«, fragte sie. »Wohnst du auch hier? – Hallo! Ich bin Anna! Und wer bist du?«

»Anna!«, lachte Frau Lindenthal. »Er kann dich nicht hören. Das ist nur ein Bild! Ein Bild, das sich bewegt.«

»Und das sprechen kann?«, fragte Anna.

»Genau. Aber es kann dich nicht hören. Du kannst es dir nur ansehen und zuhören.«

»Das finde ich aber doof«, sagte Anna.

»Dann lass uns jetzt in dein Zimmer gehen«, sagte Annas Mutter. »Das haben wir uns bis zum Schluss aufgespart. Es wird dir bestimmt gefallen.«

Das Zimmer, das Frau Lindenthal Anna zeigte, war ganz anders als ihr Zimmer im Krankenhaus. Es war mit allen möglichen Sachen voll gestopft, von denen Anna nicht die geringste Ahnung hatte, wofür sie gut sein sollten.

Anna hatte das alles noch nie gesehen. Sie mochte das Zimmer nicht. Es gehörte der Früher-Anna. Sie hatte sich immer noch irgendwo in ihr versteckt und wollte sich nicht zeigen. Anna konnte nicht verstehen, warum. Je öfter sie an die Früher-Anna dachte, desto wütender wurde sie auf sie.

»Wem gehört das alles?«, fragte sie trotzdem.

»Dir natürlich!«, rief Frau Lindenthal. »Das ist dein Zimmer! Sieh mal, die Stofftiere! Mit denen hast du früher immer so gern gespielt!«

»Sind das meine Sachen?«, fragte Anna.

»Sicher sind es deine Sachen!«, lachte ihre Mutter. »Wem sollen sie denn sonst gehören?«

»Der anderen Anna«, antwortete Anna. »Der Früher-Anna.«

»Aber das bist doch du!«, rief ihre Mutter. »Es gibt nur eine Anna. Du!«

»Trotzdem«, sagte Anna. »Die Früher-Anna kenne ich nicht. Ich mag sie nicht.«

»Sie weiß es«, sagte Martin Lindenthal. »Sie erinnert sich nicht, aber sie weiß es.«

»Bitte, Martin!«, rief seine Frau. »Das haben wir doch geklärt! Wir sind wieder eine Familie! Diese Sachen gehören unserer Anna!« Sie nahm Anna in den Arm.

Herr Lindenthal sah seine Frau an. Anna erschrak, als sie diesen Blick sah. Er war unendlich traurig. Sie wollte nicht, dass ihr Papa traurig war!

»Vielleicht gefallen mir die Sachen ja doch!«, rief sie schnell.

Herr Lindenthal sah sie an und lächelte. Aber auch dieses Lächeln sah traurig aus. Er drehte sich um und verließ das Zimmer.

»Warum ist Papa so traurig?«, fragte Anna ihre Mutter. »Weil ich mich nicht an die Früher-Anna erinnern kann?«

»Vielleicht«, sagte Frau Lindenthal zögernd.

»Dann erzähl mir doch von ihr!«, rief Anna. »Vielleicht erinnere ich mich dann an sie!«

»Ich weiß nicht – was ich dir erzählen soll.«

»Oder zeig mir Bilder!«, rief Anna. »Das hat der Mann doch heute Morgen auch gesagt!«

»Na gut«, seufzte Frau Lindenthal. »Ich kann dir ein paar Bilder zeigen.«

Sie ging zu einem der Schränke, holte eine kleine Schachtel hervor, öffnete sie und zeigte sie Anna.

»So wenige nur?«, fragte Anna.

»Auf denen bist du aber gut zu erkennen.«

Ihre Eltern erkannte Anna sofort. Nur wer das kleine Mädchen mit den kurzen Haaren war, das beinahe wie ein Junge aussah und zwischen ihren Eltern stand, wusste sie nicht, obwohl sie es sich ganz genau ansah.

»Wer ist das?«, fragte Anna.

»Das ist Anna. Das bist du«, antwortete ihre Mutter.

Anna hielt sich das Bild direkt vors Gesicht, damit sie das Mädchen besser sehen konnte.

»Die sieht aber komisch aus«, sagte Anna.

»Aber das bist doch du! Als du ein kleines Mädchen warst!«

»Gar nicht!«

»Aber sicher!«, rief ihre Mutter wieder. »Sie ist zwar kleiner, aber sie sieht doch aus wie du!«

Anna nahm das Bild, stellte sich vor den Spiegel, der an einem der Schränke angebracht war, und sah hinein. Dann schaute sie sich das Mädchen auf dem Foto an, blickte wieder in den Spiegel und dann wieder auf das Mädchen auf dem Foto.

Frau Lindenthal hatte sich neben sie gestellt.

»Siehst du es nun?«, fragte sie. »Das Mädchen auf dem Foto bist du.«

Anna zeigte auf ihr Spiegelbild. »Das bin ich!« Dann zeigte sie auf das Foto. »Und das ist die Früher-Anna!«

»Aber ihr seid doch eins. Du und das Mädchen auf dem Foto seid eine Anna.«

»Nein!«, rief Anna. »Mich kenne ich! Aber die da kenne ich nicht! Sie ist die Früher-Anna! Und sie versteckt sich! Sie ist gemein! Gemein! Gemein!« Anna warf das Foto auf den Boden und trampelte darauf herum. »Früher-Anna! Früher-Anna! Früher-Anna!«, rief sie dabei, so laut sie nur konnte.

Ich spürte, wie das kalte Wasser durch meine Kleidung sickerte. Ich hatte Todesangst. Doch ich hatte keine Angst um mein Leben. Ich hatte Angst um ihr Leben. Und ich war wütend. So wütend, dass ich nicht gezögert hätte, ihn umzubringen.

Anna hatte ihr Gesicht an den Spiegel gepresst und versuchte mit ihren Händen Halt zu finden. Ihre Fingernägel kreischten auf dem Glas, als sie abrutschte. Hustend und nach Luft ringend fiel sie auf die Knie.

»Anna!«, rief Frau Lindenthal. »Mein Gott, Anna! Was ist denn? Sag doch etwas!«

Herr Lindenthal stürzte ins Zimmer. »Was ist denn los, um Himmels willen!«

»Ich weiß nicht! Erst hat sie diesen Wutanfall wegen der alten Fotos bekommen und plötzlich hat sie sich im Spiegel angestarrt und dann begann sie nach Luft zu ringen und zu husten!«

»Aber da war doch gar kein kaltes Wasser«, keuchte Anna.

»Was sagst du, Anna?«, fragte Frau Lindenthal.

»Kein kaltes Wasser«, sagte Anna. »Sie kommen doch nur bei kaltem Wasser. Warmes Wasser ist gut. Kaltes Wasser ist böse.«

»Weißt du, was sie meint?«, fragte Annas Vater.

Frau Lindenthal schüttelte den Kopf. »Nein. Warum sagt sie nur so seltsame Dinge? Ich verstehe das nicht!«

Anna verstand es auch nicht und sie hatte wieder Angst – Todesangst. Sonst kamen diese schrecklichen Bilder doch nur bei kaltem Wasser. Aber in diesem Zimmer war kein Wasser!

»Vielleicht war es eine Gedächtnisinsel«, sagte Frau Lindenthal. »Doktor Classen hat mir erklärt, das wäre typisch bei Amnesiepatienten. Gedächtnisinseln sind so was Ähnliches wie kleine Filmausschnitte, die die Patienten aus ihrem früheren Leben sehen.«

»Hast du dich schon einmal gefragt, was passiert, wenn sie sich erinnert – an alles?«

Frau Lindenthal nahm Anna in den Arm. »Dann werde ich ihr alles erklären und sie wird es verstehen. Du, ich und Anna, wir sind eine Familie. Und um diese Familie werde ich kämpfen, Martin!«

»Ich weiß«, sagte Herr Lindenthal leise. »Ich weiß.«

Annas Mutter streichelte seinen Kopf. »Mach dir keine Sorgen, Martin. Ich habe aus meinen Fehlern gelernt. Du wirst sehen, am Ende wird alles gut.«

Das stimmt nicht, dachte Anna. Das ist nicht gut. Diese Bilder sind böse!

4

»Anna! Aufstehen! Wir kommen noch zu spät zu Carla!«

Es war nun schon das dritte Mal, dass ihre Mutter sie rief. Doch sie lag immer noch im Bett. Anna riskierte einen Blick auf ihren Wecker. Sie musste tatsächlich aufstehen, wenn sie nicht wieder den Geschwindigkeitsrekord im Duschen und Anziehen aufstellen wollte.

Sie ließ ihren Blick durch das Zimmer schweifen. Nun lebte sie schon drei Monate hier und hatte sich trotzdem noch nicht daran gewöhnt. Es war ihr Zimmer und doch hatte sie immer noch das Gefühl, es jemand anderem weggenommen zu haben. Ihr Kopf sagte ihr, dass sie sich das nur einbildete, doch gegen das Gefühl, eine Fremde in diesem Zimmer zu sein, kam ihr Kopf nicht an. Daran hatte auch die Therapie nichts ändern können.

Seit drei Monaten besuchte sie nun ihre Therapeutin Carla. Sie mochte Carla, aber die Therapie begann allmählich sie zu langweilen.

Drei Monate in Bochum und sie hatte kaum mehr gesehen als Carlas Praxis und das kleine Reihenhaus ihrer Eltern – wenn man von den Shopping-Orgien absah, die sie ab und zu mit ihrer Mutter unternahm. Anna hatte sich schon mehr als einmal gefragt, warum ihre Mutter so viel Geld für unnützes Zeug ausgab. Wenn sie das Geld sparen würde, müsste ihr Vater vielleicht weniger arbeiten und wäre häufiger zu Hause.

Ohne hinzusehen, fingerte sie nach der Fernbedienung. Sie lag, wo sie immer lag, und Anna drückte auf den Knopf, auf den sie immer drückte. Ein paar Sekunden später flimmerten die MTV-Bilder aus ihrem Fernseher.

Ihr Fernseher! Den hatten ihr ihre Eltern vor einem Monat gekauft. Sie konnte sich nicht daran erinnern, sich jemals über etwas mehr gefreut zu haben. Endlich gab es etwas in diesem Zimmer, das ihr gehörte, der Anna von heute. Und nicht der Früher-Anna, wie sie ihr verlorenes Leben noch bis vor kurzem genannt hatte. In diesen wenigen Wochen war ihr Fernseher zu ihrem besten Freund geworden. Zumindest verbrachte sie die meiste Zeit mit ihm. Sie musste leise lachen, als sie an ihre erste Begegnung mit einem Fernseher dachte.

Anna setzte sich in ihrem Bett auf und sah verdrossen auf die Mattscheibe. Das Programm von MTV wurde von Tag zu Tag schlechter. Music TV ohne music. Nur noch schwachsinnige Shows und Cartoons. Anna reckte sich. Was war heute für ein Tag? Montag. Das war gut. Montag war der Tag, an dem zwei ihrer Lieblingsserien gezeigt wurden. Der beste Tag war Freitag. Da wurden drei Lieblingsserien gezeigt. Im Gegensatz zu mittwochs. Da gab es meistens nichts, das sie interessierte.

Sie stand auf, ging zum Fenster und öffnete es. Ein kalter Wind blies ihr ins Gesicht. Sie schüttelte sich vor Kälte und schloss das Fenster sofort wieder.

Nach dem, was sie wusste, musste der Frühling bald kommen. Sie war schon sehr gespannt darauf, aber noch mehr auf den Sommer. Sie konnte sich noch gut daran erinnern, wie überrascht sie gewesen war, als Doktor Classen ihr damals in Berlin von einer Zeit im Jahr erzählt hatte, in der es nicht so kalt und grau war, sondern hell, sonnig und so warm, dass man es sogar ohne Kleider draußen aushielt. Sie konnte es kaum abwarten, bis es endlich so weit war. Nur schien es noch Ewigkeiten zu dauern. Es war Mitte März. Die Tage wurden zwar länger, so wie Doktor Classen es beschrieben hatte, aber es war immer noch kalt und es regnete in Strömen.

Das Duschen erledigte sie in Rekordzeit. Zum Fönen ihrer Haare brauchte sie ohnehin nur ein paar Minuten. Das war der Vorteil der Kurzhaarfrisur, die ihre Mutter ihr verpasst hatte, kaum dass sie aus dem Berliner Krankenhaus in ihr neues Zuhause gezogen war.

Ihre Mutter achtete sehr genau darauf, dass sie regelmäßig zum Friseur ging. Anna wehrte sich nicht dagegen. Sie mochte ihre kurzen Haare mittlerweile.

Frau Lindenthal begrüßte Anna mit einem Blick auf die Uhr. »Jetzt wird es aber höchste Zeit, Anna.«

»Guten Morgen.«

»Ja, guten Morgen. Dein Frühstück steht auf dem Tisch. Bitte beeil dich, Kind. Ohne Frühstück gehst du mir nicht aus dem Haus.«

»Nun hetz doch nicht so, Dorthe«, sagte Herr Lindenthal. »Es wird schon nicht so schlimm sein, wenn ihr ein paar Minuten später zur Therapie kommt.«

Erst jetzt bemerkte Anna ihren Vater.

»Papa! Du bist noch da?«

Sie lief zu ihm und gab ihm einen Kuss auf die Wange. Wie immer ließ er es fast verlegen über sich ergehen. Wahrscheinlich war es ihm peinlich, wenn seine erwachsene Tochter ihn küsste, hatte Anna sich seine Reaktion erklärt.

»Musst du heute nicht zur Arbeit?«, fragte sie ihn.

»Doch schon, aber ich habe verschlafen, um ehrlich zu sein«, antwortete er noch ein wenig verlegener.

Ihren Eltern gehörte eine kleine Fabrik. Anna hatte nicht gefragt, was er dort herstellte und wo genau diese Fabrik war. Er war meistens die ganze Woche dort. Mehr wollte Anna gar nicht wissen. Sie fragte ihn nicht und er redete nicht darüber. Sie hatte akzeptiert, dass er nicht gern redete. In den Augen anderer Leute wirkte er wahrscheinlich fast abweisend. Aber genau darum mochte Anna ihn. Wenn er fort war, vermisste sie ihn sehr, wenn auch nicht mehr so wie zu Beginn ihres neuen Lebens.

»Carla hat übrigens gestern Abend angerufen«, sagte Frau Lindenthal. »Sie möchte gern mit uns sprechen. Wenn du sowieso zu spät in den Betrieb kommst, kannst du doch auch dabei sein.«

»Mit uns?«, fragte Anna. »Carla will mit uns sprechen?«

»Ja, mit dir und mir. Sie hat wohl nicht damit gerechnet, dass Papa hier ist. Aber sie hat sicher nichts dagegen, wenn er –«

»Ach, macht ihr das lieber allein«, unterbrach Herr Lindenthal sie. »Für mich ist das nichts.«

»Warum will sie uns denn sprechen?«, fragte Anna.

Frau Lindenthal zuckte mit den Schultern. »Sie will über die nächsten Schritte in der Therapie sprechen. Mehr hat sie nicht gesagt.«

»Sollten wir die Therapie nicht allmählich beenden?«, fragte Herr Lindenthal. »Anna ist doch längst so weit, dass sie allein klarkommt.«

»Aber vielleicht hilft sie mir, mich zu erinnern«, sagte Anna sofort.

Herr Lindenthal sah seine Frau an. »Bis jetzt ist es jedenfalls nicht so gewesen. Vielleicht ist die Therapie ja sogar eher hinderlich.«

Auf dem Weg zu Carlas Praxis sah Anna aus dem Fenster. Es war längst nicht mehr alles so bunt und aufregend wie bei ihrer ersten Fahrt von Berlin nach Bochum. Sie kannte auf dem Weg durch die eher graue Vorstadt fast jeden Stein und jeden Strauch und die Menschen, die ihnen an diesem trüben Montagmorgen begegneten, sahen nicht weniger traurig aus als die, die sie durch das Fenster ihres Berliner Krankenhauszimmers beobachtet hatte.

Sie dachte daran, was ihr Vater beim Frühstück gesagt hatte. Es stimmte schon, dass sie sich immer noch an so gut wie nichts aus ihrem früheren Leben erinnern konnte. Aber war Carlas Therapie daran schuld? Lag es nicht eher daran, dass die Besuche bei Carla bisher die beinahe einzigen Gelegenheiten für sie gewesen waren, sich allein außerhalb des Hauses aufzuhalten? Ihre Eltern wollten nicht, dass sie allein ausging – noch nicht, wie sie sagten. Sie müsse erst »so weit sein«, was auch immer das hieß.

»Ich glaube nicht, dass ich mich wegen Carla nicht an früher erinnere«, sagte sie zu ihrer Mutter. »Ich muss nur mehr unternehmen – auch allein.«

»Bitte, Anna!«, seufzte ihre Mutter. »Das haben wir doch schon so oft besprochen. Es ist noch zu früh. Ich habe Angst, dass dir etwas passiert. Auch wenn du dich schon wieder sehr stark fühlst, dein Zustand ist immer noch nicht stabil.«

»Woher willst du das wissen?«, fragte Anna. »Wenn ich es noch nie ausprobiert habe. Der Arzt in Berlin hat doch auch gesagt, ihr sollt mich mit Orten und Leuten aus meinem früheren Leben zusammenbringen.«

»Aber er hat auch gesagt, wir sollen behutsam dabei vorgehen«, antwortete ihre Mutter.

Anna erwiderte nichts darauf. Ihre Mutter würde ihr nicht mehr sagen.

Von dem Rest der Familie hatte sie auch nicht viel zu erwarten. Großeltern hatte sie nicht mehr, wenn sie ihrer Mutter glauben konnte, und die wenigen anderen Verwandten wohnten sehr weit weg.

Aber da war doch noch so viel mehr: Schule, Freunde, Disco – oder Sex? Hatte sie in ihrem früheren Leben schon Sex gehabt? Sie konnte sich, wie an alles andere, auch daran nicht erinnern.

Schade, dachte sie. Nach allem, was man so hört, muss es Spaß machen. Nur war daran erst recht nicht zu denken. Wie sollte sie das passende männliche Gegenstück finden, wenn sie nur mit ihrer Mutter zusammen war?

Sie konnte noch nicht einmal wütend auf ihre Eltern sein. Sie hielten sie ja nicht wie eine Gefangene, ganz im Gegenteil. Ihre Mutter unternahm sehr viel mit ihr – und genau das war es. Anna war nie allein. Ihre Mutter folgte ihr wie ein Schatten.

Sicher, sie meinte es gut, hatte Angst, es könne ihr etwas passieren. Doch von Tag zu Tag empfand Anna die Umklammerung ihrer Mutter erdrückender.

»Dann erzähl mir wenigstens mehr aus meinem früheren Leben«, versuchte Anna es noch einmal.

»Das habe ich doch.«

»Kindergartengeschichten!«, rief Anna. »Aber da gab es doch noch mehr!«

Frau Lindenthal nahm eine Hand vom Lenkrad und drückte kurz Annas Hand. »Hab Geduld, mein Schatz. Und außerdem ist dein neues Leben doch gar nicht so schlimm. Uns geht es gut, wir haben uns lieb und alles andere wird sich finden. Du wirst sehen.«

»Sicher«, sagte Anna nur und schaute wieder aus dem Autofenster.

Sie fuhren gerade an dem türkischen Gemüsehändler vorbei. Noch zweimal abbiegen und drei Verkehrsampeln. Eine würde rot sein und die beiden anderen grün. In genau sechs Minuten würden sie vor Carlas Praxis halten.

Anna ärgerte sich über sich selbst. Warum wehrte sie sich nicht gegen ihr Schicksal? Vielleicht sollte sie sich gegen ihre Eltern auflehnen, ihr Recht einfordern. Doch irgendetwas in ihrem Inneren hinderte sie daran. Es war, als würde eine Stimme zu ihr sagen: »Hauptsache, du hast deine Ruhe und fällst nicht auf.«

Du darfst alles machen, nur nicht auffallen. Hausordnung beachten, pünktlich sein, keine Drogen, kein Zoff.

Was war los? Warum dachte sie gerade das? Sie hatte absolut nichts mit Drogen zu tun – außer dass sie einmal das Bier ihres Vaters probiert und es widerlich gefunden hatte. Und welche Hausordnung sollte das sein?

»Wahrscheinlich wieder eine dieser Gedächtnisinseln.«

»Was sagst du, Anna?«, fragte ihre Mutter.

»Ach, nichts. Ich habe nur mit mir selbst gesprochen.«

Fünf Minuten später parkte Frau Lindenthal ihr Auto vor Carlas Praxis.

Sie ist schneller gefahren als sonst, dachte Anna. Wahrscheinlich weil sie wissen will, was Carla ihr zu sagen hat.

Anna war auch neugierig darauf, was Carla mit ihnen besprechen wollte, obwohl sie fühlte, dass es keine angenehmen Neuigkeiten sein würden.

»Warum wollen Sie uns denn sprechen?«, fragte Frau Lindenthal, kaum dass sie in Carlas Büro vor ihrem Schreibtisch saßen.

Annas Therapeutin lehnte sich mit ihrem ganzen, nicht gerade geringen Gewicht gegen die Lehne ihres Schreibtischstuhls und holte tief Luft, als fiele es ihr schwer, die richtigen Worte zu finden.

»Ich möchte mich gern mit Ihnen über Annas Entwicklungsstand unterhalten, wenn ich es einmal so unpersönlich ausdrücken darf«, sagte sie dann.

»Ist etwas mit Anna nicht in Ordnung?«, fragte Annas Mutter sofort.

»Nein, nein, ganz im Gegenteil. Sie hat in den gut drei Monaten, in denen wir zusammenarbeiten, Fortschritte gemacht, die ich, wenn ich ehrlich bin, nicht für möglich gehalten hätte. Allerdings wissen wir ja auch noch sehr wenig über diese schwere Art der Amnesie.«

»Und was heißt das?«, fragte Anna.

Im Grunde genommen war das, was Carla sagte, sehr positiv und Anna hätte sich darüber freuen müssen. Nur war da so ein trauriger Unterton in Carlas Stimme. Und der gefiel Anna überhaupt nicht.

»Das heißt, dass du eigentlich ein ganz normales Leben führen kannst.«

»Eigentlich?«, fragte Anna nach.

»Was deinen Wissensstand betrifft, bist du jetzt etwa auf dem Stand einer Fünfzehn- bis Sechzehnjährigen. Von deiner Allgemeinbildung her bist du in einigem sogar noch wesentlich weiter. Dank deines Gedächtnisses und deines Fleißes.«

»Siehst du?«, freute sich Annas Mutter. »Ich habe es dir doch immer gesagt. Es lohnt sich, dass du so viel lernst.«

»Aber?«, fragte Anna, ohne auf ihre Mutter zu achten. »Da kommt doch noch ein Aber.«

»Richtig«, seufzte Carla. »Aber es fehlt dir die Erfahrung, genauer gesagt, die Lebenserfahrung. Die ist erst ein knappes halbes Jahr alt.«

»Das verstehe ich nicht«, sagte Anna.

»Du musst unter Menschen«, fuhr Carla fort. »Ein ganz normales Leben führen. Ausgehen, Freunde haben, gute und schlechte Erfahrungen machen. Halt das erleben, was das Leben ausmacht.«

»Ich könnte mit ihr öfter einmal in die Stadt gehen«, schlug Annas Mutter vor. »Ich habe sie bisher wohl zu sehr behütet, weil ich wollte, dass sie möglichst bald wieder ganz die Alte wird.«

»Wie soll denn das gehen?«, fragte Anna. »Ohne dass ich mich an das *Alte* erinnere?«

»Genau darum geht es, Anna«, sagte Carla. »Ab und zu mit ihr in die Stadt zum Einkaufen gehen, genügt leider nicht, Frau Lindenthal. Anna muss raus in die Welt! Und dann wird sie sich auch eines Tages wieder an ihr altes Leben erinnern. Da bin ich mir ganz sicher.«

»Und was sollen wir nun machen?«, fragte Annas Mutter.

»Als Erstes muss sie die Schule wechseln. Weg von mir, rein in eine richtige Schule.«

Anna wurde schwindelig. Weg von Carla? Das konnte sie ihr doch nicht antun!

»Ich will nicht von dir weg, Carla!«, rief sie. »Wenn ich auch manchmal gemeckert habe, das war nicht so gemeint. Ich fand es immer ganz toll hier. Ehrlich!«

»Das weiß ich doch, Anna«, sagte Carla in diesem Kleinkindertonfall, den Anna überhaupt nicht mochte. »Darum geht es auch gar nicht. Ich möchte dich am liebsten noch lange hier behalten. Aber das wäre nicht gut für dich. Wenn du erst eine Weile das richtige Leben genossen hast, wirst du es ganz sicher auch so sehen.«

Anna schüttelte den Kopf. »Glaub ich nicht.«

Carla lächelte sie an. »Du musst eben deine Erfahrungen machen. Genau das habe ich damit gemeint.«

»Und wann soll ich in diese neue Schule? Sofort?«

»Nein, nein! So schnell geht es nun auch wieder nicht. Zunächst müssen wir eine geeignete Schule für dich finden.«

»Darum kümmern wir uns«, sagte Annas Mutter sofort.

Erst jetzt fiel Anna auf, wie schweigsam sie die ganze Zeit gewesen war. Bestimmt war Carlas Vorschlag für sie genauso überraschend gekommen wie für Anna selbst.

»Sehr gut. Das habe ich, ehrlich gesagt, gehofft. Wenn Sie die richtige Schule dann gefunden haben, wäre eine Probezeit bis zu den Sommerferien sinnvoll. In der Zeit kann man dann herausfinden, welche Stufe für Anna am sinnvollsten ist.«

Warum redet sie nicht direkt mit mir? Ich sitze doch auch vor ihr!, dachte Anna.

»In welche Schule bin ich eigentlich früher gegangen? Ich meine, vorher?«, fragte sie stattdessen.

»Gymnasium«, antwortete ihre Mutter.

»Aha. Aber wartet mal! Wieso eigentlich Schule? Wenn ich zwanzig bin, dann müsste ich doch längst …«

»Du wurdest spät eingeschult«, unterbrach ihre Mutter sie. »Und einmal bist du sitzen geblieben. Du hattest noch mehr als ein Jahr.«

»Ach so.«

»Außerdem würde das auch wenig nützen«, ergänzte Carla. »Du weißt ja, du musst wieder von vorne anfangen. Das, was du damals gelernt hast, ist nicht mehr da. Jedenfalls, solange du dich nicht erinnerst.«

All die Quälerei umsonst!, dachte Anna. Woher weiß ich eigentlich, dass es eine Quälerei war?, schoss es ihr sofort durch den Kopf.

»Dann kann ich also noch eine Weile hier bleiben?«, fragte sie.

»Sicher!«, lachte Carla. »Bis ihr eine neue Schule gefunden habt sowieso. Und auch später bist du immer herzlich willkommen.«

Carla machte an diesem Tag noch einige Übungen mit Anna. Allerdings konnte sich Anna kaum konzentrieren. Carla ging nicht weiter darauf ein. Anna war froh darüber. Sie war mit ihren Gedanken ganz woanders.

Das hatte sie doch immer gewollt! Warum freute sie sich nicht? Hatte sie Angst? Ja, die hatte sie. Sie sollte das richtige Leben kennen lernen. In der Schule! Hätten ihre Eltern sie doch nur nicht die ganze Zeit so isoliert! Sicher hatten sie es gut gemeint und sie nicht überfordern wollen. Aber genau das würde jetzt passieren. Zumindest hatte sie Angst davor, dass es passieren könnte, wenn sie ihre Mutter nicht endlich dazu brachte, ihr von ihrem früheren Leben zu erzählen.

5

»War ich eine gute Schülerin?«, fragte sie ihre Mutter auf dem Weg nach Hause.

Die wiegte den Kopf hin und her. »Ging so«, sagte sie dann. »Ein paar Dreier waren auf dem letzten Zeugnis schon dazwischen.«

»Ein paar Dreier?«, rief Anna. »Und der Rest Vierer und Fünfer?«

Ihre Mutter machte beinahe eine Vollbremsung. »Natürlich nicht! Drei war die schlechteste Zensur!«

»Aha. Das ist in deinen Augen also *ging so*«, sagte Anna leise.

Das Gesicht der jungen Frau kam ein Stück näher. Es roch widerlich nach Erbrochenem.

»Wenn man genug Geld hat, spielen die Zeugnisse nicht mehr eine so große Rolle. Außerdem könntest du die besten Zeugnisse haben, wenn du dich nur ein wenig mehr anstrengen würdest.«

Anna würgte. Der Geruch war unerträglich gewesen.

»Gerüche haben den intensivsten Erinnerungswert«, hatte Carla einmal gesagt.

Auf diese Art Erinnerung konnte sie gut verzichten.

Anna schloss die Augen. Sie sah das Gesicht der jungen Frau vor sich. Sie konnte nicht viel älter sein als sie selbst. Ob sie eine ihrer Freundinnen gewesen war? Nein, so redeten Freundinnen eigentlich nicht miteinander. Sie hatte sich eher wie eine Lehrerin angehört.

»In dem Gymnasium, in dem ich war, hatte ich da auch eine junge Lehrerin?«, fragte Anna ihre Mutter.

Die nahm kurz den Blick von der Fahrbahn und sah Anna an. »Ja, schon.«

»Blond? Mit halblangen Haaren?«

Frau Lindenthal schüttelte unwillig den Kopf. »Das weiß ich nicht mehr so genau. Kann schon sein. Die Beschreibung passt ja auf viele Menschen.«

»Und du bist sicher, dass ich keine schlechten Zeugnisse hatte?«

»Ja! Selbstverständlich!«

»Warum bin ich dann sitzen geblieben?«

»Das – war nur eine Phase«, antwortete Frau Lindenthal zögernd. »In der achten Klasse. Die Pubertät hat dir wohl ziemlich zugesetzt. Aber das hattest du zum Glück schnell überwunden.«

»Überwunden?«

»Meine Gute, ja! Du warst schnell wieder – normal sozusagen. Warum fragst du mich das alles?«

Anna sagte nichts darauf. Es hatte keinen Sinn. Wann immer sie ihre Mutter nach konkreten Dingen aus ihrem früheren Leben fragte, wich sie aus.

»Weißt du denn schon, in welche Schule ich soll?«, fragte sie nach einer Weile des Schweigens.

Frau Lindenthal schüttelte den Kopf. »Darüber mache ich mir schon die ganze Zeit Gedanken.«

»Ich könnte doch wieder in meine alte Schule gehen. Dann würde ich endlich meine alten Freunde wiedertreffen.«

Ihre Mutter zögerte keine Sekunde. »Nein!«

»Warum nicht? Das wäre doch die einfachste Lösung.«

»Die – war nicht so gut. Außerdem bist du ein Jahr in Berlin zur Schule gegangen.«

»Ach ja? Davon wusste ich ja gar nichts. Warum hast du mir das nicht erzählt?«

»Ich hielt es für nicht so wichtig. Ich hätte es dir sicher später gesagt, aber ich, ich meine, Papa und ich, wollten, dass du erst ganz wiederhergestellt bist.«

»Das bin ich ja jetzt«, sagte Anna. »Das ist jedenfalls Carlas Meinung. Und die muss es schließlich wissen. Wollt ihr mich nicht endlich selbstständig werden lassen? Wie soll ich denn in der neuen Schule klarkommen?«

»Ich weiß es doch auch nicht, mein Schatz!«, rief Frau Lindenthal fast verzweifelt. »Vielleicht haben wir ja einen Fehler gemacht! Aber wir haben uns doch nur Sorgen um dich gemacht!«

»Warum denn? Dass irgendjemand etwas über meine Krankheit erfahren könnte? Schämt ihr euch meinetwegen?«

»Anna! Bitte! Wie kommst du denn darauf?«

»Warum wart ihr dann neulich so sauer, nur wegen dieses blöden Zeitungsartikels – in der Lokalpresse!«

»Nun fang bitte nicht wieder davon an! Das war etwas anderes. Der hat dich ja wegen deines guten Gedächtnisses wie eine Zirkusattraktion dargestellt!«

»Das habt ihr so gesehen! Und dann habt ihr Carla auch noch verdächtigt, dem Reporter von mir erzählt zu haben. Das war echt peinlich!«

»Bitte, Anna! Lass uns nicht streiten, sondern lieber überlegen, in welche Schule du gehen könntest.«

Hausordnung beachten, pünktlich sein, keine Drogen, kein Zoff.

»In der achten Klasse, ich meine, in der Pubertät. Bin ich da sitzen geblieben, weil ich Drogen genommen habe?«

Frau Lindenthal kam gerade noch vor einer roten Ampel zum Stehen.

»Drogen? Anna! Ich bitte dich! Hör endlich mit diesen Fragen auf!«

»Und was ist mit meinen Freunden?«, fragte Anna unbeirrt weiter. »Kann ich die jetzt endlich treffen?«

Annas Mutter holte tief Luft. »Anna. – Wie soll ich es sagen? Du warst eher eine Einzelgängerin. Du hast nicht so schnell Anschluss gefunden.«

»Dann hatte ich keine Freunde? Nicht einen einzigen?«

»Nicht wirklich. Nein.«

»Aber da wird es doch irgendjemanden gegeben haben, mit dem ich zumindest näheren Kontakt hatte! Gib mir ein paar Namen, Mama! Bitte!«

»Kind!«, rief Frau Lindenthal fast verzweifelt. »Ich weiß nicht! Ich kenne ihre Namen nicht – oder habe sie wieder vergessen! Du hast zu Hause auch nicht viel über deine Mitschüler gesprochen.«

»Aber ich habe doch bestimmt mal gesagt, ich treffe mich heute mit Soundso nach der Schule. Da muss doch irgendwann ein Name gefallen sein!«

»Ja, sicher. Ilona. Ja, Ilona. An den Namen kann ich mich erinnern.«

»Na also! Ilona. Und weiter?«

»Den Familiennamen hast du nie erwähnt.«

Anna gab auf. Sie würde ihre Mutter nicht dazu bringen, ihr die Namen ihrer Schulfreunde zu verraten, geschweige denn, sie mit einem von ihnen zusammenzubringen. Ilona! Wo sollte sie da anfangen zu suchen? Ihren Vater zu fragen, hatte noch weniger Sinn. Der war sicher auch vor ihrem Gedächtnisverlust die meiste Zeit nicht zu Hause gewesen. Sie würde sich selbst darum kümmern müssen. Nur wie?

»Ich bin müde«, sagte Anna, gleich nachdem sie zu Hause angekommen waren. »Ich möchte gern baden und dann lege ich mich ins Bett.«

Frau Lindenthal streichelte sanft Annas Wange. »Tu das, mein Schatz. Es war ein anstrengender Vormittag – für uns beide.«

Anna schloss sich ins Bad ein. Sie wollte ihrer Mutter aus dem Weg gehen. Sie wusste, sie würde sich sonst mit ihr streiten, und das wollte sie nicht. Sie verstand ihre Eltern und sie liebte sie. Doch an diesem Vormittag war ihr bewusst geworden, dass sie bei der Suche nach ihrem früheren Leben auf sich selbst gestellt war.

Sie öffnete den Heißwasserhahn über der Badewanne bis zum Anschlag und goss den Rest des sündhaft teuren Badeöls, das ihre Mutter ihr bei ihrem letzten Einkaufsbummel gekauft hatte, in den dampfenden Wasserstrahl.

Kurz darauf hüllte sie der intensiv nach Kastanien duftende Wasserdampf ein und ließ ihr Spiegelbild verschwimmen. Sie kannte dieses Gesicht und doch kannte sie es nicht. Wenn es stimmte, was ihre Eltern sagten, existierte es schon zwanzig Jahre. Ihre Erinnerung reichte aber nur ein paar Monate zurück.

»Wer bist du?«, fragte sie ihr Spiegelbild.

Wie oft hatte sie sich diese Frage schon gestellt. Was war vorher? Vor diesem Unfall – wenn es überhaupt ein Unfall gewesen war.

Sie und ihre Mutter waren in ihrem Auto vom Weg abgekommen und in einen See gestürzt. Sie war bewusstlos geworden und ihre Mutter hatte sie aus dem Auto gezogen und ans Ufer gebracht. Im letzten Augenblick. So hatte es ihr ihre Mutter erzählt, nachdem Anna sie fast auf Knien darum angefleht hatte. Sie wollte nicht mehr über dieses schreckliche Ereignis reden, hatte sie als Erklärung gesagt.

Nur passte diese Geschichte nicht! Sie passte nicht zu dem, was sie sah, wenn sie mit kaltem Wasser in Berührung kam. Zu Beginn ihres neuen Lebens hatte sie panische Angst vor kaltem Wasser gehabt und wollte niemandem davon erzählen. Schließlich tat sie es doch. Sie erzählte es Carla.

»Es ist eine Gedächtnisinsel«, hatte Carla ihr erklärt. »Deine Erinnerung an den Augenblick des Unfalls. Und dass diese Erinnerung wachgerufen wird, wenn du mit kaltem Wasser in Berührung kommst, ist ganz logisch. Schließlich ist, nach allem, was wir wissen, der Unfall der Auslöser für deine Amnesie.«

»Aber das passt nicht zu dem, was ich sehe! Ich sehe kein Auto! Ich sehe nur Wasser – glaube ich jedenfalls. Und ich fühle immer dasselbe: Ich ertrinke und ich habe Angst und gleichzeitig eine unglaubliche Wut. – Was bedeutet das nur?«

»Wahrscheinlich ist es keine reine Erinnerung«, hatte

Carla gesagt. »Möglicherweise vermischen sich da Phantasie und Erinnerung oder verschiedene Erinnerungen. Unser Gehirn ist leider – oder Gott sei Dank – sehr kompliziert.«

Danach hatten Carla und sie versucht herauszufinden, was es war. Anna ließ sich mit kaltem Wasser in Berührung bringen und musste dann beschreiben, was sie sah. Und dann noch einmal. Hatte sich etwas verändert? – Nein. Also noch einmal. Es half nichts. Es blieben dieselben Bilder, sooft sie dieses Experiment auch wiederholten. Die Begleiterscheinungen waren nicht mehr so schlimm wie zu Beginn. Sie spürte zwar immer noch die Atemnot und das Gefühl, als würde ihr Brustkorb zusammengepresst, aber sie war darauf gefasst. Sie wusste, worauf sie sich einließ, wenn sie ihre Hände in kaltes Wasser tauchte, und sie wusste auch, dass es nur eine Erinnerung und nicht real war. Und doch musste es einen Tag gegeben haben, an dem diese schrecklichen Bilder in ihrem Kopf real gewesen waren.

Sie erzählte Carla auch von den anderen Gedächtnisinseln, doch die ergaben erst recht keinen Sinn.

»Wahrscheinlich unbedeutende Kleinigkeiten aus deinem früheren Leben«, hatte Carla gesagt. »Aber sie sind ein gutes Zeichen. Wir müssen daran arbeiten, dass es mehr werden und dass sie in einen Zusammenhang kommen.«

»Vielleicht gibt es ja tatsächlich einen Zusammenhang, so wie Carla glaubt«, sagte Anna leise zu ihrem Spiegelbild. »Nur haben wir ihn noch nicht entdeckt.«

Anna starrte auf den Wasserhahn vor sich. Ein roter und ein blauer Knopf. Gutes Wasser und böses Wasser, wie sie es zu Anfang ihres neuen Lebens genannt hatte.

Sollte sie es noch einmal probieren? Es kostete sie jedes Mal große Überwindung, auch nur einen Finger in kaltes

Wasser zu halten. Aber vielleicht sah sie ja heute mehr. Sie war in dieser Stimmung. Das war sie nicht immer. Manchmal wollte sie gar nicht wissen, was für ein Leben sie vor dem Unfall geführt hatte. Und dann wieder wünschte sie es sich mit jeder Faser. So wie jetzt.

Sie sah, wie sich ihre Hand behutsam dem Wasserhahn mit dem blauen Knopf näherte. Ein kurzes Zittern, dann war sie wieder ganz ruhig. Sie öffnete den Hahn, schloss die Augen und hielt ihre Hand in den kalten Wasserstrahl.

Ich hatte Todesangst. Doch ich hatte keine Angst um mein Leben. Ich hatte Angst um ihr Leben. Und ich war wütend. So wütend, dass ich nicht gezögert hätte, ihn umzubringen.

Dann dachte ich nichts mehr. Ich spürte nur noch, wie das kalte Wasser durch meine Kleidung sickerte, und ich sah den Rand des umschlagenden Bootes auf mich zukommen.

Nach Luft ringend zog Anna die Hand aus dem Wasserstrahl. Ihre Knie knickten ein und ihr Herz raste. Seit ihrer ersten Erinnerung war ihre Atemnot nicht mehr so unmittelbar und bedrohlich gewesen.

»Da war es!«, keuchte sie. »Da war es!«

Sie sah sich im Spiegel mit weit aufgerissenen Augen. Sie konnte immer noch kaum atmen. Was war passiert? Für den Bruchteil einer Sekunde hatte sie das Bild eines Bootes gesehen, eines kenternden Bootes!

»Es war kein Auto!«, keuchte sie ihr Spiegelbild noch einmal an.

Allmählich beruhigte sie sich wieder, ihr Herz schlug langsamer, sie konnte tief und frei atmen und wieder einigermaßen klar denken. Wie passte das zusammen? Warum erzählten ihr ihre Eltern von diesem Autounfall? Vielleicht war die Wahrheit ja so schrecklich, dass sie es nicht erfahren sollte. Andererseits hatte es diesen Unfall ganz sicher gegeben. Ihr Vater hatte ihr Bilder von dem Auto gezeigt, als es aus dem See gezogen wurde. Sollte sie ihre Mutter darauf ansprechen – oder ihren Vater? Anna verwarf den Gedanken gleich wieder. Wenn sie nicht mit ihr über ihr früheres Leben reden wollten, dann würden sie erst recht nicht über diesen Unfall sprechen. Wenn überhaupt, dann konnte sie nur mit Carla darüber reden. Aber zuerst musste sie selbst wieder klar im Kopf werden.

Anna drehte den Wasserhahn über der Badewanne zu und ließ das Wasser, das sie eingelassen hatte, wieder ablaufen. An diesem Tag wollte sie nicht mehr mit Wasser in Berührung kommen – ob es nun kalt war oder heiß.

Am Freitagabend erzählte Frau Lindenthal ihrem Mann von Carlas Vorschlag. Annas Vater reagierte ganz anders, als Anna es erwartet hatte. Er schien geradezu entsetzt zu sein.

»Schule? Muss das sein? Ich meine, ist das nicht etwas verfrüht – warum soll sie überhaupt noch zur Schule gehen?«

»Martin!«, rief Frau Lindenthal. »Selbstverständlich muss Anna zur Schule und ihr Abitur machen!«

»Ich habe Mama vorgeschlagen, in meine alte Schule zu gehen«, sagte Anna.

»Und ich habe ihr gesagt, dass ich das für keine gute Idee halte«, erwiderte Annas Mutter sofort.

»Und warum nicht?«, fragte Anna ihren Vater.

»Weil es keine gute Schule für dich ist«, antwortete Frau Lindenthal für ihren Mann.

»Ja, da hat Mama Recht«, sagte dann auch Annas Vater. »Das ist wirklich keine gute Idee.«

»Ich habe schon an eine Privatschule gedacht«, meinte Frau Lindenthal.

Martin Lindenthal verzog das Gesicht. »Privatschule? Ist das nicht sehr teuer? Dann könnten wir auch überlegen, sie in einem Internat anzumelden.«

»Das kommt überhaupt nicht in Frage!«, rief Frau Lindenthal. »Ich will mich um Anna kümmern. Das weißt du doch! Da werde ich sie ganz sicher nicht in einem Internat anmelden!«

»Bitte nicht!«, sagte Anna. »In einem Internat fühle ich mich ja noch eingesperrter als –«

»Als hier?«, fragte Frau Lindenthal.

»So habe ich das nicht gemeint. Aber ich möchte in kein Internat. Ich will euch nicht nur in den Ferien sehen!«

Frau Lindenthal schaute Anna mit großen Augen an. »Würdest du uns vermissen?«

»Sicher«, sagte Anna. »Ihr seid doch meine Eltern.«

Frau Lindenthals Augen wurden noch ein wenig größer – und sie wurden feucht.

Anna verstand zunächst nicht, warum ihre Mutter es so zu berühren schien, dass sie gern bei ihnen bleiben wollte. Doch dann erschrak sie plötzlich bei dem Gedanken, sie selbst könnte der Grund für die Zurückhaltung ihrer Eltern sein, was ihr früheres Leben betraf.

»Wie haben wir uns eigentlich verstanden – ich meine, früher, vor meinem Unfall?«, fragte sie aus einer Eingebung heraus.

»Wie meinst du das?«, fragte ihre Mutter zurück.

»Haben wir uns – lieb gehabt? So, wie Eltern und Tochter? Oder habe ich euch Ärger gemacht? Soll ich deshalb nicht zu meiner alten Schule zurück?«

Herr und Frau Lindenthal sahen sich an.

Annas Mutter schluckte. »Nein, das ist es nicht, mein Schatz. Wirklich nicht. Ich glaube nur – Papa und ich glauben nur, dass du dich dort nicht wohl fühlen wirst. Du weißt nicht, wie rücksichtslos die Menschen sein können, Anna. Du hättest so viele neugierige Fragen und Blicke auszuhalten und wir wissen nicht, ob das gut für dich wäre, ob es dir vielleicht sogar schaden und dich in deiner Entwicklung wieder zurückwerfen würde.«

»Ist das so, Papa?«, fragte Anna ihren Vater, der die ganze Zeit vermieden hatte sie anzusehen.

Martin Lindenthal nickte kaum merklich. »Ja, das stimmt.«

»Und was ist mit Freunden, Papa? Dort würde ich doch alte Freunde wiedertreffen!«

»Du hattest keine Freunde.«

»Aber Ilona! Mama hat gesagt, da gab es eine Ilona!«

Herr Lindenthal sah seine Frau mit einem kurzen Blick an. »Ja, die gab es, aber sie ist sicher nicht mehr dort.«

»Wo ist sie dann?«

Annas Vater zuckte nur mit den Schultern.

»Und wie heißt sie? Kannst du mir nicht wenigstens das sagen, Papa?«

Annas Vater stand auf. »Ich kenne ihren Familiennamen nicht, Anna. Tut mir Leid«, sagte er schon im Hinausgehen.

Anna sah ihm fassungslos nach.

»Was hat er?«, fragte sie ihre Mutter. »Habe ich etwas falsch gemacht? Ich habe doch nur wissen wollen –«

Frau Lindenthal kam zu Anna und nahm sie in den Arm. »Lass ihm Zeit, mein Schatz.«

»Zeit? Wofür?«

»Dein Gedächtnisverlust war ein großer Schock für ihn – und für mich auch«, antwortete Frau Lindenthal zögernd. »Du warst ja plötzlich ein völlig anderer Mensch. Genau so, wie du dich wieder an dieses Leben gewöhnen musst, müssen wir uns auch wieder an unsere neue Tochter gewöhnen.«

»Und Papa fällt es wohl schwerer als dir?«

Frau Lindenthal nickte. »Ja, das stimmt.«

»Hat er mich denn – geliebt? Ich meine, die Anna von früher?«

Wieder schluckte Frau Lindenthal und dieses Mal wurden ihre Augen nicht nur feucht.

»Ja, das hat er. Sehr sogar«, sagte sie dann leise. »Und ich glaube, von heute an wird er anfangen seine neue Anna genauso zu lieben.«

6

In ihrem Zimmer schaltete Anna das Licht aus und legte sich in ihr Bett. Der Regen prasselte gegen die Fensterscheibe.

»Kälter als für diese Jahreszeit üblich und außergewöhnlich ergiebige Niederschläge«, hatte der Sprecher eines Nachrichtenmagazins gesagt, in das sie am Nachmittag bei ihrem täglichen Ritt durch die Fernsehkanäle zufällig hineingeraten war.

Für diese Jahreszeit üblich! Was hieß das? Sie kannte nur dieses eine Mal. Dabei hatte sie diese Jahreszeit doch schon neunzehnmal erlebt! Oft genug, um wissen zu können, ob es wirklich kälter war und mehr regnete als in den Jahren zuvor. Doch die Früher-Anna behielt diese Erfahrung für sich, ließ sie nicht daran teilhaben, ebenso wenig wie an allem anderen, das in diesen neunzehn Jahren geschehen war.

Hatte ihr Vater sie wirklich geliebt, so wie ihre Mutter es ihr gesagt hatte? Anna glaubte ihr. Sie wollte ihr glauben. Nein, sie musste ihr glauben! Woran sollte sie sich festhalten, wenn nicht an ihren Eltern? Nur, warum hatte ihr Vater sich so traurig angehört, als er, ohne sie anzusehen, aus dem Zimmer gegangen war?

Sie fühlte, dass die Früher-Anna ein Geheimnis vor ihr verbarg. Und dieses Geheimnis musste etwas so Schlimmes sein, dass auch ihre Eltern es vor ihr verbargen. Vielleicht war es besser, dieses Geheimnis nicht zu kennen. Doch sie wollte ihr früheres Leben zurück, sie musste die Früher-Anna zwingen, ihr Gesicht zu zeigen, und war es auch noch so hässlich! Ihre Eltern würden es ihr nicht zeigen, sei es aus Liebe oder aus Angst um sie oder aus welchen Gründen auch immer. Wenn sie die Früher-Anna aus ihrem Versteck locken wollte, musste sie es selbst tun. Und zwar jetzt, bevor sie aus Angst oder aus Rücksicht vor ihren Eltern wieder den Mut verlor!

Irgendwo in diesem Haus musste es doch etwas geben, das ihr mehr über ihr Leben vor dem Unfall verriet! Sie setzte sich in ihrem Bett auf und lauschte. Im Haus war es still. Das hatte nicht viel zu bedeuten. Ihre Eltern lebten fast geräuschlos. Wenn ihr Vater zu Hause war, unterhielten sie sich sogar mit gedämpften Stimmen, als hätten sie Angst, jemand könne sie belauschen.

Anna stand auf, öffnete die Tür ihres Zimmers und schlich die Treppe hinunter. Die Holztreppe knarrte leise bei jedem Schritt. Anna hielt immer wieder inne und lauschte. Sie hörte nur das Geräusch des prasselnden Regens, das von allen Seiten zu kommen schien und das Knarren der Treppenstufen schluckte. Das hoffte sie zumindest.

Im Erdgeschoss sah sie sich nach allen Seiten um: Wohnzimmer, Küche, Schlafzimmer, nirgendwo konnte sie einen Lichtschein unter den geschlossenen Türen sehen. Ihre Eltern mussten also schlafen oder ausgegangen sein, was Anna allerdings sehr gewundert hätte, da sie das in den letzten drei Monaten nicht ein Mal getan hatten. Also war es besser, auch weiterhin so leise wie möglich vorzugehen.

Mit zusammengebissenen Zähnen drückte sie die Klinke

der Wohnzimmertür herunter, öffnete die Tür einen Spalt und schlüpfte hindurch.

Sollte sie das Licht anschalten? Es blieb ihr nichts anderes übrig. Die Straßenlaterne vor dem Fenster gab nicht genug Licht, um nach dem zu suchen, was sie finden wollte. Nur, was sollte das sein? – Sie würde es wissen, wenn sie es in den Händen hielt.

In zwei Schubladen des Wohnzimmerschranks bewahrte ihre Mutter verschiedene Papiere auf. Anna hatte es das eine oder andere Mal beiläufig bemerkt. Doch nun schienen gerade diese Schubladen am meisten Erfolg zu versprechen. Anna zog beide auf und begann mit ihrer Suche, wobei sie genau darauf achtete, dass sie die vorgefundene Ordnung nicht veränderte.

Das Ergebnis war enttäuschend. Sie fand nur belangloses Zeug wie Gebrauchsanweisungen, Handwerkerrechnungen oder Prospekte. Sie durchsuchte den gesamten Wohnzimmerschrank – mit dem gleichen Misserfolg. Kein Foto, kein Brief, nichts.

Gab es in diesem Haus nur diese paar Fotos, die ihr ihre Mutter gezeigt hatte, als sie zum ersten Mal in ihrem Zimmer gewesen war? Diese Fotos, auf denen sie als kleines Mädchen zu sehen war? Anna konnte sich das nicht vorstellen. Vielleicht bewahrten die Eltern ihre Fotos ja im Schlafzimmer auf – oder sie hatten sie vernichtet. Nur, warum sollten sie das getan haben?

Annas Blick fiel auf den Schreibtisch ihres Vaters. Er benutzte ihn zwar nicht oft und es war wohl eher unwahrscheinlich, dass er ausgerechnet dort Fotos oder andere persönliche Dinge aufbewahrte, doch Anna wollte sichergehen.

Auf der blank geputzten Schreibtischplatte befanden sich nur ein Telefon und ein leerer Notizblock. Ihr Vater schien noch ordnungsliebender zu sein als seine Frau. Und das sollte was heißen. Anna zog an einer der drei Schubladen. Sie waren verschlossen!

»Mist!«, rutschte es ihr leise heraus.

Warum waren sie verschlossen? Hatte ihr Vater etwas zu verbergen? Oder wollte er nur vermeiden, dass sich jemand Unbefugtes irgendwelche Geschäftspapiere ansah?

Anna wollte es wissen. Sie musste es wissen! Wo könnte ihr Vater den Schlüssel für den Schreibtisch aufbewahren? – An seinem Schlüsselbund natürlich!

An jedem Abend, bevor sie ins Bett ging, schloss ihre Mutter die Haustür von innen ab und ließ den Schlüssel stecken. Ihr Vater war zu Hause. Vielleicht hatte er ja die gleiche Angewohnheit!

Bevor sie die Wohnzimmertür öffnete, löschte sie das Licht und wartete, bis sich ihre Augen wieder an das Halbdunkel gewöhnt hatten. Sie sah sofort, dass ein Schlüsselbund in der Haustür steckte. Nur welcher?

Millimeter für Millimeter zog sie den Schlüssel aus dem Schloss. Als sie den Schlüsselbund endlich in der Hand hatte, wusste sie, dass er ihrem Vater gehörte. Es befanden sich mindestens doppelt so viele Schlüssel daran wie an dem seiner Frau.

Mit angehaltenem Atem schlich sie zurück ins Wohnzimmer. Sie kniete sich vor den Schreibtisch. Nach einigen Fehlversuchen hatte sie endlich den richtigen Schlüssel. Nachdem sie in der oberen Schublade zwei schmale Aktenordner gefunden hatte, deren Inhalt für sie so uninteressant wie unverständlich war, sank Annas Hoffnung, in diesem

Schreibtisch etwas zu entdecken, das sie näher an ihr früheres Leben brachte, auf null.

Sie zog die mittlere Schublade auf. Es lag nur ein großer, brauner Briefumschlag darin.

ANNA war mit einem dicken Filzstift darauf geschrieben.

Anna biss sich auf die Lippe, um nicht aufzuschreien.

Sie stand auf, schloss die Augen und holte tief Luft. Ihr Herz raste und sie spürte, wie ihre Knie zitterten. Sie musste sich beruhigen, bevor sie in den Umschlag sah, sonst würde sie noch schreien oder sich durch ein anderes Geräusch verraten.

Sie bekam weder ihr Herz noch ihre Knie unter Kontrolle. Sie hielt es nicht mehr länger aus. Wenn sie nicht bald nachsah, was in dem Umschlag war, würde sie verrückt werden!

Sie nahm ihn in die Hand. Er war dünn, sehr leicht und nicht verschlossen. War überhaupt etwas darin? Und wenn, was würde sie finden? Das Geheimnis ihres früheren Lebens? Würde sie sich erinnern? Würde sie sich endlich erinnern, wenn sie den Inhalt des Umschlags kannte?

Sie holte noch einmal Luft, griff hinein und zog ein Blatt Papier heraus – nein, es war ein Foto! Ein kleines Mädchen lachte sie ohne seine Schneidezähne an: die Früher-Anna! Auf dem Foto, das ihr ihre Mutter gezeigt hatte, war sie nicht so deutlich zu erkennen gewesen. Dieses hier musste bei einem Fotografen gemacht worden sein. Und doch war es dasselbe Mädchen. Es war sie, Anna – und sie war es auch nicht. In ihrem Gehirn gab es nichts, das sie und dieses Mädchen gemeinsam hatten. Und doch musste dieses kleine Mädchen ohne Schneidezähne ein Teil ihres Lebens sein.

Am liebsten hätte Anna das Foto zusammengeknüllt oder wäre darauf herumgetrampelt, wie sie es mit dem anderen Foto gemacht hatte. Doch sie beherrschte sich. Wie konnte sie nur so naiv gewesen sein sich einzubilden, in diesem Umschlag würde sie das Geheimnis ihres früheren Lebens finden! Gab es überhaupt so ein Geheimnis? Ihr Vater hatte ein Kinderfoto von ihr in einen Umschlag gesteckt und ihren Namen darauf geschrieben. Das war alles! Bestimmt bewahrten viele Väter Fotos ihrer Kinder in ihrem Schreibtisch auf. Vielleicht hatte es ja einmal in einem Rahmen darauf gestanden.

Anna steckte das Foto zurück in den Umschlag. Es blieb an etwas hängen. Anna schaute in den Umschlag hinein. Da war noch etwas! Ein Blatt Papier. Sie zog es heraus.

Hatte da nicht eine Tür geknarrt oder eine der Treppenstufen? Anna hielt die Luft an und lauschte. – Nein, sie musste sich getäuscht haben. Sie sah wieder auf das Blatt Papier, das sie aus dem Umschlag gezogen hatte.

»Ein Kontoauszug?«, flüsterte sie.

Sie hatte gleich erkannt, was es war. Während ihrer Einkaufstouren war ihre Mutter schon einige Male mit ihr zur Bank gegangen, um sich Bargeld zu besorgen oder um Kontoauszüge ausdrucken zu lassen. Dieser hier war zwar größer und sah irgendwie offizieller aus, aber es war ohne Zweifel ein Kontoauszug. Anna besah ihn sich genauer:

BARABHEBUNG € 2.000.000,00

Darunter war ein Stempel der Bank zu sehen und der Vermerk *Betrag erhalten* mit Datum und Unterschrift ihres Vaters.

»Achter Oktober«, flüsterte sie.

Am neunten Oktober hatte sie ihren Unfall gehabt. Das hatten ihr sowohl ihre Mutter als auch Carla erzählt. Warum hatte ihr Vater einen Tag zuvor dieses Geld abgehoben? Woher hatte er überhaupt so viel Geld?

Da! Nun hatte sie es deutlich gehört! Schritte! Jemand war in der Diele!

»Anna? Bist du wach?«

Das war die Stimme ihres Vaters!

»Was machst du denn im Wohnzimmer?«

Anna stopfte den Kontoauszug und das Foto in den Umschlag. In Sekundenschnelle schlug sie die Schublade des Schreibtischs zu, warf sich auf den Boden, begrub den Schlüsselbund unter sich und drückte auf den Einschaltknopf des Fernsehers.

Erst als sie am Boden vor dem Fernseher lag, wurde ihr bewusst, was sie gerade getan hatte. Wo hatte sie gelernt, so schnell auf Gefahren zu reagieren? Ihre Bewegungen waren nicht bewusst, sondern wie ein Reflex gewesen.

Als sich die Tür zum Wohnzimmer öffnete, erschien ein Bild auf der Mattscheibe. Anna schaute hin, nahm aber nicht wahr, was darauf gezeigt wurde.

Ihr Vater trug einen Morgenmantel und sah nicht so aus, als hätte er schon geschlafen.

»Was machst du hier? Warum siehst du nicht in deinem Zimmer fern?«

Anna schluckte. Jetzt nur kein Zittern in der Stimme!

»Das Bild ist hier besser«, sagte sie, ohne ihren Vater anzusehen.

»Ach ja? Tatsächlich? Dann stelle ihn doch bitte etwas leiser. Ich möchte gern schlafen.«

»Ist gut. Aber ich wollte ohnehin gerade ins Bett.«

»Das solltest du auch. Es ist schon spät.«

Die Tür schloss sich wieder. Anna spürte den Schlüsselbund unter sich.

»Bitte!«, flehte sie leise. »Bitte lass ihn nicht zur Haustür sehen.«

Sie schaltete den Fernseher aus. Nach endlosen Sekunden war sie endlich sicher, dass ihr Vater ins Schlafzimmer gegangen war.

Sie sprang auf und lief zum Schreibtisch. Bevor sie ihn abschloss, vergewisserte sie sich, dass der Umschlag so in der Schublade lag, wie sie ihn vorgefunden hatte.

Sie löschte das Licht und sah in die Diele. Im Schlafzimmer brannte immer noch kein Licht.

Auf Zehenspitzen lief sie zur Haustür, steckte den Schlüssel hinein und sprang die Treppe zu ihrem Zimmer hinauf.

Sie ließ sich auf ihr Bett fallen. Geschafft!

Was, um alles in der Welt, hatte das zu bedeuten? Wozu hatte ihr Vater so viel Geld gebraucht? Und woher hatte er das Geld überhaupt? Wenn sie so reich waren, warum wohnten sie dann in diesem kleinen Reihenhaus? War es Geiz? Anna konnte es sich nicht vorstellen, wenn sie an die Einkaufstouren mit ihrer Mutter dachte. Und warum lag der Bankauszug ausgerechnet in einem Umschlag mit ihrem Foto und ihrem Namen darauf?

Sie hatte gehofft, etwas über sich und ihr früheres Leben zu erfahren, doch sie hatte nur erreicht, dass es noch mehr Fragen gab, die sie nicht beantworten konnte.

Sie wollte es wissen! Gleich am nächsten Tag würde sie ihren Vater nach dem Umschlag und seinem Inhalt fragen!

Als sie am nächsten Morgen unter der Dusche stand, war der größte Teil ihrer Entschlossenheit Zweifeln gewichen. Wie würde ihr Vater reagieren, wenn sie ihn direkt nach dem Umschlag fragte? Ein so hoher Geldbetrag in bar konnte kaum etwas mit einem normalen Geschäft zu tun haben. Möglicherweise würde sie in ein Wespennest stechen, wenn sie ihn unvorbereitet danach fragte. Vielleicht war es besser, einen günstigen Zeitpunkt abzuwarten oder zumindest das Gespräch behutsam auf den Umschlag zu lenken.

Den Rest des Wochenendes wartete Anna auf diesen Zeitpunkt. Je länger sie darüber nachdachte, desto größer wurde ihre Angst, ihren Vater überhaupt nach dem Kontoauszug zu fragen.

Anna sollte ihm Zeit geben, damit er sie genauso lieben konnte wie die Früher-Anna, hatte ihre Mutter gesagt. Wie konnte er das, wenn er erfuhr, dass sie hinter seinem Rücken in seinem Schreibtisch herumgeschnüffelt hatte?

Anna war geradezu erleichtert, als sie am Montagmorgen zum Frühstück kam und feststellte, dass Martin Lindenthal sich bereits auf den Weg zur Arbeit gemacht hatte.

Während der Autofahrt zu Carlas Praxis überlegte sie, ob sie ihre Mutter nach dem Umschlag fragen sollte. Aber sicher würde sie wieder nur ausweichend antworten oder es Annas Vater am Telefon erzählen. Das wollte sie auf keinen Fall. Wenn überhaupt, dann würde sie mit ihm selbst darüber reden.

Nach der Therapiestunde bei Carla stand ihre Mutter wie immer vor der Praxis und wartete auf sie. Dieses Mal war sie allerdings nicht allein. Ein junger Mann redete auf sie ein.

»Mama? Alles klar?«, fragte Anna.

Als der junge Mann sie entdeckte, hellte sich sein Gesicht auf. »Ist sie das? Sind Sie Anna Lindenthal?«

Anna wollte etwas sagen, aber sie konnte nicht. Irgendwie klebten die Worte in ihrem Hals fest. Dafür spürte sie etwas in ihrem Bauch. Es war nicht angenehm und es war nicht unangenehm und es war weit entfernt von Schmerz. Sie spürte ihr Herz schlagen, so wie in der letzten Nacht, als sie den Umschlag gefunden hatte. Doch dieses Mal war es nicht Angst, es war ein wesentlich angenehmeres Gefühl.

»Ja«, sagte sie endlich.

»Lass uns fahren«, sagte ihre Mutter sofort.

»Aber warum denn?«, rief der Mann. »Ich habe Ihnen doch noch gar nicht alles erklärt!«

»Wollen Sie uns was verkaufen?«, fragte Anna ihn.

»Nein!«, rief der Mann und lachte laut auf. Dieses Lachen gab Anna den Rest.

»Mein Name ist Kevin Schneider«, fuhr er fort. »Ich bin vom Fernsehen.«

»Echt?«, rief Anna. Das wurde ja immer besser!

»Anna! Das ist nichts für uns«, sagte ihre Mutter wieder. »Lass uns nach Hause fahren.«

»Ich möchte aber erst wissen, worum es geht, Mama«, erwiderte Anna.

Fernsehen! Das hörte sich mehr als interessant an. Und auch sonst gab es genug Gründe, sich nicht so schnell von Kevin Schneider zu verabschieden!

»Ich würde gern eine Reportage über Sie machen«, sagte

Kevin Schneider. »Genauer gesagt, über Ihr Problem«, fügte er verlegen hinzu. »Ein Zeitungsartikel hat uns auf Sie aufmerksam gemacht.«

Anna war sprachlos. Sie sah ihn verdattert an – und ärgerte sich darüber. Wahrscheinlich machte sie ein ziemlich dämliches Gesicht.

»Wir sind nicht interessiert«, sagte Annas Mutter wieder.

»Das würde ich aber nicht sagen«, erwiderte Anna. »Was soll denn das für eine Reportage sein? Ich meine, für welche Sendung?«

»Anna! Bitte!«

»Ich möchte Sie mit all dem nicht überfallen«, sagte Kevin Schneider. »Und ich möchte Ihnen auch nicht wie ein Bürstenvertreter erscheinen, der Ihnen etwas aufschwatzen will. Ich gebe Ihnen meine Visitenkarte. Dann können Sie mich jederzeit anrufen, wenn Sie wollen, und wir machen einen Termin aus.«

Er griff in seine Jackentasche, holte eine Visitenkarte hervor und hielt sie Annas Mutter hin. Die sah die Karte an, als würde Kevin Schneider ihr einen toten Frosch unter die Nase halten.

»Nein danke. Ich denke nicht, dass wir Sie anrufen wollen, Herr Schneider.«

»Lass uns das doch zu Hause besprechen«, sagte Anna und nahm die Karte.

Kevin sah Anna dabei etwas intensiver in die Augen, als es bei einer ersten Begegnung üblich war, und hielt seine Visitenkarte eine Sekunde länger fest, als es nötig gewesen wäre. Anna berührte seine Hand mehr oder weniger unabsichtlich und spürte ein Zittern bis in die Haarspitzen.

Sie wich seinem Blick aus und steckte die Karte in ihre Jackentasche, wobei sie sehr darauf achtete, dass sie nicht herausfallen konnte.

»Dann bis später vielleicht«, sagte Kevin Schneider, ohne Anna aus den Augen zu lassen.

7

Frau Lindenthal zog Anna zu ihrem Auto, als fürchtete sie, Kevin Schneider könne noch einmal zurückkommen und sie doch noch zu der Reportage überreden. Sie sprang hinein, ließ den Motor an und fuhr los, bevor Anna sich angeschnallt hatte.

Annas Mutter sah mit zusammengezogenen Augenbrauen auf die Straße vor sich.

»Fernsehen! Das fehlte noch.«

»Ich weiß gar nicht, was du hast«, sagte Anna. »Dieser Herr Schneider war doch sehr – nett.«

»Das sind sie immer, bevor sie haben, was sie von einem wollen.«

»Wir wissen doch gar nicht so genau, was er von uns will«, erwiderte Anna.

»Eine Reportage!«, schnaufte Frau Lindenthal. »Wahrscheinlich ist er nur darauf aus, in unserem Privatleben herumzuschnüffeln und dich wie ein Zirkuspferd zur Schau zu stellen. Und am Ende erkennt man sich selbst nicht wieder.«

»Woher willst du das wissen, Mama? Hat man schon einmal eine Reportage über dich gemacht?«

»Nein, aber ich kann es mir gut vorstellen.«

»Mama! Wir könnten uns doch anhören, was das für

eine Reportage werden soll. Dann können wir immer noch entscheiden, ob wir es machen oder nicht. Und vielleicht –«

»Vielleicht?«, fragte Frau Lindenthal.

»Ach, ich weiß auch nicht.«

Frau Lindenthal fuhr auf einen Parkstreifen und schaltete den Motor aus.

»Was ist los? Warum hältst du?«

Frau Lindenthal nahm Annas Hand. »Du erhoffst dir doch etwas von der Reportage, nicht wahr?«

Anna hielt ihrem Blick nicht stand. »Ich weiß nicht, was du meinst.«

»Oh doch, das weißt du. Du erhoffst dir, dass jemand aus deinem früheren Leben die Sendung sieht und sich bei dir meldet. Ist es nicht so?«

»Und wenn?«, rief Anna. »Wäre das so schlimm? Oder ist das der Grund, warum du dagegen bist?«

Frau Lindenthal drückte Annas Hand noch ein wenig fester. »Lass uns nicht mehr darüber reden, mein Schatz. Dieser Herr Schneider ist nicht gut für uns. Das musst du mir glauben!«

Anna sagte nichts darauf. Ihre Mutter schien es auch nicht zu erwarten. Sie ließ den Motor an und fuhr los.

Anna sah aus dem Beifahrerfenster auf die wieder einmal ziemlich graue Stadt. Sie versuchte ihre Mutter zu verstehen. Sicher, die Fernsehleute brachten ziemlich viel Schwachsinn und gerade die Sensationsjournalisten nahmen wenig Rücksicht auf ihre »Opfer«. Doch so jemand war Kevin Schneider nicht. Das fühlte sie, obwohl sie nur ein paar Minuten mit ihm gesprochen hatte.

Diese Reportage wäre eine gute Chance, mit ihrem früheren Leben in Kontakt zu kommen. Sicher würden einige Leute, die sie aus der Zeit vor ihrem Unfall kannten, die Reportage sehen und sich möglicherweise bei ihnen melden. Doch ihre Mutter war dagegen. Wovor hatte sie nur Angst?

Vielleicht sollte ich die Sache selbst in die Hand nehmen, dachte sie. Doch dann würde sie ihre Eltern hintergehen, und das wollte sie nicht. Ihre Mutter hatte ihr das Leben gerettet. Sie hatte sich nicht ein Mal darüber beklagt, dass sie sich nun ständig um sie kümmern musste. Und ihr Vater schuftete Woche für Woche, um ihr ein sorgenfreies Leben zu ermöglichen und die Therapie zu bezahlen, die sicher eine Menge Geld kostete. Vielleicht hatte ihr Vater ja mehr Verständnis für sie.

»Warum fragen wir nicht Papa? Vielleicht ist er ja mit der Reportage einverstanden.«

»Wenn ich es nicht bin, ist er es ganz sicher auch nicht«, erwiderte ihre Mutter.

»Rufst du ihn trotzdem bitte an?«

»Wenn du es unbedingt willst, kann ich es tun. Aber ich weiß jetzt schon, was er sagen wird.«

Zu Hause drängte Anna ihre Mutter so lange, bis sie ihren Vater anrief.

Anna stellte sich während des Telefongesprächs neben ihre Mutter. Sie hörte zwar nicht, was er sagte, doch die Antworten ihrer Mutter waren deutlich genug, um zu wissen, dass auch er gegen die Reportage war.

»Gibst du ihn mir mal?«, fragte Anna schließlich.

Frau Lindenthal zuckte mit den Schultern und reichte Anna den Telefonhörer.

»Papa?«

»Ja?«

»Dieser Kevin Schneider scheint wirklich sehr nett zu sein. Ich glaube, er macht nicht so eine Sensationsreportage, wie Mama befürchtet.«

Anna hörte, wie ihr Vater am anderen Ende der Leitung tief einatmete.

»Das kann ja sein«, sagte er dann. »Aber ich gebe Mama Recht. Es wäre nicht gut für uns – vor allem nicht für dich.«

»Warum denn nicht?«, rief Anna. »Was kann denn schon passieren? Selbst wenn sich jemand aus meinem früheren Leben meldet –«

»Das meine ich ja noch nicht einmal«, unterbrach ihr Vater sie. »Aber die Sendung könnte von Leuten gesehen werden, die deine Situation ausnutzen wollen. Nicht alle Menschen wollen dir nur Gutes. Solchen Menschen gegenüber bist du viel stärker gefährdet, weil du keine Erfahrung damit hast.«

»Woher soll ich die Erfahrung denn bekommen, wenn ihr mich nicht lasst?«

»Das wirst du noch, aber Schritt für Schritt. Du warst schließlich sehr krank, Anna. Und du bist noch längst nicht wieder gesund. Bitte habe noch Geduld – deiner Mutter zuliebe.«

Anna gab auf. Dagegen hatte sie keine Argumente.

»Versprichst du mir das?«, fragte ihr Vater noch.

»Bis Freitag, Papa. Ich freu mich schon«, sagte Anna nur.

Sie wollte es ihm nicht versprechen, denn sie wusste nicht, ob sie es halten konnte.

Anna saß auf ihrem Bett und hielt die Visitenkarte wie einen kostbaren Schatz mit den Fingerspitzen fest, als hätte sie Angst, sie zu beschädigen. Soweit sie es beurteilen konnte, war es eine ganz normale Visitenkarte. Zumindest stand nichts Außergewöhnliches darauf: der Fernsehsender, *Landesredaktion NRW*, der Name, die Adresse und – was am wichtigsten war – die Telefonnummer von Kevin Schneider.

Anna legte die Karte vorsichtig auf ihren Nachttisch und stand auf. Sie lief im Zimmer herum, wobei ihr Blick immer wieder auf die Visitenkarte fiel.

Was sollte sie tun? Ihre Eltern gaben ihr keine Möglichkeit, diese Chance zu nutzen. Und die Visitenkarte war eine Chance! Wie sollte sie sonst jemals herausfinden, wer sie wirklich war? Bis auf die eher verwirrenden Gedächtnisinseln hatte sich die Früher-Anna immer noch irgendwo in ihrem Kopf versteckt.

»Tu es Mama zuliebe«, hatte ihr Vater gesagt.

Warum? Wenn sie nur gewusst hätte, warum! Wieder verstand sie die Argumente ihrer Eltern und wieder hatte sie das Gefühl, sie sagten ihr nicht alles. Mit jedem Grund, den ihre Eltern vorbrachten, warum sie sie von ihrem früheren Leben fern hielten, wurde Anna sicherer, dass sie ihr etwas verschwiegen, das sie auf keinen Fall erfahren sollte.

Doch dieses Mal wollte sie sich nicht damit zufrieden geben. Nein, sie durfte sich nicht damit zufrieden geben, auch wenn ihre Eltern sicher enttäuscht und wütend sein würden.

Sie spürte, dass sie eine wichtige Entscheidung traf. Aber wenn sie es nicht tat, würde sie möglicherweise die letzte Chance vertun, an die Früher-Anna heranzukommen. –

Und sie wollte Kevin Schneider und sein Lachen wiedersehen!

Sie schlich ins Erdgeschoss. Aus der Küche drangen Geschirrgeklapper und Essensdüfte. Ihre Mutter war also, wie sie gehofft und erwartet hatte, mit den Vorbereitungen für das Mittagessen beschäftigt. Sie hatten zwar eine Putzfrau, die, warum auch immer, alle zwei Tage kam, aber das Kochen wollte Frau Lindenthal keinem Fremden überlassen. Das würde sie wahrscheinlich noch nicht einmal tun, wenn sie die reichste Frau der Welt wäre, dachte Anna.

So vorsichtig wie möglich nahm sie das schnurlose Telefon vom Halter. Sie wusste, dass das ein Knacken im Nebenapparat in der Küche verursachte. Mit dem Hörer in der Hand blieb sie stehen und hielt die Luft an.

Erst als sie sicher war, dass ihre Mutter das verräterische Geräusch nicht gehört hatte, schlich sie die Treppe wieder hinauf und schloss leise die Tür ihres Zimmers. Gelobt sei die moderne Technik!

Da saß sie nun wieder. In einer Hand den Telefonhörer, in der anderen Hand die Visitenkarte. Nun brauchte sie nur noch die paar Nummern einzutippen und schon war sie mit dem Fernsehen verbunden! Mit dem Fernsehen! Und mit Kevin Schneider und seinem Lachen!

Sie dachte wieder an ihre erste Begegnung mit dem Fernsehen. Nun würde der Mann darin doch antworten. Das hoffte sie zumindest. Nur, was sollte sie sagen?

Sie versuchte zu üben.

»Hallo, Herr Schneider! Hier ist Anna Lindenthal! Wie sieht's mit der Fernsehreportage aus?«

Nein, das war zu kindisch.

Oder: »Guten Tag, Herr Schneider. Hier spricht Anna Lindenthal. Ich wollte Sie bitten –«

Um Gottes willen! Das hörte sich ja an, als wollte sie einen Antrag auf Sozialhilfe stellen.

Anna holte tief Luft. »Was soll's«, sagte sie laut. »Erst mal anrufen. Alles andere wird sich dann schon ergeben.«

Trotzdem zitterte ihre Hand, als sie vorsichtig, um sich ja nicht zu verwählen, die Nummer, die auf der Visitenkarte stand, in das Tastenfeld des Hörers eingab.

Sie hielt den Hörer ans Ohr. Es knackte ein paarmal, dann ertönte ein durchdringender Pfeifton.

»Fax! Du blöde Kuh hast die Faxnummer gewählt!«, schimpfte sie mit sich selbst.

Sie wählte die Telefonnummer. – Freizeichen. – Annas Herz schlug ihr bis zum Hals und in ihrem Bauch rumorte es.

»Schneider?«

Anna musste sich räuspern, bevor sie antworten konnte. »Anna. – Hier ist Anna Lindenthal.«

»Frau Lindenthal!«, rief Kevin Schneider in sein Telefon. »Das freut mich aber, dass Sie anrufen.« Das schien er tatsächlich ehrlich zu meinen.

Frau Lindenthal! So hatte sie bisher noch niemand genannt, jedenfalls soweit sie sich erinnern konnte. Andererseits war das mit zwanzig ja wohl längst angesagt. Selbst wenn man viel jünger aussah. Auf jeden Fall respektierte er sie! Kevin Schneider gefiel ihr von Minute zu Minute besser.

»Haben Sie es sich überlegt?«, fragte er. »Sollen wir uns treffen, um über die Reportage zu sprechen?«

»Ja.«

»Prima! Ehrlich gesagt wäre es mir sehr lieb, wenn wir nicht zu lange warten. Wann hätten Sie denn Zeit?«

Anna erschrak. Daran hatte sie überhaupt nicht gedacht! Wie sollte sie sich mit ihm treffen, ohne dass ihre Mutter davon erfuhr? Sie suchte verzweifelt nach einer Lösung.

»Hallo?«, fragte Kevin Schneider. »Sind Sie noch da?«

»Ja.«

»Was halten Sie von morgen? Ich könnte Sie doch wieder vor der Praxis treffen«, schlug er dann vor. »So wie heute Mittag.«

Genau! Das war's!

»Das ist eine gute Idee«, sagte Anna schnell. »Aber vielleicht eine Stunde früher.«

»Kein Problem! Dann also bis morgen um elf! Tschüs!«

»Tschüs.«

Anna starrte auf den Hörer. Das war nun ganz anders gelaufen, als sie gedacht oder besser befürchtet hatte. Sie hatte kaum etwas sagen müssen. Doch nun hatte sie ein neues Problem. Wie sollte sie am nächsten Tag eine Stunde früher aus Carlas Praxis kommen? Das hatte sie bisher noch nie getan.

Ihr fiel nur eine Lösung ein: Ehrlichkeit. Wenn sie schon ihre Eltern hinterging, wollte sie zumindest Carla gegenüber ehrlich sein. Sie würde ihr von ihrem Plan erzählen und hoffte, ihre Therapeutin würde einverstanden sein. Aber selbst wenn sie es nicht war, stand eines für sie fest: Sie würde Kevin Schneider nicht versetzen, und wenn sie Carla dafür in ihre Teeküche sperren musste!

»Aber sie wird es schon verstehen«, sagte sie zu sich selbst. »Hoffentlich.«

Den Rest des Tages versuchte Anna, ihrer Mutter aus dem Weg zu gehen. Ihr schlechtes Gewissen nagte mehr an ihr, als sie es sich vorgestellt hatte. Dass ihre Mutter an diesem Tag besonders aufmerksam und ausgesprochen gut gelaunt war, machte es ihr nicht leichter. Doch sie hatte diesen Entschluss gefasst und sie würde ihn auch in die Tat umsetzen!

»Fernsehen! Das ist ja ein Ding«, staunte Carla am nächsten Morgen, nachdem Anna ihr erzählt hatte, was am Tag zuvor nach der Therapie passiert war.

»Und?«, fragte Anna. »Ist das okay für dich, wenn ich eine Stunde früher gehe? – Und sagst du meiner Mutter nichts davon?«

»Mit dem Ersten habe ich kein Problem. Aber was deine Mutter betrifft –«

»Carla! Bitte! Sie erlaubt es mir nie!«

»Das ist ja das Problem«, erwiderte Carla seufzend.

»Ich weiß nicht, warum, aber sie lässt mich keinen Augenblick aus den Augen!«, rief Anna.

»Sie hat sicher Angst um dich. Das ist ganz normal, wenn man bedenkt, dass sie dich beinahe verloren hätte.«

»Ich weiß! Ehrlich gesagt habe ich ja auch ein schlechtes Gewissen dabei, aber ich muss doch wieder mit Leuten von früher zusammenkommen. Irgendwann erinnert sich sonst niemand mehr an mich! Dann bin ich ganz im Arsch!«

»Bitte? Was hast du gesagt? So habe ich dich ja noch nie reden hören.«

Anna schüttelte sich. »Stimmt. Mama achtet sehr darauf, dass ich keine Kraftausdrücke benutze. Ich weiß auch nicht, was da in mich gefahren ist. Aber trotzdem ist es so!«

Carla ließ noch einmal einen langen Seufzer hören. »Also gut. Triff dich mit diesem Kevin Schneider. Wahrscheinlich werde ich es bereuen, aber ich will dir diese Chance auch nicht verderben.«

»Danke! Du bist die Größte!« Anna fiel ihr um den Hals und gab ihr einen schmatzenden Kuss auf ihre süßen Knubbelbäckchen.

»Übrigens, wie sieht er eigentlich aus, dieser Kevin Schneider?«, fragte Carla dann noch mit einem fast unverschämten Schmunzeln.

»Wie soll er schon aussehen?«, fragte Anna zurück. »Ganz normal halt.«

Sie hoffte sehr, dass Carla das Blubbern in ihrem Bauch nicht hörte.

Zehn Minuten bevor es so weit war, verschwand Anna in Carlas Bad und versuchte sich irgendwie herauszuputzen. Nur wie?

»Gesegnet sei die Schminke«, seufzte sie ihrem Spiegelbild entgegen.

Doch die war im Haushalt der Lindenthals absolutes Tabu. Also blieb es bei sorgfältigem Kämmen und der Verzweiflung darüber, dass ein kleiner hässlicher Pickel mitten auf ihrer Nase blühte.

»Mit zwanzig müsste das eigentlich erledigt sein«, erzählte sie ihrem Spiegelbild. Dann noch einmal kräftig durchatmen und los!

Kevin Schneider wartete schon auf sie. Er begrüßte sie mit dem gleichen Lächeln wie am Tag zuvor. Normal? Was hatte sie da gesagt? Er sah unglaublich gut aus! Ihr Bauch hatte sich mittlerweile in einen Whirlpool verwandelt.

Doch dann dachte sie an ihren Pickel und ihr bisschen Selbstbewusstsein sank auf null.

Kevin Schneider sah sich um. »Sie sind allein?«

»Ja. Ist das ein Problem?«

»Nein, natürlich nicht! Ihre Mutter war ja ohnehin nicht ganz so gut auf mich zu sprechen«, sagte er und lachte laut auf.

Dieses Lachen! Wenn er nicht damit aufhörte, würde sie kein Wort herausbringen.

»Hier in der Nähe gibt es ein kleines Café. Was halten Sie davon?«, fuhr er fort.

Ich saß in einem dieser altmodischen Cafés, die ich so gern mochte, in denen sich Omas von besseren Zeiten erzählten oder irgendwelche Anzugtypen mit ihren Geschäftspartnern oder Familien mit ihren Kindern frühstückten. Es war das normale Leben. Das Leben, das ich nie führen würde.

»Ich mochte Cafés, weil sie so normal waren«, sagte Anna zu sich selbst.

»Was sagen Sie?«, fragte Kevin Schneider. »Ich habe Sie leider nicht verstanden.«

»Schon gut«, sagte Anna nur.

Sie mochte Cafés. Warum hatte sie dann so etwas wie Traurigkeit empfunden, als sie sich gerade an einen ihrer Cafébesuche erinnert hatte? Es war nichts Besonderes daran gewesen. Sie hatte an einem kleinen Tisch gesessen und die Menschen um sie herum beobachtet. Sie hatte sich wohl gefühlt und trotzdem war sie traurig gewesen. – Nein, sie war neidisch auf diese Menschen und ihr Leben gewesen. Sie hatte diese Leute nicht gekannt. Das wusste sie genau. Warum war sie dann neidisch auf sie gewesen?

»Gehen Sie also mit mir ins Café?«, fragte Kevin Schneider noch einmal.

»Ja, gerne«, antwortete Anna immer noch abwesend. »Aber in einer Stunde muss ich wieder zurück sein.«

»Kein Problem. Bis dahin haben wir alles besprochen.«

8

Das Café, in das Kevin Anna führte, war tatsächlich sehr schön. Es sah sogar ein wenig so aus wie das Café, das sie in diesem kurzen Erinnerungsfetzen vor sich gesehen hatte. Und dann dieser Geruch! Eine Mischung aus frisch gebrühtem Kaffee und dem Duft der vielen süßen Köstlichkeiten, die sie aus den Auslagen anlachten. Das war es, was sie an diesen altmodischen Cafés liebte!

Sie bestellte einen Kaffee und Apfelkuchen.

»Ich nehme nur einen Kaffee«, sagte Kevin Schneider. »Wenn ich schon morgens mit Süßem anfange, passe ich bald nicht mehr in meine Sachen.«

»Ach, darüber brauchen Sie sich doch keine Sorgen zu machen«, sagte Anna und bereute es gleich wieder.

Was redete sie da für einen Schwachsinn? – Aber warum hatte *er* das gesagt? Hielt er sie für zu dick? Sie sah unauffällig an sich herunter. Nein, das konnte nicht sein.

»Es wäre wirklich schön, wenn es mit der Reportage klappt«, holte Kevin Schneider Anna aus ihren Gedanken. »Sie haben ja eine Menge durchmachen müssen. Das interessiert die Leute sicher. Und vielleicht hilft es auch denen, die in einer ähnlichen Lage sind.«

»Totalamnesie?«, fragte Anna. »Glauben Sie wirklich, das haben viele?«

»Nein, aber Gedächtnislücken, auch größere, gibt es durchaus häufiger. Ich habe mich schon schlau gemacht. – Ach übrigens, beim Fernsehen ist es eigentlich üblich, dass man sich duzt. Haben Sie etwas dagegen? Wenn nein, einfach Kevin.«

Anna schluckte. Zum Glück hatte die Serviererin schon ihren Kaffee und den Apfelkuchen gebracht. Den ersten Bissen genoss sie mit geschlossenen Augen. Das bewahrte sie davor, Kevin ansehen zu müssen.

»Anna«, brachte sie heraus.

»Schön!«, freute sich Kevin. »Lass uns zunächst die Formalitäten klären. Sind deine Eltern nun doch damit einverstanden?«

»Nein, aber das müssen sie ja auch nicht. Schließlich bin ich volljährig.«

Kevin nickte. »Stimmt. Aber ich dachte, dass deine Eltern möglicherweise die Vormundschaft für dich haben. Jedenfalls vorläufig. Bis du wieder – in Ordnung bist.«

Verflixt! Daran hatte sie überhaupt nicht gedacht. Bisher hatten sie nicht darüber gesprochen, aber es wäre logisch. Schließlich hatte sie, als sie aus ihrer Bewusstlosigkeit erwacht war, noch nicht einmal allein zur Toilette gehen können.

»Nein, nein, das ist kein Problem«, sagte sie trotzdem und hoffte, dass es überzeugend klang.

»Dann bräuchte ich eine Unterschrift von dir, dass du damit einverstanden bist, wenn wir deine Geschichte im Fernsehen veröffentlichen«, sagte Kevin und legte ihr ein klein gedrucktes Schreiben vor die Nase.

»Niemals etwas unterschreiben!«, hatte Carla ihr eingeschärft. »Niemals, ohne vorher mit mir oder deinen Eltern darüber gesprochen zu haben. Es gibt zu viele Leute, die deine Situation ausnutzen könnten.«

Anna nahm den Stift, der neben dem Schreiben lag, und unterschrieb. Sie vertraute Kevin. Diesem Lachen musste sie einfach vertrauen. Und wenn er sie hereinlegen wollte, konnte er es sicher auch ohne ihre Unterschrift tun.

Kevin nahm das Schreiben wieder an sich. »Okay. Danke. Damit wäre der langweilige Teil erledigt. Nun erzähl doch mal. Was ist eigentlich passiert? Ich kann mir überhaupt nicht vorstellen, wie es ist, wenn man sich an absolut nichts mehr erinnert.«

»Sei froh, wenn du es nie erfährst«, sagte Anna.

Doch dann begann sie zu erzählen. Sie fasste sich so kurz wie möglich und sah immer wieder auf die Uhr. Sie musste unbedingt zurück sein, bevor ihre Mutter kam.

»Oh Mann!«, stöhnte Kevin auf, als sie fertig war. »Das ist ja echt beschissen – und irgendwie unheimlich.«

»Allerdings. Was wollen Sie, ich meine, was willst du denn jetzt eigentlich in deiner Reportage zeigen?«

»Es soll ein Bericht für unser Ländermagazin werden. So drei Minuten etwa. Länger sind die Berichte ja nie. Du hast das Magazin bestimmt schon mal gesehen?«

»Ja«, log Anna.

Drei Minuten. Das hörte sich nicht sehr lang an. Aber möglicherweise genügte es ja, um das zu erreichen, was sie damit bezweckte.

»Es soll ein Bericht über Amnesie werden, mit deinem Fall, wenn ich es einmal so sagen darf, als Aufhänger. Wir befragen natürlich auch Experten und so weiter. Aber die wichtigste Person bist selbstverständlich du.«

»Und was soll ich machen?«

»Wir werden dich interviewen, mit deinen Eltern sprechen –«

»Vergiss es«, unterbrach Anna ihn gleich. »Das werden sie niemals zulassen.«

»Na gut«, seufzte Kevin. »Aber du bist dir sicher, dass du es machen willst?«

»Ganz sicher.«

»Dann könnten wir vielleicht mit deiner Therapeutin sprechen. Glaubst du, sie ist einverstanden? Das wäre gar nicht schlecht. Wir könnten euch beide in ihrer Praxis befragen. Glaubst du, sie macht da mit?«

»Das kann schon sein«, antwortete Anna mehr hoffend als überzeugt.

»Ich werde sie nachher anrufen und es mit ihr abklären«, sagte Kevin.

»Wann soll das Ganze denn passieren?«, fragte Anna.

»Morgen, wenn möglich.«

»Morgen schon?«

»Ja!«, lachte Kevin sein unglaubliches Lachen. »Beim Fernsehen muss immer alles fix gehen! Oder hast du ein Problem damit?«

»Nein, nein! Je schneller wir es hinter uns bringen, desto besser.«

»Schön«, sagte Kevin lächelnd und sah ihr in die Augen. Anna fühlte das letzte Stück Apfelkuchen ihre Speiseröhre hinunterrutschen. Wenn er sie bei dem Interview auch so ansah, würde sie kein einziges Wort herausbringen.

Carla empfing Anna am nächsten Morgen mit in die Hüfte gestemmten Fäusten. Ihr rundes Gesicht glühte.

»Na, da hast du mir ja was Schönes eingebrockt! Das Fernsehen in meiner Praxis!«

»Tut mir Leid, Carla«, sagte Anna kleinlaut. »Sie wollten mich zu Hause interviewen. Das hätte nie funktioniert! Und du weißt doch, wie wichtig die Sache für mich ist!«

»Ja, ich weiß«, sagte Carla gedehnt. »Darum war ich ja auch einverstanden, als dieser junge Fernsehhüpfer mich darum gebeten hat. Obwohl ich mir gut vorstellen kann, was ich von deinen Eltern zu hören bekommen werde.«

»Kann es sein, dass du auch deshalb einverstanden bist, um meinen Eltern wegen dieser Zeitungsgeschichte eins auszuwischen?«

»Aber Anna! Wie kommst du denn darauf?«, rief sie entrüstet. Ihre Augen und ihr Schmunzeln sagten allerdings etwas anderes.

»Außerdem bin ich volljährig. – Oder haben sie die Vormundschaft über mich?«

Carla schüttelte heftig den Kopf. »Nein, du bist voll geschäftsfähig, wie es so schön heißt. Ich habe deinen Eltern von einer Vormundschaft abgeraten. Bei den Fortschritten, die du gemacht hast, hätte das Verfahren länger gedauert, als die Vormundschaft überhaupt nötig gewesen wäre. Aber das müsstest du eigentlich wissen. Soweit ich mich erinnere, hast du doch deine Anmeldung beim Einwohnermeldeamt selbst unterschrieben.«

»Stimmt«, sagte Anna. »Mama hat mir mal so einen Wisch gegeben, den ich unterschrieben habe.«

»Anna! Anna! *So einen Wisch!* Du sollst dir doch durchlesen, was du unterschreibst.«

»Mach ich ja«, sagte Anna und dachte an das Schreiben, das Kevin ihr vorgelegt hatte.

Dann lief sie zu Carla und gab ihr einen noch dickeren Kuss auf ihre Kugelbäckchen als am Tag zuvor.

»Carla, du bist die Beste! Ich darf gar nicht daran denken, nicht mehr hierher kommen zu können.«

Carla sah Anna lange an. »Soll ich dir etwas verraten? Ich weiß, dass es besser für dich ist, aber ich darf auch nicht daran denken.«

Anna konnte kaum fassen, was für ein Aufwand nötig war, um so ein kleines Interview für das Fernsehen vorzubereiten. Vier Leute waren damit beschäftigt, Kameras und Lampen aufzubauen. Carla stolperte laut schimpfend über das Kabelgewirr, während ihr einer von Kevins Kollegen ein Mikrofon unter die Nase hielt und dabei »Test, Test« murmelte. Und mitten in dem chaotischen Durcheinander: Kevin. Anna saß still in einer Ecke und hing ausgesprochen schönen Wunschgedanken nach. Sie musste an eine Fernsehsendung denken, in die sie kürzlich beim Zappen hineingeraten war. Ein Kamerateam und ein Reporter hatten eine Familie ein ganzes Jahr lang begleitet und darüber berichtet. Anna überlegte ernsthaft, Kevin zu fragen, ob er nicht Lust hatte, auch sie ein Jahr lang zu begleiten – oder auch sehr viel länger!

Sie erschrak, als Kevin sie plötzlich ansah.

»Bist du so weit?«, fragte er sie. »Oder brauchst du noch ein paar Minuten?«

Anna sprang auf. »Ich? Jetzt?«, rief sie entsetzt und ärgerte sich über sich selbst.

»Sicher!«, lachte Kevin, was es nicht besser machte. »Deinetwegen sind wir schließlich hier.«

Anna nickte und hoffte, nicht rot geworden zu sein.

Eine Lampe wurde auf sie gerichtet und blendete sie.

»Puh! Ist das heiß«, stöhnte sie leise und blinzelte in das helle Licht.

»Lass uns einfach anfangen«, sagte Kevin. »Wenn es dir zu viel wird, legen wir eine Pause ein. Okay?«

Anna schluckte und nickte nur.

Kevin schaute erst zum Kameramann und dann zu dem Mann mit dem Mikrofon. Als beide nickten, räusperte er sich und blickte zu Anna. Plötzlich sah er ganz professionell aus wie ein Fernsehreporter.

Am Abend zuvor hatte sie sich Sorgen gemacht, Kevin könnte ihr Fragen stellen, die sie nicht beantworten wollte, aber die Sorge war unbegründet gewesen. Er fragte sie nach dem Unfall, ihrem ersten Erwachen, ihrer Therapie und ihren Fortschritten. Nicht eine peinliche oder zu persönliche Frage war dabei.

»Okay. Das war's«, sagte er plötzlich. »Das hast du super gemacht!«

»Schon Schluss?«, fragte Anna. »Das war alles?«

Kevin sah auf seine Uhr. »Eine halbe Stunde. Das reicht auf jeden Fall. Wir haben mehr als genug Material.«

Enttäuscht stand Anna auf. Sie hätte noch stundenlang mit ihm reden können.

Dann war Carla an der Reihe. Mit ihr gab es allerdings ein Problem. Ihr Gesicht glühte dunkelrot und das passte irgendwie mit dem Licht und der Kamera nicht zusammen. Schließlich schlug der Kameramann vor, Carla blass zu schminken. Das war dann zu viel für die arme Carla.

»Ich bin doch kein Hollywood-Star!«, schimpfte sie. »Nehmen Sie mich so, wie ich bin, oder lassen Sie es!«

»Dann beschweren Sie sich aber nicht, wenn Sie auf dem

Bildschirm wie ein Feuermelder aussehen«, brummte der Kameramann.

Danach ging auch ihr Interview reibungslos über die Bühne. Zumindest sagte Kevin das, als sie fertig waren.

»Schon vorbei?«, fragte auch Carla, als Kevins Kollegen begannen ihre Sachen einzupacken.

»Ja, das war's! Hat doch gar nicht wehgetan, oder?«, lachte Kevin. »Jetzt müssen wir uns allerdings beeilen. Die Aufnahmen mit euch waren die letzten. Nun muss der Bericht noch geschnitten werden, damit er zur Sendung heute Abend fertig ist.«

»Heute schon?«, fragte Carla.

»Sicher. Wir sind doch ein aktuelles Magazin!«

Als die Fernsehleute ihre Ausrüstung in einer für Anna unglaublichen Geschwindigkeit wieder in ihrem Auto verstaut hatten, kam Kevin noch einmal zu Anna zurück. Wieder hielt er ihre Hand einen Augenblick länger, als es nötig gewesen wäre.

»Also, noch mal danke. Du warst toll. – Mach's gut und – tschüs.«

Kevin drehte sich schnell um und ging zu seinen Kollegen nach draußen.

Das war's? Danke und tschüs?, dachte Anna und spürte einen schmerzhaften Stich.

Würde sie Kevin jetzt nicht mehr wiedersehen? Andererseits, was hatte sie erwartet? Dass er sie zum Essen einlud? Oder ins Kino? Für ihn war sie nur eine Interviewpartnerin mit einer interessanten Geschichte. Wahrscheinlich hatte er schon seinen nächsten Bericht im Kopf. Sie musste aufhören zu träumen.

Schließlich hatte sie doch erreicht, was sie wollte: Sie würde im Fernsehen zu sehen sein. Nachdem sie sich die Sendung am Abend zuvor angeschaut hatte, war ihre Hoffnung jedoch nicht sehr groß, dass viele Leute ihres Alters sich für sie interessierten.

Zumindest Annas Zeitplan hatte funktioniert. So, wie Kevin sie am Tag zuvor früh genug zur Praxis zurückgebracht hatte, war auch an diesem Tag von den Fernsehleuten nichts mehr zu sehen, als Annas Mutter sie abholte.

»Na, mein Schatz? Wie ist es heute gewesen?«, begrüßte Frau Lindenthal Anna.

»Wie immer«, antwortete sie zögernd.

»Was hältst du von einem Eis? Oder lieber Kaffee und Kuchen in deinem Lieblingscafé?«, fragte Annas Mutter gut gelaunt.

»Lieber nicht. Ich bin müde«, sagte Anna nur.

Warum war ihre Mutter so freundlich zu ihr? Ausgerechnet jetzt? Sie hatte ihre Eltern hintergangen. Anna fiel es immer schwerer, ihr schlechtes Gewissen zu unterdrücken.

Für einen kurzen Moment überlegte Anna, ob sie ihrer Mutter von ihrem Alleingang erzählen sollte. Doch ebenso schnell, wie er gekommen war, verwarf sie den Gedanken wieder.

»Du hattest keine andere Wahl«, redete sie sich insgeheim ein, doch das schlechte Gewissen blieb. Ihre Eltern würden enttäuscht sein – oder wütend, was ihr fast lieber wäre.

Zunächst schien es allerdings so, als wäre ihre Befürchtung unbegründet gewesen. Kurz bevor die Sendung begann, schlich Anna noch einmal ins Erdgeschoss und lauschte an der Wohnzimmertür. Ihre Mutter sah fern. Sie hatte den Apparat, wie immer, auf eine kaum hörbare Lautstärke eingestellt. Anna konnte trotzdem deutlich verstehen, dass sie einen anderen Kanal eingeschaltet hatte als sie.

Sie schlich zurück in ihr Zimmer und lief, wie schon den ganzen Nachmittag, hin und her, ohne den Blick vom Fernseher zu lassen. Warum verging die Zeit nur so langsam?

Dann war es endlich so weit. Sie sah die Sendung, doch sie hätte nicht sagen können, über welche Themen in den anderen Beiträgen des Magazins berichtet wurde.

Jetzt macht schon endlich weiter, dachte sie immer wieder.

Als der Bericht über Amnesie anfing, hielt sie es nicht mehr auf ihrem Bett aus, wo sie die ganze Zeit gesessen hatte.

Sie hockte sich auf den Teppich vor den Fernseher und stellte den Ton nun auch so leise, dass sie selbst kaum etwas verstehen konnte. Sie hörte Kevins Stimme. Die erkannte sie sofort, auch wenn sie ihn nicht sah. Sie spürte wieder diesen Stich. Ob sie ihn vielleicht noch einmal anrufen sollte?

Dann sah sie sich plötzlich selbst.

»Das darf nicht wahr sein!«, rief sie aus. »Das bin ich nicht! So hässlich kann ich nicht sein!«

Sie war dann allerdings wieder etwas beruhigter, als Carla gezeigt wurde. Der Kameramann hatte eher untertrieben, als er von »Feuermelder« gesprochen hatte.

Kaum hatte der Bericht begonnen, da war er auch schon wieder vorüber.

Das war aber kurz, dachte Anna. Wahrscheinlich zu kurz. Sie konnte sich nicht vorstellen, dass Leute, die sie von früher kannten, sich ausgerechnet diese drei Minuten dieser Sendung angesehen hatten und sich dann auch noch meldeten.

Leise schlich sie noch einmal ins Erdgeschoss. Ihre Mutter war dem anderen Programm offensichtlich treu geblieben. Da später auch kein entrüsteter Anruf ihres Vaters folgte, war Anna zumindest in diesem Punkt beruhigt. Trotzdem war sie enttäuscht. Sie konnte sich nun kaum noch vorstellen, dass sie Erfolg haben würde.

»Das nächste Mal bin ich schlauer«, empfing Carla sie am nächsten Morgen.

Anna erschrak. »Wie meinst du das?«

»Wenn ich mich jemals wieder auf so ein Interview einlassen sollte, dann werde ich darauf achten, dass meine Patientin nicht so hübsch ist. Gegen dich habe ich ja ausgesehen wie ein aufgeblasener Frosch!«

»Das stimmt doch gar nicht!«, lachte Anna. »Außerdem fand ich mich auch total hässlich!«

»Blödsinn!«, schnaufte Carla.

Anna nahm sie in den Arm und drückte sie. »So, wie du bist, bist du genau richtig.«

»Mir wäre lieber, dieser junge hübsche Kerl vom Fernsehen würde so was mal zu mir sagen. Wie hieß der noch gleich?«

»Kevin. Kevin Schneider«, sagte Anna und spürte wieder diesen Stich.

Er ging ihr einfach nicht mehr aus dem Kopf. Sie musste nur seinen Namen hören und alles in ihr spielte verrückt. Sie durfte nicht daran denken, dass sie ihn wahrscheinlich nie mehr wiedersehen würde.

9

Wie gewohnt stand Annas Mutter vor Carlas Praxis. Sie war im Auto sitzen geblieben und sah stur geradeaus. Anna dachte sich zunächst nichts dabei. Sie stieg ein und Dorthe Lindenthal fuhr los, ohne Anna auch nur anzusehen.

»Hallo, Mama.«

»Hallo.«

In Anna keimte eine Ahnung auf, doch sie sagte nichts, genau wie ihre Mutter, die auf die Straße schaute und die Gänge lautstark ins Getriebe rammte.

Annas Ahnung wurde mehr und mehr zur Gewissheit.

»Hast du was?«, fragte sie trotzdem, als sie das Schweigen nicht mehr aushielt.

Zum ersten Mal, seit sie sie vor der Praxis abgeholt hatte, sah Frau Lindenthal ihre Tochter an.

»Warum fragst du mich das, Anna? Du weißt es doch auch so. – Warum hast du das getan, Anna? Ich verstehe dich nicht!«

Anna spürte wieder einen Stich, doch dieses Mal viel heftiger und vor allem schmerzhafter als bei ihren Gedanken an Kevin. Ihre Kehle war wie zugeschnürt.

»Erkläre es mir doch zumindest«, fuhr Frau Lindenthal fort, als Anna nichts sagte.

Anna schluckte. »Ich – es musste sein, Mama! Ich halte

das nicht mehr aus! Ich muss wissen, was vor meinem Unfall war. Und wenn ihr es mir nicht sagt, dann –«

»Aber wir haben dir doch erklärt, dass wir vorsichtig sein müssen«, unterbrach ihre Mutter sie. »Ich dachte, du hättest das verstanden.«

»Habe ich ja auch. Aber ich weiß nicht –« Anna nahm allen Mut zusammen. »Ist das wirklich der einzige Grund?«

Frau Lindenthal riss die Augen auf und sah Anna an.

»Mama!«, schrie Anna auf. »Die Ampel ist rot!«

Frau Lindenthal ging in die Bremsen und kam nur wenige Zentimeter hinter einem anderen Auto zum Stehen. Sie holte tief Luft und schloss für einen Augenblick die Augen.

»Wie hast du es eigentlich erfahren?«, fragte Anna vorsichtig.

»Die halbe Nachbarschaft hat mich heute Morgen darauf angesprochen.«

»Tut mir Leid«, sagte Anna leise. »Das wollte ich nicht.«

»Das hättest du dir eher überlegen müssen«, sagte Frau Lindenthal. »Jetzt ist es zu spät. Ich verstehe nicht, warum Carla da mitgemacht hat! Das hätte ich nicht von ihr gedacht. Sie hat mich wirklich sehr enttäuscht!«

»Bitte lass Carla da raus!«, rief Anna. «Sie wollte es nicht. Ich habe sie dazu überredet!«

Die Ampel sprang auf Grün, Frau Lindenthal rammte den ersten Gang rein und gab Gas.

Schweigend fuhren sie nach Hause.

»Weiß Papa auch davon?«, fragte Anna, als ihre Mutter die Eingangstür zu ihrem Reihenhaus aufschloss.

Frau Lindenthal nickte nur und ging hinein.

»Hast du ihn angerufen?«, rief Anna ihr nach.

»Sicher.«

»Und was hat er gesagt?«

»Er war enttäuscht, sehr enttäuscht. So wie ich auch. Aber lass uns jetzt nicht mehr darüber reden. Es ist passiert, also müssen wir damit leben.«

Das war Anna in diesem Augenblick mehr als recht. So schnell es ging, verzog sie sich in ihr Zimmer.

Bis zum späten Abend saß Anna, wie so oft in den letzten Monaten, am Fenster und schaute hinaus. Im Hintergrund dudelte der Fernseher, aber es gab nichts, das sich anzusehen gelohnt hätte.

Das Wetter besserte sich allmählich. Es hingen zwar immer noch dicke Wolken am Himmel, aber ab und zu kam die Sonne dazwischen hervor und gab Anna einen kleinen Vorgeschmack von der »warmen Jahreszeit«, die sie so sehr herbeisehnte.

Sie blätterte ihren Fotokalender auf »Juni« vor. Dort war das satte Grün eines Laubwaldes abgebildet. Anna konnte sich kaum vorstellen, wie es sein würde, wenn sie das zum ersten Mal in Wirklichkeit sah.

»Wenn es nur schon so weit wäre«, sagte sie zu sich selbst.

Bis dahin würden sich ihre Eltern wieder beruhigt haben. Aber würde sie bis dahin auch mehr von ihrem früheren Leben wissen, sich vielleicht sogar an all die anderen »warmen Jahreszeiten« erinnern? Im Augenblick sah es nicht danach aus. Es war niemand gekommen und es hatte auch niemand angerufen, um nach ihr zu fragen.

»Was hast du erwartet?«, sagte sie wieder. »Dass sie sich gleich frühmorgens die Türklinke in die Hand geben? – Aber einer hätte sich zumindest melden können.«

Sie hatte einen Fehler gemacht. Das wurde ihr immer bewusster. Warum hatte sie nicht nachgedacht? Sie hätte vorher wissen müssen, wie ihre Eltern reagieren würden – und wie sie sich dabei fühlen würde. Und ihr hätte auch klar sein müssen, wie unwahrscheinlich es war, dass einer der Menschen, die sie von früher kannte, ausgerechnet diese Sendung sah und sich daraufhin bei ihr meldete. Für einen kurzen Augenblick, in dem Anna ehrlich zu sich war, wurde ihr bewusst, was der eigentliche Grund für diese Reportage gewesen war: Kevin.

»War's schlimm?«, begrüßte Carla sie am nächsten Morgen. »Haben dir deine Eltern sehr zugesetzt?«

Anna brauchte einen Augenblick, bis sie begriff. »Meine Eltern! Haben sie dich angerufen?«

Carla nickte. »Deine Mutter.«

»Und was hat sie gesagt?«

»Sie war nicht gerade begeistert, dass wir dieses Interview hier gegeben haben – um es mal vorsichtig auszudrücken.«

»Tut mir Leid, Carla. Ehrlich! Ich wollte nicht, dass du deswegen Ärger bekommst.«

Carla winkte ab. »Kein Problem. Ich habe ihr gesagt, dass mich die Fernsehleute zu meiner Arbeit interviewt haben. Und das ist und bleibt schließlich meine Entscheidung. Damit war die Sache erledigt.«

»Für mich leider nicht«, sagte Anna nur.

An diesem Morgen waren Konzentrationsübungen angesagt. Anna mochte diese Übungen nicht. Sie verleiteten sie dazu, über sich und ihr Leben nachzudenken. Und das Ergebnis war meistens mehr als frustrierend für sie. Doch dieses Mal war es anders. Sie hatte etwas, oder besser jemanden, über den sie nachdenken konnte: Kevin.

Sie begleitete ihn gerade auf einer ausgesprochen aufregenden Reise in ein Land, das sie schon öfter in ihren Träumen gesehen hatte, von dem sie aber noch nicht wusste, wo es war, wie es hieß und warum sie so gern daran dachte. Gerade wurde es romantisch, da klopfte es kurz an der Tür und Carlas Sekretärin erschien im Raum.

»Nicht jetzt!«, fuhr Anna sie an. »Oh – Entschuldigung. War nicht so gemeint!«

Carla sah sie an und schüttelte den Kopf. Zum Glück lächelte sie dabei.

»Was gibt's denn?«, fragte sie dann ihre Sekretärin.

»Da ist ein junger Mann, der möchte zu Anna Lindenthal. Er sagt, er sei ein Freund von früher.«

Die Sekretärin hatte noch nicht ganz ausgesprochen, da stand Anna schon neben ihr.

»Ein Freund von früher? Wo ist er?«

Die Sekretärin sah durch Anna hindurch. »Soll ich ihn fortschicken?«, fragte sie Carla.

»Soll sie?«, fragte Carla Anna.

»Nein! Bitte nicht! Ich will ihn sehen!«

»Soll ich hier bleiben?«

Anna zögerte, bevor sie antwortete: »Wenn du mir nicht böse bist, würde ich gern erst mit ihm allein –«

Carla stand sofort auf. »Kein Problem. Wenn du mich brauchst, kannst du mich ja rufen.«

Carla und der junge Mann begegneten sich im Durchgang zu Carlas Sekretariat. Sie nickte ihm kurz zu, dann schloss sie die Tür von außen. Der junge Mann blieb zwei Schritte vor Anna stehen und lächelte sie an.

Er sieht nicht so gut aus wie Kevin, war Annas erster Gedanke.

»Hi«, sagte der junge Mann nur.

»Hi«, antwortete Anna zögernd.

»Ach, sorry! Du kannst mich ja nicht wiedererkennen. Ich bin Yves. Sagt dir der Name was?«

Es gab sicher viele Jungs, die besser aussahen als Yves.

»Ich arbeite für ein paar Kröten und muss mich von jedem Arsch herumkommandieren lassen! Und dir wird es garantiert auch nicht besser gehen.«

Yves hatte Recht. Er hatte eigentlich immer Recht. Ich fand längst nicht immer alles richtig, was er machte oder sagte, aber dann erklärte er es mir und alles klang plötzlich logisch und normal. Das war auch dieses Mal so.

Yves sah sich um. »Mussten wir uns unbedingt in dieser Spießerbude treffen?«

Ich gab ihm einen Kuss.

»Was ist denn mit dir los?«, fuhr ich Yves an. »Du wolltest mich doch sprechen. Wir haben uns fast zwei Wochen nicht gesehen. Und anstatt dich zu freuen, meckerst du nur rum.«

Yves schüttelte den Kopf. »Tut mir Leid. Ich glaube, ich werde nervös.«

»Du wirst nervös? Das ist ja ganz was Neues!«

»Mein Plan ist fertig. Die Sache kann steigen.«

Ich sah mich erschrocken um.

»Keine Panik«, grinste Yves. »Die sind doch sowieso alle schwerhörig hier.«

»Sehr witzig! Mensch, wir müssen vorsichtig sein. Schließlich geht es hier um –«

»Ich weiß genau, worum es geht«, sagte Yves, als ich nicht weitersprach. »Und hoffentlich weißt du es auch.«

Ich wollte an Yves vorbeigehen, doch der packte meinen Unterarm und riss mich zurück.

»Aua! Du tust mir weh!«

»Dann mach endlich, was ich dir sage. Hau ab!«

Yves antwortete nicht. Stattdessen grinste er mich plötzlich an und bückte sich, um etwas vom Boden aufzuheben. Als ich erkannte, was es war, wurde ich vor Schreck und Angst fast wahnsinnig.

Anna musste sich am Tisch festhalten, sonst hätte sie sich nicht auf den Beinen halten können. Was war das gewesen? In ihr war ein heilloses Durcheinander. Die Bilder überschlugen sich wie ein Blitzlichtgewitter ihres früheren Lebens.

Yves! Immer ging es um diesen Namen und immer war er dabei! Er, der da vor ihr stand und sie anlächelte.

Das, was sie beinahe von den Beinen geholt hätte, waren die Gefühle, die sie dabei empfand. Sie hätte sie nicht beschreiben können. Es war eine Mischung aus allem, was sie sich an Gefühlen vorstellen konnte: Angst, Zuneigung, Verzweiflung, Hoffnung, Wut, ja sogar – Hass. Was hatte dieser Yves für eine Rolle in ihrem Leben gespielt? Es musste eine sehr wichtige Rolle gewesen sein! – Wenn nicht sogar die wichtigste.

»Du bist aus meinem früheren Leben?«, fragte sie ihn.

»Das kann man wohl sagen!«, lachte Yves.

Sein Lachen ist auch ganz anders als das von Kevin, dachte Anna.

»Und wer bist du? Ich meine, woher kennen wir uns?«, fragte sie ihn.

»Aus Berlin.«

»Aus Berlin?«, fragte Anna. »Nicht aus Bochum?«

»Bochum? Nee. Was soll ich in dem Scheiß-Bochum? Ich bin aus Berlin!«

»Wie – hast du mich gefunden?«, fragte Anna zögernd. Irgendetwas störte sie, machte ihr sogar Angst. Vielleicht war es sein Blick, vielleicht aber auch die Art, wie er Anna angrinste, seit er durch die Tür gekommen war.

»Ich hab dich im Fernsehen gesehen. War ja 'ne echt traurige Geschichte.«

Warum glaubte sie ihm das nicht?

»Der Rest waren ein paar Anrufe«, fuhr er fort. »Kleinigkeit.« Er grinste. »Erinnerst du dich an mich?«

»Ich – ich glaube schon.«

»Und an was genau?«

»Ich weiß nicht. Da war so viel. Wir haben uns gut gekannt, oder? Sonst hättest du mich ja nicht gleich besucht, nachdem du wusstest, wo ich bin.«

Yves lachte laut auf. Dieses Lachen hatte wirklich nichts mit dem von Kevin gemeinsam.

»Und ob wir uns gut kennen! Ich habe schon nicht mehr daran geglaubt, dich zu finden. Meine ganze Kohle habe ich ausgegeben, um dich zu suchen.«

»Du wolltest *mich* finden?«, fragte Anna.

»Klar! Wahrscheinlich würde ich immer noch suchen, wenn ich nicht in einer Kneipe arbeiten würde, wo den ganzen Tag der Fernseher läuft. Als ich deine Stimme gehört habe, ist mir vor Schreck ein ganzes Tablett mit Biergläsern aus der Hand gefallen. Der Arsch von Wirt hat mich gleich rausgeschmissen. Egal. War sowieso ein Scheißjob. Außerdem wollte ich ja möglichst schnell zu dir.«

»Aber warum?«

»Vielleicht hilft das deinem Gedächtnis ja auf die Sprünge.« Er reichte ihr eine Plastiktüte.

Anna nahm sie und sah kurz hinein. »Ein Buch! Für mich? Danke!«

Yves zeigte auf die Tüte. »Willst du nicht nachsehen, was es ist?«

»Ja, sicher. Entschuldigung. Ich bin total durcheinander. Ich habe zwar gehofft, dass sich nach der Sendung jemand meldet, der mich kennt. Aber jetzt bin ich doch ziemlich nervös.«

Yves' Grinsen wurde breiter. »Kein Problem. Du wirst dich schon wieder an mich gewöhnen. Garantiert!«

Anna holte das Buch aus der Tüte. »Ein Bildband! Ein Bildband von Neuseeland!«

Anna schnappte nach Luft. Sie sah die Bilder wieder vor sich, von denen sie schon so oft geträumt hatte. Die Bilder des Landes, durch das sie noch vor ein paar Minuten mit Kevin gereist war. Aber sie fühlte plötzlich noch viel mehr.

In mir wurde der Wunsch, dorthin zu gehen, größer und größer. Ich weiß nicht, warum ich mir ausgerechnet Neuseeland ausgesucht habe.

»Neuseeland! Es ist Neuseeland!«

»Du merkst aber auch alles!«, rief Yves.

»Und ich will da hin. Ich wünsche mir nichts sehnlicher«, sagte Anna leise.

»Na klar!«, rief Yves. »Sag ich doch! Das Buch hilft deinem Gedächtnis auf die Sprünge.«

Wie aus heiterem Himmel war plötzlich diese Sehnsucht da. Anna blätterte den Bildband durch, sodass jedes Bild nur einen kurzen Augenblick zu sehen war. Doch es genügte, um in ihr den unbändigen Wunsch wachzurufen, genau dorthin zu gehen. Nach Neuseeland!

Ich sah durch die Fenster des kleinen Cafés die Küste von Neuseeland.

Dieses Café! Genau dort wollte sie hin! Ob es dieses Café wirklich gab? Ob sie deshalb Cafés so gern mochte? Vielleicht existierte es aber auch nur in ihrer Phantasie.

»Wollten wir nach Neuseeland?«, fragte sie Yves zögernd.

»Und ob wir das wollten!«, rief er lachend. »Schön, dass du dich erinnerst, Schätzchen!«

Anna zuckte zurück. »Schätzchen? Was soll das?«

»Erzähl keinen Scheiß! Du erinnerst dich doch genau! Und wir beide wissen auch, woran!« Er kam einen Schritt auf Anna zu.

»Nein! Ich weiß wirklich nicht, was du meinst!«

Sie wich weiter zurück und stolperte über einen Stuhl. Sie versuchte, sich daran festzuhalten, riss ihn aber nur dabei um.

Die Tür wurde aufgerissen und Carla stürmte herein.

»Was ist das für ein – Anna! Was ist los? Hat er dich –«

»Nein! Nein!«, rief Anna sofort. »Ich bin nur gestolpert.«

»Warum ist dein Gesicht dann so weiß?«

»Keine Ahnung. Die Aufregung wahrscheinlich.«

»Ich denke, es ist besser, Sie gehen jetzt«, sagte Carla zu Yves.

Der hob die Hände. »Alles klar! Keine Panik! Ich bin schon weg. Aber ich komme wieder!«

»Nicht in meine Praxis!«, rief Carla ihm noch nach. »Wer war das?«, fragte sie Anna dann. »Kanntest du ihn?«

»Sieht so aus«, antwortete Anna. »Ich kann mich aber nicht erinnern. Ich habe nur wieder so seltsame Bilder gesehen – Gedächtnisinseln, du weißt schon. Aber die ergaben keinen Sinn. Auf jeden Fall ist er ganz sicher jemand aus meinem früheren Leben.«

»Da hätte ich mir, ehrlich gesagt, jemand Sympathischeren gewünscht«, meinte Carla.

Darauf sagte Anna lieber nichts.

Es war längst dunkel geworden. Anna hatte sich in ihrem Zimmer die Fotografien in dem Bildband über Neuseeland wieder und wieder angesehen. Und wieder und wieder durchlebte sie dabei dieselben Gefühle. Diese Sehnsucht ließ sie nicht mehr los.

Und immer wieder sah sie dieses Café vor sich. Abgesehen von den Panikattacken, wenn sie mit kaltem Wasser in Berührung kam, hatte sie sich die kurzen Erinnerungsfetzen nie wieder genau so ins Gedächtnis zurückrufen können wie zu dem Zeitpunkt, als sie sie erlebt hatte. Bei diesem Café war es anders. Sie hätte jedes Detail davon beschreiben können. Wenn es dieses Café tatsächlich gab, wo war es dann? Was hatte sie damit zu tun? Und: Was hatte Yves damit zu tun?

Es musste eine Verbindung zwischen ihm und dieser

Sehnsucht geben. Wenn es so war, dann musste es zwischen ihr und Yves eine schöne, positive Verbindung geben. Aber sie hatte kaum etwas Positives für ihn empfunden, als er in Carlas Praxis plötzlich vor ihr gestanden hatte. Vielleicht war es auch nur die Aufregung gewesen, endlich jemanden aus ihrem früheren Leben zu treffen. Aber sie hatte noch etwas anderes gefühlt, als er vor ihr gestanden und sie »Schätzchen« genannt hatte. Sie ärgerte sich, dass sie sich nicht hatte beherrschen können und über den Stuhl gestolpert war.

Er wollte wiederkommen. Dann würde sie nicht mehr so nervös sein und ihn nach allen Einzelheiten ihres früheren Lebens fragen. Sie freute sich darauf und gleichzeitig fürchtete sie sich davor. Es war zum Verrücktwerden!

10

Noch am nächsten Morgen war Anna hin und her gerissen. Einerseits wollte sie Yves sehen, andererseits hatte sie immer noch Angst davor.

Yves nahm ihr die Entscheidung ab. Er wartete auf sie, als sie aus Carlas Praxis kam.

»Hi! Da bin ich wieder! Wie ich es versprochen habe, Schätzchen!«

Die Art, wie er das sagte, ließ Anna sofort in eine Verteidigungshaltung gehen.

»Was willst du von mir?«

»Kannst du dir das nicht denken?«

»Nein, verdammt!«, schrie Anna ihn an und erschrak selbst darüber.

Yves packte Annas Oberarme.

Anna schrie auf. »Du tust mir weh!«

»Ich lasse mich von dir nicht verarschen!«, fuhr er sie an. »Gib es endlich zu! Du weißt alles!«

»Nein!«

»Sag mir sofort, wo ...«

Hinter ihnen kam ein Auto mit quietschenden Reifen und ohrenbetäubendem Hupen zum Stehen.

Anna riss sich von Yves los und fuhr herum. Nur wenige Schritte entfernt stand das Auto mit ihrer Mutter am Steuer.

Die starrte durch die Windschutzscheibe an Anna vorbei zu Yves.

Anna hatte noch nie ein solches Entsetzen in ihrem Gesicht gesehen.

Yves stieß Anna von sich. »Wir sehen uns noch!«, rief er und verschwand zwischen den parkenden Autos.

Anna stand unschlüssig zwischen Carlas Praxiseingang und dem Auto ihrer Mutter und wusste nicht, wohin sie gehen sollte. Eigentlich hätte sie Yves nachlaufen müssen, um ihn zu fragen, was er von ihr wollte, warum er so aggressiv zu ihr gewesen war. Doch so, wie er sie angesehen hatte, war er zu viel mehr fähig, als ihr blaue Flecken an den Oberarmen zuzufügen.

»Anna! Komm ins Auto! Schnell!«, rief Frau Lindenthal durch das geöffnete Seitenfenster.

Beinahe wie im Traum gehorchte Anna ihr.

Annas Mutter rammte ihren Handballen gegen den Schalthebel, der Rückwärtsgang knirschte und sie gab Gas. Hinter ihnen hupte jemand hektisch. Frau Lindenthal kümmerte sich nicht darum. Sie wechselte wieder den Gang und ließ das Auto so schnell nach vorne schießen, dass Anna in den Sitz gepresst wurde.

»Warum rast du so, Mama?«

Frau Lindenthal sah Anna an. »Was wollte er von dir?«

»Mama! Guck nach vorne! – Er wollte mit mir reden!«

»Und worüber?«

»Über früher.«

»Warum hat er dich dann angegriffen?«

»Das hat er doch gar nicht!«

Frau Lindenthal blieb vor einer roten Ampel stehen und holte tief Luft.

»Anna! Ich bin nicht blind«, sagte sie dann viel ruhiger. »Warum hat er dich angegriffen?«

»Ich weiß nicht«, antwortete Anna zögernd. »Ich glaube, er war sauer, weil ich mich nicht an ihn erinnern kann.«

Anna fühlte, dass es besser war, ihr nicht die ganze Wahrheit zu sagen.

»Erinnerst du dich wirklich nicht an ihn?«, fragte ihre Mutter.

»Nein!«, rief Anna. »Und du? Kennst du ihn?«

»Anna, warum hast du nur dieses dumme Fernsehinterview gegeben?«

»Kennst du ihn, Mama?«

»Ich weiß nicht. Ich habe ihn nicht deutlich genug gesehen.«

Das war gelogen. Und wenn sie ihre Mutter nicht völlig falsch einschätzte, dann wusste sie auch, dass Anna es wusste.

»Mir ist schlecht«, behauptete Anna, als sie zu Hause angekommen waren.

Das war die perfekte Ausrede, um das obligatorische Mittagessen ausfallen zu lassen und sich auf ihr Zimmer zurückzuziehen.

Doch irgendwann am Nachmittag hielt Anna es nicht mehr länger aus. Sie musste etwas essen!

Auf der Treppe hörte sie die Stimme ihrer Mutter. Wie an jedem Tag telefonierte sie mit ihrem Mann.

Anna war sicher, dass sie ihm nun berichtete, dass ein junger Mann hier aufgetaucht sei, der vorgab, einer von Annas Freunden aus Berlin zu sein. Vielleicht würde ihn das ja dazu bringen, nach Hause zu kommen. Anna wäre es nur recht. Wenn er zu Hause wäre, würde sie sich sicherer fühlen.

Frau Lindenthal sprach leise, flüsterte fast. Das machte Anna noch neugieriger. Warum flüsterte sie? Das war doch nicht nötig. Schließlich wusste Anna auch, was vor Carlas Praxis passiert war. Sie schlich zur Wohnzimmertür und schob sie einen Spalt weiter auf.

»Wenn ich es dir doch sage. Er war es. – Nein, ich bin mir ganz sicher, Martin. Du musst mir glauben. Ich bin vor Angst fast gestorben. – Nein, hat sie nicht. Aber irgendetwas ist mit ihr passiert. Du hättest ihr Gesicht sehen sollen. – Ja, das ist wohl das Beste. Dann ist mir auch viel wohler. Ja, gut, dann bis morgen.«

Anna konnte sich nicht rühren.

Was ging da vor? Anna hatte gleich gewusst, dass ihre Mutter nicht die Wahrheit gesagt hatte, als sie meinte, sie würde Yves nicht kennen, und das war der Beweis dafür. Aber warum? Warum machte sie so ein Geheimnis um ihn?

Im letzten Augenblick bemerkte Anna, dass ihre Mutter auf die Tür zuging. So schnell und so leise sie konnte, rannte sie die Treppe hinauf und schloss die Tür ihres Zimmers hinter sich.

Anna lag auf ihrem Bett und sah zur Decke. Ihre Eltern verheimlichten ihr etwas. Nur was? Es musste mit Yves zu tun haben – und mit ihrem früheren Leben. Warum war ihre Mutter »vor Angst fast gestorben«? Hatte es mit der Angst zu tun, die sie gespürt hatte, als Yves sie mit diesem fast hasserfüllten Blick angesehen hatte?

Vielleicht hatte ihre Mutter ja doch Recht und sie würde

das Interview mit Kevin tatsächlich bereuen. Noch glaubte sie nicht daran. Heute hatte sie einen Teil ihres früheren Lebens zurückbekommen. Sie hatte die Früher-Anna aus ihrem Versteck gescheucht. Nur war das, was sie von ihr gesehen hatte, ganz und gar nicht so, wie sie es sich gewünscht hätte.

Annas Magen knurrte. Wenn sie nicht bald etwas aß, würde sie umfallen!

Anna hatte gehofft, ihre Mutter nicht in der Küche anzutreffen. Ihre Hoffnung wurde enttäuscht. Frau Lindenthal saß am Küchentisch. Als Anna hereinkam, sah sie sie erwartungsvoll an, als hätte sie nur auf ihre Tochter gewartet.

Anna wich ihrem Blick aus. »Ich habe Hunger.«

»Im Kühlschrank steht genug«, sagte Frau Lindenthal. »Ich habe Papa angerufen«, fügte sie dann hastig hinzu.

Anna fuhr herum. »Hast du ihm von Yves erzählt?«

»Heißt er so?«

»Ja. Jedenfalls hat er das gesagt. Also, hast du Papa von ihm erzählt?«

»Sicher.«

»Und?«

»Er will herkommen. Heute noch.«

»Heute noch?«, wiederholte Anna. »Er kommt doch sonst nur freitags. Er ist ja noch nicht einmal hergekommen, als ich das Fernsehinterview gegeben habe. Kennt ihr ihn? Ist er so wichtig? Habt ihr auch Angst vor ihm, Mama?«

»Auch?«, rief Frau Lindenthal. »Hast du Angst vor ihm, Anna?«

»Ich weiß nicht. Ich glaube schon. Ja.«

Frau Lindenthal stand auf, ging aber nur einen Schritt

auf Anna zu. »Du darfst ihn nicht mehr treffen, Kind. Auf gar keinen Fall!«

»Mama! Bitte! Ich weiß, dass er sehr wichtig für mich ist. – Nein, dass er sehr wichtig für mich war. Früher, vor meinem Unfall.«

»Nein, Anna!«, rief Frau Lindenthal. »Das ist nicht wahr! Er bringt dir Unglück!«

Anna hielt es nicht mehr aus. Sie riss die Kühlschranktür auf, nahm sich so viele Scheiben Brot, wie sie glaubte essen zu können, legte sie dann aber doch zurück auf die Anrichte und rannte, ohne ihre Mutter noch einmal anzusehen, aus der Küche in ihr Zimmer zurück. Ihre Mutter hielt sie nicht auf.

Obwohl sie kurz darauf das Auto ihres Vaters hörte, zögerte Anna noch lange, bis sie sich wieder auf den Weg ins Erdgeschoss machte.

Ihre Eltern saßen im Wohnzimmer. Entgegen ihrer Gewohnheit hatten sie eine Weinflasche geöffnet und saßen vor ihren halb gefüllten Gläsern. Bei Annas Erscheinen hatten sie offensichtlich eine Unterhaltung abrupt abgebrochen. Anna musste nicht lange rätseln, worüber sie gesprochen hatten.

»Hallo, Papa.«

»Anna! Da bist du ja endlich. Es war wirklich nicht sehr klug von dir, dieses Interview zu führen. Das hat dir deine Mutter ja auch schon gesagt.«

Anna blieb stehen und sah ihren Vater an.

»Was ist nur in dich gefahren?«, fragte er, als Anna nichts sagte.

»Papa!«, rief Anna. »Ich hatte gehofft, dass wenigstens du das verstehst! Ich muss an mein früheres Leben herankommen. Ich muss mich wieder erinnern! Und dabei kann Yves mir helfen. Das weiß ich ganz genau!«

»Vielleicht ist dein früheres Leben ja gar nicht so gewesen, wie du es dir wünschst«, erwiderte ihre Mutter. »Manchmal ist es besser, wenn man etwas nicht weiß!«

»Wollt ihr es mir deshalb nicht erzählen? Kenne ich deshalb nur diese Kindergartengeschichten?«

»Glaube mir bitte, Anna. Ich wünschte, ich könnte so manches vergessen«, sagte ihr Vater nur.

»Ihr versteht mich nicht«, sagte Anna. »Ich kann euch das noch nicht einmal vorwerfen. Ihr könnt es nicht verstehen, weil ihr nicht wisst, wie man sich fühlt, wenn man keine Ahnung hat, wer derjenige ist, den man jeden Morgen im Spiegel sieht. Wenn man zwanzig Jahre alt ist und doch erst fünf Monate. Wenn man sich bei jedem Menschen, dem man begegnet, fragt: Kennst du den vielleicht von früher? Hattest du vielleicht Streit mit ihm oder hat er dir einen Gefallen getan, für den du dich noch nicht bedankt hast?«

»Doch, mein Schatz«, sagte ihre Mutter. »Wir verstehen dich. Das musst du uns glauben!«

»Nein, das könnt ihr gar nicht. Aber es ist nicht schlimm. Ich werde es herausfinden. Da bin ich mir nun ganz sicher. Und ganz gleich, was auch in meinem früheren Leben passiert ist, alles ist besser, als so, wie es jetzt ist.«

»Da wäre ich mir nicht so sicher«, erwiderte ihr Vater.

»Ich bin mir aber sicher!«, rief Anna. »Und ich bin mir auch sicher, dass ihr Yves kennt!«

»Anna! Bitte!«, rief ihre Mutter.

»Nein, Mama! Warum ist Papa sonst gekommen? Ich will es jetzt wissen! Bitte! Ihr müsst es mir sagen!«

»Anna«, versuchte es Frau Lindenthal noch einmal. »Er ist nicht gut für dich.«

»Und warum nicht?«

»Er ist der schlechteste Umgang, den du dir nur vorstellen kannst.«

»Wieso? Was ist mit ihm?«

»Er hat dir schon einmal geschadet.«

»Mama! Bitte! Was hat er mir getan?«

Frau Lindenthal sah mit einem Hilfe suchenden Blick zu ihrem Mann. Doch der schwieg wieder. So viel wie an diesem Tag hatte Anna ihn ohnehin all die Monate nicht reden hören.

»Drogen!«, stieß Frau Lindenthal hervor. »Er hat mit Drogen zu tun. Und dich hat er auch dazu überredet. – Ja, so war's. Nicht wahr, Martin?«

Herr Lindenthal zögerte, dann nickte er aber doch.

»Ich habe Drogen genommen?«, rief Anna.

Hausordnung beachten, pünktlich sein, keine Drogen, kein Zoff.

»Aber nur leichte!«, rief Frau Lindenthal sofort.

»Habe ich gekifft?«

»Anna! Bitte! Nicht diese Ausdrücke!«

»So heißt das aber! Jedenfalls kenne ich nur diesen Ausdruck. Habe ich also gekifft?«

»Ja, du hast es genommen, dieses Zeug. Wie heißt das noch gleich?«

»Haschisch«, sagte Herr Lindenthal.

»Und Papa hat Beweise, dass dieser – Yves mit dem Zeug handelt und noch mit schlimmeren Sachen. Und weil wir

Angst haben, dass er dich wieder dazu verführt, haben wir halt –«

»Das ist alles?«, rief Anna. »Darum all diese Geheimniskrämerei? Weil ich mal gekifft habe? Wisst ihr, wie viele das machen? Das haben sie erst neulich im Fernsehen gebracht.«

»Darum muss es ja nicht richtig sein«, unterbrach sie Herr Lindenthal.

»Aber es ist auch kein Grund, mir mein Leben vorzuenthalten!«, schrie Anna ihn an.

Sie wollte das nicht. Sie wollte ihre Eltern nicht anschreien. Aber sie wusste, dass sie den bisher heftigsten Streit mit ihren Eltern bekommen, ja vielleicht sogar mit ihnen brechen würde, wenn sie noch länger in diesem Zimmer blieb.

Bevor ihre Eltern etwas erwidern konnten, rannte sie aus dem Wohnzimmer, schlug die Tür hinter sich zu und stürzte die Treppe zu ihrem Zimmer hinauf, das für sie in den letzten Tagen schon öfter zu einer Zuflucht geworden war.

Sie hatte die Tür kaum hinter sich geschlossen, da klopfte es.

»Ja?«, fragte sie aus einem Reflex heraus.

»Ich bin es, Papa. Darf ich hereinkommen?«

Anna konnte es nicht fassen. Er war noch nie auch nur in die Nähe ihres Zimmers gekommen. Zumindest dann nicht, wenn Anna darin gewesen war.

»Sicher, Papa«, sagte sie.

Herr Lindenthal kam herein. Kurz hinter der Türöffnung blieb er stehen.

Anna konnte ihrem Vater ansehen, wie er nach Worten rang.

»Warum bist du gekommen?«, fragte sie ihn.

»Es geht um Mama.«

»Was ist mit ihr?«

»Sie macht sich Sorgen um dich.«

»Wegen Yves?«

»Nein – ja, auch. Sie hat Angst, dass du dir schadest, wenn du weiter –«

»Und du?«, unterbrach Anna ihn. »Machst du dir auch Sorgen um mich?«

»Ich mache mir Sorgen um Mama. Ich liebe sie sehr, musst du wissen. Auch wenn ich nicht oft hier bin, ich könnte nicht ohne sie leben. Vor allem aber kann ich es nicht ertragen, wenn sie unglücklich ist.«

»Aber ich will sie doch nicht unglücklich machen!«, rief Anna. »Und ich habe sie doch auch lieb!«

Martin Lindenthal kam noch einen Schritt auf Anna zu. »Wenn das wirklich so ist, dann forsche bitte nicht länger nach deinem früheren Leben. Es ist besser für dich – und für Mama.«

»Aber warum?«, rief Anna. »Sag mir doch wenigstens, warum!«

Herr Lindenthal schüttelte den Kopf. »Lass die Vergangenheit. Mehr kann ich dir nicht sagen.«

»Hat es etwas mit Geld zu tun?«, fragte Anna. »Mit viel Geld?«

Annas Vater sah sie lange an. »Hör auf, Anna. Versprichst du mir das? Hör auf zu fragen. Um Mamas willen!«

»Ich weiß nicht, ob ich das kann.«

Martin Lindenthal sagte nichts mehr. Er drehte sich um und ging aus dem Zimmer.

»Papa?«, rief Anna, als er die Tür schon fast wieder geschlossen hatte.

»Ja?«

»Dich habe ich auch lieb.«

Die Tür schloss sich lautlos hinter Martin Lindenthal.

Anna wusste nicht, wie lange sie schon auf ihrem Bett gesessen und die Tür angestarrt hatte, bevor sie begriff, was passiert war. In ihrem Leben gab es ein Geheimnis, etwas, das sie auf gar keinen Fall erfahren sollte, wenn es nach ihren Eltern ging. Verzweifelt suchte sie nach einer Erklärung, nach einem Hinweis darauf, was das war, wovor ihre Eltern solche Angst hatten, dass sie ihr ihre Vergangenheit, zwanzig Jahre ihres Lebens, vorenthielten. Sie merkte nicht, dass sie darüber einschlief.

11

Ein schrecklicher Traum ließ sie hochschrecken. Sie saß im Bett und hatte ihn zum Glück sofort wieder vergessen. Sie war nass geschwitzt.

Kein Wunder, dachte sie. Du hast ja sogar noch die Schuhe an.

Sie sah auf den Wecker. Drei Uhr!

»Mist«, sagte sie leise.

Ihr Magen rebellierte und ihr war übel. Sie legte sich wieder hin und schloss die Augen. Es half nichts. Die Übelkeit schien sich auf ihren ganzen Körper auszubreiten. Vielleicht sollte sie zur Toilette gehen und versuchen, sich zu übergeben.

Sie zog sich ihr Nachtzeug an. Die schönen Sachen, die ihre Mutter ihr in der teuren Boutique gekauft hatte, mussten ja nicht unbedingt darunter leiden.

Sie schleppte sich ins Bad, hielt den Kopf über das Klo und steckte sich den Finger in den Hals. Sie würgte, aber ohne Ergebnis.

»Zu wenig gegessen«, sagte sie leise und dachte an die Brote, die immer noch in der Küche lagen.

Sie probierte es noch dreimal. Ohne Erfolg. Vielleicht half ja frische Luft? Sie ging zum Fenster, öffnete es und beugte sich hinaus. Aus dem Wohnzimmerfenster fiel Licht nach draußen. Sie sah noch einmal auf den Wecker. Schliefen ihre Eltern noch nicht?

Sie dachte an den bisher heftigsten Streit mit ihnen. Wenn sie ihn mit den Auseinandersetzungen verglich, die die Helden aus den Fernsehserien mit ihren Eltern ausfochten, war der Wortwechsel wegen Yves kaum der Rede wert. Und doch erlebte sie die Szene vom Abend wieder und wieder. Aber noch mehr setzte ihr das Gespräch mit ihrem Vater zu. Wenn sie ihre Mutter liebte, sollte sie aufhören nach ihrer Vergangenheit zu forschen. Und das alles, weil sie Haschisch geraucht hatte! Stimmte das tatsächlich? Sie musste nur an Zigarettenrauch denken und ihr wurde schlecht. Und selbst, wenn sie es früher getan hatte, war es die vielen Geheimnisse und die Sorgen um sie wert? Nur wegen der Befürchtung, Yves könne sie wieder dazu *verführen?*

Jetzt, mit einigem Abstand betrachtet, schien das geradezu absurd! Anna fixierte den Lichtschein, der aus dem Wohnzimmer in den kleinen Garten fiel. Worüber redeten ihre Eltern? Möglicherweise über die wahren Gründe für ihr Verhalten.

Mittlerweile hatte sie Übung darin, sich nahezu geräuschlos im Haus zu bewegen. Mit jeder Stufe, die sie die Treppe hinunterschlich, schlug ihr Herz ein wenig heftiger. Sie war einem Geheimnis auf der Spur. Das spürte sie ganz genau. Und wenn sie es jetzt erfuhr, ließ sich das Wissen darum nicht mehr rückgängig machen.

»Manchmal ist es besser, wenn man etwas nicht weiß«, hatte ihre Mutter gesagt.

Vielleicht hatte sie Recht, aber Anna wusste auch, dass sie keine Wahl hatte. Kein Mensch kann ohne seine Vergangenheit existieren.

Die Wohnzimmertür war zwar geschlossen, aber ihre Eltern redeten laut genug.

»Hör auf zu weinen, Dorthe! Bitte! Das macht es nur noch schwerer für uns beide!«

Martin Lindenthals Stimme hatte den gleichen beschwörenden Tonfall wie am Abend, als er in Annas Zimmer gewesen war, um sie zu bitten nicht mehr nach ihrer Vergangenheit zu forschen.

»Wenn du auch so etwas sagst«, schluchzte seine Frau.

»Es geht nicht gut, Dorthe. Das ist mir heute klar geworden. Wir hätten uns nie darauf einlassen dürfen!«

»Aber du warst doch einverstanden, Martin! Ich habe dich gefragt und du warst einverstanden.«

»Ich weiß«, hörte Anna Martin Lindenthal nach einer ganzen Weile sagen. »Ich war einverstanden – deinetwegen. Weil du es dir so sehr gewünscht hast. Ich habe gehofft, dass du wieder ein wenig glücklicher wirst – oder wenigstens zufriedener. Aber am Ende werden wir nur das Gegenteil erreichen!«

»Nein, Martin! Du irrst dich!«, rief seine Frau. »Wir werden glücklich! Ganz bestimmt! Du wirst sehen. Es wird alles so, wie wir es uns vorgestellt haben! Du und ich und Anna – unsere Anna!«

»Und wenn sie sich erinnert?«, erwiderte Martin Lindenthal. »Wenn sie erfährt, was –«

»Das wird sie nicht!«, fiel seine Frau ihm ins Wort. »Bei einer so schweren Amnesie kann es sein, dass ihr früheres Leben für sie für immer im Dunkeln bleibt. Ich habe mich erkundigt.«

»Es kann sein«, sagte Martin Lindenthal gedehnt. »Und wenn es nicht so ist?«

»Dann wird sie bestimmt so weit sein, dass wir ihr alles erklären können!«

Annas Herz raste. Ihre Knie begannen zu zittern. Sie hielt sich am Türrahmen fest, um nicht einzuknicken.

»Dorthe! Hör auf zu träumen! Denk daran, was sie getan hat!«

»Das wissen wir doch gar nicht genau! – Oder geht es dir nur um das Geld?«

»Nein, es geht mir nicht nur um das Geld! Obwohl ich gar nicht daran denken darf, dass sie –«

»Daran darfst du auch nicht denken!«, schrie seine Frau ihn an. »Sie ist unsere Tochter!«

»Dorthe! Ich bitte dich! Sie ist nicht unsere Tochter!«

»Sie – ist – meine – Tochter!«

»Das ist sie nicht! Ich flehe dich an! Lass uns einen Schlussstrich unter diesen Wahnsinn ziehen! Wenn das stimmt, was ich befürchte, und Gott weiß, dass ich wünschte, es wäre nicht so, dann ist dieses Mädchen da oben eine Verbrecherin! Ein Monster, das unser Leben zerstören wollte! Und wenn wir dem keinen Einhalt gebieten, wird sie es am Ende auch tun!«

»Das ist nicht wahr!«, kreischte Frau Lindenthal auf.

Anna musste sich übergeben.

Ohne Rücksicht auf Geräusche rannte sie die Treppe hinauf. Sie schaffte es gerade noch, das Bad hinter sich abzuschließen, dann spie sie die letzten widerlichen Reste dessen aus, was sie in den letzten zwei Tagen zu sich genommen hatte.

Ihr Hals schmerzte, ihr ganzer Körper zitterte und in ihrem Mund machte sich ein Ekel erregender Geschmack breit. – Aber sie konnte endlich wieder denken.

Sie sind nicht deine Eltern!

Der Gedanke stand wie gemeißelt in ihrem Kopf.

Du bist nicht ihre Tochter!

Sie schaffte es aufzustehen und stützte sich auf dem Waschbecken ab. Mit Zahncreme und viel Wasser versuchte sie, den Geschmack loszuwerden. Als ihr das einigermaßen gelungen war, sah sie in den Spiegel, wie so oft in den letzten Monaten. Sie sah grauenhaft aus. Sie verstand diejenige, die sie da anstarrte, noch viel weniger als in der ganzen Zeit, seit sie im Krankenhaus aufgewacht war.

»Wer bist du?«, fragte sie ihr Spiegelbild zum, sie wusste nicht, wievielten Mal.

Was war da gerade passiert? War sie dabei, den Verstand zu verlieren? Oder noch einmal ihre Erinnerung? Waren die letzten Monate nur Einbildung gewesen? Vater – Mutter – ihr Zimmer – die Kindergartengeschichten. Alles gelogen? Alles nur Einbildung?

»Sie ist eine Verbrecherin«, hatte er gesagt. »Ein Monster, das unser Leben zerstören wollte.«

Sie musste weg von hier! Sofort! Egal, wohin! Nur weg!

Sie öffnete vorsichtig die Badezimmertür. Die Lindenthals redeten leiser. Aber sie redeten noch. Das war gut.

In ihrem Zimmer riss sie das Nachtzeug herunter und zog sich die Sachen wieder an, die sie gerade erst ausgezogen hatte. Ohne den Blick von ihrer Zimmertür zu nehmen, stopfte sie wahllos Kleidung in den Turnbeutel, den sie für die Übungen bei Carla brauchte.

Carla! Sie war ihre Rettung. Sie würde zu Carla gehen. Nur hatte sie keine Ahnung, wo sie wohnte. Dann würde sie eben vor der Praxis warten. Sie sah auf ihre Uhr. Kurz nach vier! Um sieben Uhr kam Carla in ihre Praxis. Das wusste sie. Die paar Stunden würde sie auch in der Kälte aushalten. Sie zog sich eine Winterjacke über und öffnete vorsichtig ihre Zimmertür. Es stand niemand davor. Doch nun war es still im Wohnzimmer geworden. Es dauerte sicher nicht mehr lange, bis ihre Eltern ins Bett gehen würden. – Eltern! Das waren sie nicht! Anna hatte Mühe, einen erneuten Anfall von Übelkeit zu unterdrücken.

Der Gang die Treppe hinunter war der längste, den sie jemals in diesem Haus hinter sich gebracht hatte. Jedes Knacken der Treppenstufen, jedes Rascheln ihrer Kleidung ließ sie innehalten. Sie spürte jeden einzelnen ihrer Herzschläge. Endlich stand sie vor der Haustür. Sie biss sich auf die Unterlippe, dass es schmerzte, und drehte den Schlüssel herum. Noch nie hatte die Mechanik eines Schlosses mehr Geräusche verursacht. Das mussten ihre Eltern doch hören! Doch es blieb still. Sie atmete aus und öffnete die Tür. Nur noch einen Schritt! Sie zog die Tür zentimeterweise zu. Kurz bevor das Schloss einrastete, hörte sie Schritte im Haus. Würde ihre Flucht in letzter Sekunde vereitelt werden? Sie ließ die Tür los und rannte die Straße hinunter. Sie sah sich nicht um, sie erwartete jeden Augenblick Schritte oder Rufe hinter sich zu hören. Doch es blieb still. Sie hatte es geschafft!

Wie komme ich jetzt zur Praxis?, dachte sie, noch während sie rannte. Sie blieb stehen.

Mein Gedächtnis!, schoss es ihr durch den Kopf. Verlass dich auf dein Gedächtnis!

Sie schloss die Augen und stellte sich die Autofahrt zur Praxis vor. Das war leicht. Sie war diesen Weg so oft gefahren oder besser gefahren worden. Da war es zwar nie dunkel gewesen, aber auch das Problem ließ sich lösen.

Markante Gebäude und Straßenkreuzungen würde sie auch im Dunkeln erkennen.

Sie war noch nicht weit vom Haus der Lindenthals entfernt. Sie sah sich um. Das war nicht der Weg zu Carlas Praxis. Sie musste bis zur nächsten Kreuzung zurück und dann nach links. Ja, so waren sie immer gefahren.

Um halb sechs stand sie vor Carlas Praxis und war stolz auf sich. Sie würde sich im Leben zurechtfinden. Da war sie sich nun sicher. Es gab bestimmt auch einen kürzeren Fußweg, aber sie hatte es geschafft! Es störte sie auch nicht, dass sie möglicherweise durch Gegenden gelaufen war, in denen man sich als Frau nachts besser nicht herumtrieb. Sie hatte es geschafft. Nur das zählte!

Im zugigen Hauseingang zu Carlas Praxis wich der Stolz der Kälte. Da nutzte auch die dickste Winterjacke nichts.

Yves und ich standen in einem dieser zugigen Hauseingänge. Ich hasste diese dunklen Orte. Ich fühlte mich im Licht viel wohler, jedenfalls dann, wenn ich mit Yves zusammen war.

Anna lehnte sich an die Hauswand. Sie war also mit Yves zusammen gewesen. Ihr Gefühl hatte ihr das schon bei der ersten Begegnung gesagt. Jetzt wusste sie es mit Sicherheit. Ihr wurde übel, wenn sie daran dachte, dass sie ihn geküsst oder vielleicht sogar mit ihm geschlafen hatte.

»Hoffentlich habe ich mit ihm Schluss gemacht.«

Nach dem, was sie heute erfahren und erlebt hatte, wollte sie von ihm nichts mehr wissen – außer dem, was er ihr über ihr früheres Leben erzählen konnte.

Während sie in dem zugigen Hauseingang stand und fror, realisierte sie nach und nach, was an diesem Abend passiert war. Die Lindenthals waren nicht ihre Eltern! Sie hatte gerade die Eltern verloren, die sie erst vor ein paar Monaten kennen gelernt hatte! Wie oft hatte ihre Mutter – Frau Lindenthal – ihr gesagt, dass sie sie liebte. War das alles gelogen?

Anna lehnte sich an die Hauswand. Sie spürte die Kälte nicht mehr.

Eigentlich müsste ich doch jetzt heulen, dachte sie. Aber davon war sie weit entfernt. Sie war noch nicht einmal wütend. Sie fühlte nur, wie sie sich wieder in sich zurückzog, um der Leere zu entgehen, so wie bei ihrem ersten bewussten Erwachen im Krankenhaus. Sie biss sich auf die Hand, um wenigstens etwas zu spüren.

»Ich will nicht noch einmal mein Gedächtnis verlieren«, sagte sie leise.

»Anna! Was machst du denn schon hier? Du bist viel zu früh! Und wie siehst du überhaupt aus? Geht es dir nicht gut? Fehlt dir etwas?«

Anna schreckte auf. »Was ist los? Bin ich eingeschlafen?«

»Im Stehen?«, fragte Carla zurück. »Das glaube ich kaum.«

»Ich schon.«

»Nun sag doch, was mit dir los ist!«

»Können wir hineingehen, bitte?«, sagte Anna. »Mir ist so kalt. Und ich habe Hunger!«

»Ja, sicher. Ich koche uns einen Tee. Dann wird dir gleich wärmer.«

»Oh ja! Danke! Hast du auch was zu essen?«

Carla zeigte ihr eine Bäckertüte. Anna riss sie ihr aus der Hand, holte eines der Käsebrötchen heraus und biss hinein.

»Die waren eigentlich für mein zweites Frühstück«, schmollte Carla.

Während Carla das Wasser aufsetzte und die Tassen aus dem Schrank holte, erzählte ihr Anna mit vollem Mund, was sie bei den Lindenthals erleben und vor allem erfahren musste.

Bei Tageslicht und mit Carla in ihrer kleinen Teeküche waren ihr Entsetzen und ihre Ratlosigkeit nicht mehr ganz so groß, aber immer noch groß genug.

»Ich verstehe das alles nicht, Carla!«, rief sie schließlich. »Sie sind nicht meine Eltern. Wer bin ich dann? Sie haben doch Papiere. Sie können doch nicht einfach sagen, ich sei ihre Tochter, wenn ich es gar nicht bin! Ich habe doch Mama und Papa zu ihnen gesagt!«

Carla legte ihre Hände auf Annas Schulter und drückte sie sanft auf einen Stuhl. »Nun bleib erst einmal hier sitzen und trink deinen Tee. Ich komme gleich wieder und dann reden wir in Ruhe über alles.«

Carla ging hinaus und Anna schlürfte ihren Tee. Er tat wirklich gut. Nur die Jacke konnte sie immer noch nicht ausziehen. Die Kälte saß tief in ihr drin. Genau wie der Hunger. Hatte sie nicht noch ein Brötchen in Carlas Tüte gesehen?

Anna erhob sich und ging in Carlas Büro. Die stand mit dem Rücken zu ihr und telefonierte.

»Ja, sie ist hier. Alles ist in Ordnung. Sie müssen sich keine Sorgen machen. – Ja, gut, aber lassen Sie sich ruhig Zeit. Ich kümmere mich so lange um sie.«

Carla legte auf und drehte sich um. In dem Augenblick fiel Anna die Teetasse aus der Hand.

»Das waren nicht die Lindenthals, Carla«, sagte Anna leise. »Sag, dass du nicht die Lindenthals angerufen hast.«

»Bitte, Anna. Ich möchte es dir in Ruhe erklären.«

»Du hast sie also angerufen?«

»Ja.«

»Warum hast du das gemacht?«, schrie Anna sie an. »Ich habe dir vertraut! Wem soll ich denn sonst noch vertrauen?«

Plötzlich spürte sie Tränen in ihr hochsteigen. Aber sie wollte nicht heulen, nicht jetzt!

»Du kannst mir auch weiter vertrauen, Anna. In deiner Situation ist das eine ganz normale Reaktion. Du weißt nicht, wer du bist, du weißt nicht genau, wo du hingehörst. Du weißt nicht, wem du vertrauen kannst und wem nicht. Und irgendwann vertraust du dann niemandem mehr. Noch nicht einmal deinen Eltern.«

»Sie sind nicht meine Eltern! Sie haben mich angelogen! Warum verstehst du das nicht?«, schrie sie, so laut sie konnte, und trat die Teetasse in Richtung Carla.

Jetzt waren die Tränen nicht mehr zu halten. Heulend und schreiend rannte sie aus der Praxis.

An der Tür hätte sie Yves fast umgerannt. Sein Anblick ließ ihren Schreikrampf augenblicklich verstummen.

»Du? – Wieso? – Was machst du hier?«

Yves zeigte wieder sein Grinsen, das Anna gerade jetzt unerträglich fand.

»Ich wollte dich besuchen. Wir haben noch was zu besprechen. Hast du das vergessen?«

Anna drehte sich zu Carla um. »Steckt ihr alle unter einer Decke?«

Sie riss sich von Yves los und rannte hinaus.

»He, warte! Du sollst warten, verdammt! So kommst du mir nicht davon!«, hörte sie seine Stimme hinter sich.

Sie sah sich um. Er stand in der Tür von Carlas Praxis und schien einen Augenblick zu zögern, als wüsste er nicht, ob er sie verfolgen sollte. Dann lief er los.

Hundert Meter vor ihr hielt ein Bus. Sie rannte, was ihre Beine hergaben, und sprang hinein. Die Tür schloss sich. Der Bus fuhr an. Wohin, war ihr egal. Nur weg! Sie sah aus dem Rückfenster. Yves rannte dem Bus hinterher, wobei er wild mit den Armen ruderte. Soweit sie es beurteilen konnte, hatte sie auf ihrer Flucht bis zum Bus sogar einige Meter Vorsprung herausgelaufen. Sie trieb zwar keinen Sport, doch sie schien gut in Form zu sein. Möglicherweise hatte sie das ja der Früher-Anna zu verdanken. Wenn ihr nicht so hundeelend zumute gewesen wäre, hätte sie darüber lachen müssen.

12

Sie sah sich um. In dem Bus saßen nur wenige Leute und die schienen kaum Notiz von ihr zu nehmen. Warum auch?

Anna ließ sich auf einen der vielen freien Sitze fallen. Sie starrte aus dem Fenster, ohne irgendetwas zu sehen. In ihr hatte nur noch eine Frage Platz: Konnte sie niemandem mehr vertrauen? War sie nun ganz allein?

Da keine der Bushaltestellen eine Bedeutung für sie hatte, blieb sie sitzen.

»Hauptbahnhof! Endstation! Bitte alle aussteigen! Sie auch!«, hörte sie schließlich die nicht gerade freundliche Stimme des Busfahrers aus dem Lautsprecher.

Der Bahnhof! Sie nahm es als ein Zeichen. In dieser Stadt konnte sie nicht bleiben und sie wollte es auch nicht. Es gab hier niemanden, zu dem sie hätte gehen oder dem sie hätte vertrauen können. Also konnte sie genauso gut auch an jeden anderen Ort fahren. Nur, dass dort die Gefahr geringer war, jemandem zu begegnen, der sie für ein Monster hielt.

Da es keine Rolle spielte, wohin sie fuhr, war es auch gleichgültig, in welchen Zug sie einstieg.

Bahnhöfe waren Anna vertraut. Man stieg in einen Zug ein und fuhr los. In ihren Fernsehserien gab es mehr als genug Abschiedsszenen und nicht wenige davon spielten sich auf Bahnhöfen ab.

Nur war die Realität doch ein wenig komplizierter: Wohin sollte sie fahren – und wo waren überhaupt die Bahnsteige? Sie versuchte jemanden zu fragen, doch die Leute waren an ihr vorbeigelaufen, bevor sie auch nur den Mund aufmachen konnte.

Vor einem Stehcafé lehnten zwei junge Männer an einem der Tische und starrten sie unverhohlen an. Wahrscheinlich sah man ihr schon von weitem an, wie unsicher sie war. Und das war die beste Voraussetzung dafür, als Opfer ausgesucht zu werden. Sie spürte wieder einmal Angst in sich aufsteigen und war gleichzeitig wütend.

»So einfach mache ich es euch nicht«, sagte sie in Richtung der Gaffer.

Ein Geschäftsmann mit Laptop und Trolley hetzte eine Treppe hinauf. Anna überlegte nicht lange und sprang ihm hinterher. Der Geschäftsmann verschwand in einem Zug, der am Bahnsteig wartete. Anna zögerte nur kurz, dann stieg sie auch ein. Sie achtete noch nicht einmal darauf, wohin der Zug fuhr.

Anna suchte sich ein leeres Abteil. Langsam setzte sich der Zug in Bewegung.

Je länger sie fuhr, desto besser konnte Anna ihre Gedanken ordnen. Das Ergebnis war nicht sehr ermutigend. Was sollte sie dort, wo sie nun hinfuhr, tun, wenn sie erst angekommen war?

Plötzlich durchfuhr es sie heiß. Sie öffnete ihre Tasche und wühlte darin. Ihre Geldbörse! Sie hatte sie eingesteckt. Sie zählte ihr Geld. Fast zweihundert Euro. Die Lindenthals waren nicht geizig gewesen. Das zumindest musste sie eingestehen. Es beruhigte sie. Das Geld würde reichen, um sie zumindest in den nächsten Tagen nicht verhungern, verdursten oder erfrieren zu lassen.

Und dann? Dann würde sich schon etwas finden, machte sie sich Mut. Schließlich sagten alle, sie sei intelligent, fleißig und hätte ein außergewöhnliches Gedächtnis. Damit musste sich doch etwas anfangen lassen! Zum ersten Mal seit ihrer Flucht überdeckte ein positives Gefühl die Angst und den Schrecken der letzten Nacht. Sie fühlte sich plötzlich frei. Nun würde sie endlich das richtige Leben kennen lernen!

»Darf ich bitte Ihren Fahrausweis sehen, junge Frau?«

Vor ihr stand ein Typ in einer blauen Uniform. Er schien nicht viel älter als sie zu sein.

»Den Fahrausweis bitte«, wiederholte er.

Eine Fahrkarte! Daran hatte sie überhaupt nicht gedacht!

»Ich habe keine.«

»Wie bitte?«

»Ich habe leider keine Fahrkarte. Ich habe vergessen, mir eine zu kaufen.«

»Wollen Sie mich –«

»Nein, wirklich! Ich fahre zum ersten Mal Zug, müssen Sie wissen.«

Der Schaffner baute sich vor ihr auf. Der Schweißgeruch, der von ihm ausging, ließ Anna würgen. »Ihren Ausweis bitte.«

»Wieso? Wenn ich doch sage, dass ich –«

»Ich möchte bitte Ihren Ausweis sehen. Sie sind ohne gültige Fahrkarte unterwegs. Das heißt, ich muss Ihnen ein erhöhtes Fahrgeld in Höhe von vierzig Euro berechnen.«

Anna versuchte es noch einmal. »Bitte! Verstehen Sie doch. Ich konnte nicht –«

»Ihren Ausweis bitte.«

Anna sah rot. Wahrscheinlich waren die Erlebnisse der letzten Nacht, die Angst, der Schock und der wenige Schlaf schuld daran – und auch die Befürchtung, hier einen großen Teil ihres Geldes loszuwerden.

»Lassen Sie mich endlich mal ausreden!«, fuhr sie den Schaffner an.

Der Zug hielt mit einem ohrenbetäubenden Quietschen an einem kleinen Bahnhof.

»Warum? Sie sind ohne Fahrausweis unterwegs. Also müssen Sie –«

»Gar nichts muss ich!«, schrie sie den Schaffner an.

Anna stand blitzartig auf. Mit einem Stoß vor seine Brust machte sie sich den Weg frei. Sie riss die Tür auf, sprang aus dem Zug und rannte los.

»Bleib sofort stehen, verdammt! Ich rufe die Polizei!«

Anna warf einen Blick über ihre Schulter. Der Schaffner stand in der geöffneten Wagentür, fast so wie kurz zuvor Yves in Carlas Praxistür. Nur, dass er keine Anstalten zu machen schien, ihr nachzulaufen.

Trotzdem rannte sie die Treppen hinunter, durch die Unterführung auf die Straße. Dort lehnte sie sich an eine Hauswand und rang nach Luft. Über ihr setzte sich der Zug in Bewegung. Sie hatte es geschafft!

Anna blickte sich um. Hier sah es nicht viel anders aus als in Bochum. *Köln-Mülheim* stand auf einem Schild.

Sehr weit war sie nicht gekommen, aber weit genug, um weder Carla noch Yves und vor allem nicht den Lindenthals zu begegnen.

Ihr fiel ein, dass eine ihrer Lieblingsserien in Köln spielte. Warum also nicht Köln?

Anna sah zum Himmel. Hier und da war ein Stück blauer Himmel zwischen den Wolken zu sehen. Sie lief einfach los. Sie hatte kein Ziel, also gab es auch keinen Weg. Die Straßen wurden schöner, hässlicher und wieder schöner, lebendiger und wieder ruhiger. Anna sog alles in sich auf. Der Schrecken verblasste und machte einem Gefühl von Freiheit und Stolz Platz, zum ersten Mal allein in einer fremden Stadt zu sein und klarzukommen.

Irgendwann landete sie am Rhein. Sie setzte sich auf eine der Bänke am Ufer und betrachtete die Schiffe, die dort hinfuhren, wo sie vielleicht schon einmal gewesen war, ohne sich jetzt noch daran zu erinnern. Sie hätte stundenlang dort sitzen und einfach nur schauen können. Ja, das war sie, die richtige Welt. Das richtige Leben!

Einige hundert Meter entfernt stand ein Luxushotel. Hatte dort nicht eine der Folgen ihrer Serie gespielt? Anna konnte sich genau an die Fassade erinnern. Innen war es mindestens ebenso beeindruckend gewesen. Luxus pur! Sie hatte dieses Hotel im Fernsehen sehr fasziniert. Und nun könnte sie es sich einmal selbst ansehen. Warum nicht? Schließlich würde man sie dort sicher nicht gleich hinauswerfen.

Die Eingangshalle sah genau so aus, wie sie im Fernsehen ausgesehen hatte. Sie strotzte nur so vor Luxus. Von irgendwoher erklang leise Klaviermusik. Anna beneidete die Leute um sie herum. Sie gingen ein und aus, als wäre das Hotel ihr Zuhause. Es musste unglaublich sein, hier auch nur eine Nacht zu verbringen.

Ihr kam ein irrwitziger Gedanke. Warum sollte sie sich diesen Wunsch nicht einfach erfüllen? Sie hatte gerade die schlimmste Nacht ihres Lebens hinter sich, zumindest ihres

Fünf-Monats-Lebens. Und nun würde sie sich den Ausgleich dafür gönnen. Geld hatte sie ja genug.

»Haben Sie ein Zimmer für mich?«, fragte sie einen jungen Mann in einer bunten Uniform und einem seltsamen Hütchen auf dem Kopf.

»Das erfahren Sie an unserer Rezeption, meine Dame«, sagte der junge Mann mit einer leichten Verbeugung.

Er zeigte auf eine riesige Theke, hinter der andere Uniformierte standen, allerdings ohne Hütchen.

»Haben Sie ein Zimmer für mich?«, wiederholte sie dort ihre Frage.

»Wie lange möchten Sie bleiben?«, fragte der Mann hinter der Theke zurück.

Er trug einen winzigen Schnauzbart, den man erst sah, wenn man vor ihm stand.

»Äh – eine Nacht – erst einmal.«

»Das ließe sich machen. Dreihundertfünfzig Euro.«

Anna schluckte. Das »So viel?« konnte sie sich gerade noch verkneifen.

»Haben Sie nichts Günstigeres?«, fragte sie stattdessen.

Der Schnauzbart sah sie kurz und durchdringend an, dann werkelte er auf seiner Computertastatur herum.

»Ich glaube, wir haben Glück«, sagte er schließlich. »Ich kann Ihnen ein Zimmer für einhundertneunzig Euro anbieten, sogar mit Frühstücksbuffet. Sonderpreis.«

»Gebongt! – Ich meine, nehme ich«, sagte Anna schnell.

Der uniformierte Schnauzbart nickte huldvoll und schob ihr einen Zettel hin. »Wenn Sie dann bitte das Anmeldeformular ausfüllen würden? Name, Adresse, Geburtsdatum und Unterschrift genügen. Und wir müssen um Vorkasse bitten – oder Ihre Kreditkarte.«

Anna sah entgeistert auf das Formular. »Warum muss ich das ausfüllen?«

»Vorschrift. – Leider.«

»Und was ist Vorkasse?«

»Wenn Sie bitte gleich zahlen würden?«

Anna holte ihre Geldbörse heraus, zählte hundertneunzig Euro ab und legte sie dem Schnauzbart hin. Jeder Geldschein schien zu schreien: »Ich will nicht! Ich will nicht!«

Mit einer Handbewegung fischte sich der Schnauzbart das Geld von der Theke und legte es in eine Kasse.

Anna füllte brav das Anmeldeformular mit der Adresse der Lindenthals aus. Doch dann kam sie an ihr Geburtsdatum.

Wann habe ich Geburtstag?, dachte sie voller Panik. Darüber haben wir nie geredet!

Sie wusste nur, dass sie zwanzig Jahre alt war. Sie begann hektisch im Kopf zu rechnen: minus zwanzig Jahre, dann noch ein paar Monate mehr. Sie schrieb ein Phantasiedatum auf.

Jetzt noch unterschreiben, dachte sie. Wie bei dem Anmeldeformular damals.

Sie schrieb ihren Namen. Es sah aus wie das Gekrakel eines Zweitklässlers.

Der Schnauzbart zog den Zettel zu sich und las mit hochgezogenen Augenbrauen.

»Einundzwanzig«, sagte er dann. »Ein schönes Alter.«

Mist! Verrechnet!, dachte Anna.

Der Schnauzbart winkte den jungen Mann mit dem Hütchen zu sich. Der kam gleich angerannt und riss Anna ihren Turnbeutel vom Arm.

»He! Was soll das?«

»Pierre begleitet Sie auf Ihr Zimmer.«

Mit klopfendem Herzen und weichen Knien folgte sie Pierre, der ihren Turnbeutel mit spitzen Fingern vor sich hertrug. Pierre sah sich immer wieder zu ihr um, nickte freundlich und stiefelte dann weiter.

Endlich an ihrer Zimmertür angekommen, schloss er auf, ging ins Zimmer, schaltete alle Lampen an und legte den Turnbeutel auf ein Gestell, das augenscheinlich für Koffer gemacht war und auf dem Annas Beutel noch erbärmlicher aussah.

»Ich wünsche Ihnen einen angenehmen Aufenthalt in unserem Haus«, sagte er wieder mit einer Verbeugung.

Trinkgeld!, schoss es Anna durch den Kopf.

In der Fernsehserie hatten sie mit Trinkgeld nur so um sich geworfen. Sie kramte einen Euro aus ihrer Geldbörse und reichte ihn Pierre. Der nahm ihn, verbeugte sich noch einmal und ging hinaus. Die Tür fiel geräuschlos ins Schloss.

Anna ließ sich auf das Bett fallen, in dem sie fast vollständig versank.

»Puh!«, stöhnte sie auf. »Luxus ist echt anstrengend!«

Nun war erst einmal Besichtigung angesagt. Anna sah sich um. Das Hotelzimmer war nicht ganz so luxuriös wie in der Fernsehserie, aber im Vergleich zum Hauseingang von Carlas Praxis immer noch das Paradies auf Erden.

Sie lief herum, begutachtete jedes Detail im Bad und sah in jeden Schrank und jede Schublade. Bademäntel, eine Bibel und Telefonbücher kamen zum Vorschein.

»Alles, was der Mensch so braucht«, sagte sie und besah sich zufrieden ihre Beute.

Sie ging zurück ins Bad und öffnete den schweren Wasserhahn über der Wanne. Sie suchte alles zusammen, was sie an Badezusätzen finden konnte, und schüttete es in den Wasserstrahl. Der Duft war süß und intensiv.

Sie kniete sich vor die Wanne und schloss die Augen. Sie sah Kevin vor sich. Sie spürte wieder diesen Stich. Würden sie sich noch einmal begegnen – irgendwann?

Der Badeschaum berührte ihr Kinn. Sie riss die Augen auf, drehte hektisch den Wasserhahn zu und verhinderte im letzten Augenblick eine Überschwemmung.

Schweren Herzens ließ sie einen Teil des Wassers wieder ab. Sie zog sich aus und stieg in die Wanne. Langsam, Zentimeter für Zentimeter tauchte sie in das warme Wasser ein. Sie wollte, nein, sie musste diesen Augenblick genießen, damit sie ihn nie wieder vergaß.

»Das ist es!«, seufzte sie schließlich, als nur noch ihr Gesicht aus dem Wasser ragte.

Ihr Magen meldete sich. Etwas Essbares und ein kleiner Drink wären nun genau das Richtige. Hatte sie bei ihrer Besichtigung nicht einen Zettel gesehen, auf dem *Zimmerservice* gestanden hatte?

Sie stieg aus dem Bad, schlüpfte in einen der Bademäntel und holte sich die Karte des Zimmerservice. Für ihre letzten zehn Euro hätte sie entweder eine Flasche Wasser oder eine Portion Toast ohne Butter bekommen können.

Trockener Toast oder Wasser, dachte sie. Dann warte ich eben bis zum Frühstücksbuffet.

Sie öffnete die Fenstervorhänge, legte sich aufs Bett und sah hinaus. Es gab sicher schönere Aussichten aus diesem Hotel, aber ihr genügte diese.

Jetzt fehlt nur noch er, war ihr letzter Gedanke, bevor sie einschlief.

Einerseits war sie am nächsten Morgen ein wenig traurig, dass ihr Tag im Luxus nun bald vorbei sein würde, andererseits freute sie sich aufs Frühstück.

Sie überlegte einen Augenblick, ob sie ihre Sachen schon zusammenpacken sollte, aber das konnte sie später auch noch machen. Schließlich wurde das Zimmer erst wieder am Abend gebraucht.

Auf dem Weg zum Frühstücksraum wurde ihr bewusst, dass ihr Schlaf völlig traumlos gewesen war. Eigentlich hätte nach dem, was sie erlebt hatte, doch alles in ihr rebellieren müssen. Aber sie hatte, seit sie in Köln-Mülheim dem stinkenden Schaffner entkommen war, noch nicht einmal mehr daran gedacht.

Nun allerdings kam die Erinnerung hoch und sie musste wieder an das Gespräch zwischen den Lindenthals denken, das sie belauscht hatte. Sie verdrängte es sofort wieder. Sie wollte nicht daran denken. Sie wollte diesen Tag genießen, wenigstens noch diesen einen Tag. Die Frage, was danach aus ihr werden sollte, würde sie noch lange genug beschäftigen.

Das Frühstücksbuffet übertraf alles, was sie sich auch nur hatte vorstellen können. Es gab nichts, was es nicht gab. Da sie nicht wusste, was sie zuerst nehmen sollte, nahm sie von allem etwas.

Schließlich schleppte sie drei voll beladene Teller zu ihrem Platz. Sie bemerkte die kritischen Blicke der anderen Gäste, die mit einem Hauch von Lachs, einem Klecks Rührei und einem Viertel Knäckebrot an ihr vorbeistolzierten, aber sie waren ihr gleichgültig.

Was ich habe, habe ich, dachte sie.

Anna entwickelte sportlichen Ehrgeiz. Sie wollte von allem probieren, was das Buffet zu bieten hatte. Das Buffet siegte. Wenn sie nicht platzen wollte, musste sie aufhören.

Das Geld fürs Essen hab ich heute jedenfalls gespart, dachte sie, als sie etwas ungelenk aus dem Frühstücksraum watschelte.

Sie brauchte dringend frische Luft und einen Spaziergang, sonst würde sie sich irgendwann überhaupt nicht mehr bewegen können.

Das Wetter war nicht mehr ganz so schön wie am Vortag, aber ihre Abenteuerlust und ihr Stolz, sich in einer fremden Stadt zurechtzufinden, waren ungebrochen. Also los! Vor der Tür des Hotels wartete die Millionenstadt Köln auf sie!

Und die enttäuschte sie nicht! Hinter jeder Ecke entdeckte sie etwas, das sie bestaunen, über das sie lachen musste oder das sie am liebsten stundenlang betrachtet hätte. Und überall Menschen, Menschen, Menschen. Und sie, Anna, war eine von ihnen! Kaum jemand beachtete sie, nur wenige schienen sie überhaupt bewusst wahrzunehmen und doch war sie eine von ihnen. Sie lebte! Ihre Vergangenheit hatte sie vielleicht für immer verloren, aber die Gegenwart gehörte ihr!

Als sie an einer Uhr vorbeikam und darauf sah, erschrak sie. Es war schon nach drei! Und ihre Sachen waren immer noch im Hotel! Nun wurde es aber Zeit, wenn sie noch rechtzeitig Platz für die anderen Gäste machen wollte. Nur, wo war sie? – Sie musste zum Rhein! Dann war das Hotel leicht zu finden. Na also! Es ging doch! Mit langen Schritten lief sie in die Richtung, in der sie den Rhein vermutete.

Sie musste allerdings erst einige Passanten nach dem Weg fragen, bis sie endlich am Flussufer stand. In welche

Richtung musste sie nun weiter? Sie suchte sich eine aus. Es war die falsche.

Als sie schließlich die Fassade des Hotels in einiger Entfernung entdeckte, war es kurz vor fünf Uhr. Mittlerweile hatte es zu regnen begonnen. Sie war bis auf die Haut durchnässt, als sie die Eingangshalle betrat.

Jetzt schnell aufs Zimmer, Sachen packen und dann nichts wie weg, dachte sie.

Ihr Zimmer war aufgeräumt und hergerichtet, als wäre sie nie dort gewesen. Sogar frische Handtücher hingen im Bad. Anna war durchnässt und fror. Ob sie es noch wagen konnte?

Sie zog sich schnell aus und sprang unter die Dusche. Das tat gut!

Ein Gedanke, den sie den ganzen Tag über beiseite geschoben hatte, ließ sich jetzt nicht mehr verdrängen: Was nun? Wo sollte sie hin? Wo sollte sie diese Nacht verbringen und all die Nächte danach?

Darüber würde sie später nachdenken. Jetzt erst einmal raus hier! Sie raffte ihre Sachen zusammen und verließ, so schnell es ging, das Zimmer.

Zufrieden stellte sie fest, dass der Schnauzbart wieder Dienst hatte. Der kennt mich ja schon, dachte sie und legte den Zimmerschlüssel vor ihn auf die Theke.

»Vielen Dank. War sehr schön bei Ihnen. Auf Wiedersehen!«

»Einen Augenblick, meine Dame«, sagte der Schnauzbart freundlich. »Sie haben erst eine Nacht bezahlt. Würden Sie bitte auch noch die zweite Nacht begleichen?«

Anna verstand nicht. »Ich war doch nur eine Nacht hier!«

Der Schnauzbart lächelte verständnisvoll. »Eine Nacht

heißt bei uns von elf Uhr vormittags bis zum anderen Tag um dieselbe Zeit. Wenn Sie bis dahin nicht ausgecheckt haben, müssen Sie eine weitere Nacht bezahlen. Sie finden diese Hinweise übrigens an jeder unserer Zimmertüren.«

Anna erinnerte sich an einen Zettel an der Tür. Ausgerechnet den hatte sie nicht gelesen.

»Aber ich war doch den ganzen Tag nicht in dem Zimmer!«, rief sie.

Der Schnauzbart ließ einen Seufzer hören. »Haben Sie das Zimmer heute denn noch einmal benutzt?«, fragte er.

»Eigentlich nicht«, antwortete Anna zögernd. »Ich habe nur noch schnell geduscht.«

»Dann tut es mir Leid. Einhundertneunzig Euro bitte.«

»Aber die habe ich nicht!«, rief Anna. Zunächst war sie nur erschrocken gewesen, doch nun fühlte sie wieder, wie Panik in ihr hochstieg.

»Es lässt sich bestimmt eine Lösung finden«, sagte der Mann hinter der Theke wesentlich weniger freundlich als zuvor. »Würden Sie mir bitte in mein Büro folgen?«

»Nein!«, rief Anna noch etwas lauter. Die Blicke der anderen Gäste und Angestellten nahm sie schon nicht mehr wahr. »Ich gehe nirgendwo hin! Was wollen Sie von mir? Ich habe kein Geld mehr und ich habe auch nur eine Nacht hier geschlafen!«

»Bitte, meine Dame! Etwas leiser!«

»Warum denn?«, kreischte Anna.

Plötzlich stand noch ein Uniformierter neben ihr. Er trug weder einen Schnauzbart noch ein Hütchen. Dafür sah man seinem Stiernacken auf einen Blick an, dass mit ihm nicht zu spaßen war.

»Gibt's ein Problem?«

»Nein, ich denke, wir haben es gleich wieder im Griff. Ich habe die junge Dame nur gebeten, in mein Büro zu kommen. Dort regeln wir alles.«

»Was wollen Sie regeln?«, rief Anna. Sie fühlte sich plötzlich umzingelt.

Der Stiernacken legte seine Hand auf Annas Schulter. »Bitte folgen Sie mir.«

Yves packte meine Schultern und schüttelte mich, so wie an dem Abend in dem zugigen Hauseingang. »Wo ist die verdammte Kohle? Wo?«

So ließ sie sich nicht behandeln! Nicht von Yves und auch nicht von diesem Stiernacken!

»Lass mich los, du Schwein!«, schrie Anna und trat zu.

Der Stiernacken stöhnte auf und hielt sich sein Schienbein. Ein zweiter Stiernacken kam, umfasste Annas Arm und schob sie durch eine Tür in die hinteren Räume des Hotels, wo nichts mehr an den Pomp in der Eingangshalle erinnerte. Er führte sie in ein karges, fensterloses Büro, setzte sie auf einen Stuhl und schloss die Tür von außen ab.

Anna wehrte sich nicht mehr. Sie starrte auf die verschlossene Tür und dachte an nichts. Als sich die Tür wieder öffnete, kamen zwei Polizisten herein.

Der Luxus war vergangen. Das richtige Leben hatte sie wieder.

13

Anna wusste nicht, wie lange sie schon auf dem Stuhl neben dem Schreibtisch des Polizisten saß. Er hatte ihr viele Fragen gestellt. Sie hatte geantwortet oder auch nicht und seine Kollegin am Schreibtisch nebenan hatte sie schweigend beobachtet. Nur ab und zu hatten sich die beiden einen kurzen Blick zugeworfen.

Anna rief sich immer wieder die Bilder, die sie in der Hotelhalle gesehen hatte, ins Gedächtnis zurück. Sie hatte Yves' Gesicht vor Augen gehabt. Es war wutverzerrt, ja geradezu hasserfüllt gewesen. Und er hatte »Kohle« von ihr gewollt. Es ging also um Geld! Aber um welches? Um das, was Martin Lindenthal am Tag vor ihrem Unfall von seinem Konto abgehoben hatte?

Der Polizist fuhr sich mit beiden Händen durch die Haare und seufzte hörbar. »Dann fasse ich mal zusammen: Sie sind zwanzig Jahre alt, hatten einen Unfall und haben dabei einen Gedächtnisverlust erlitten. Sie wissen, wie Sie heißen, wollen Ihren Namen aber nicht verraten. Sie haben Eltern, aber wie die heißen oder wo sie wohnen, wollen Sie auch nicht sagen. Sie machen eine Therapie, aber wo und bei wem, wollen Sie mir ebenfalls nicht sagen, ebenso wenig wo Sie herkommen und was Sie hier in Köln tun. Habe ich das in etwa korrekt wiedergegeben?«

»Irgendwie schon«, antwortete Anna.

Der Polizist seufzte noch ein wenig lauter. »Wissen Sie, was ich glaube? Ich glaube, Sie sind in ziemlich bösen Schwierigkeiten. Ich würde Ihnen gern helfen, aber dazu müsste ich ein wenig mehr wissen. Verstehen Sie das?«

»Ja, aber das ist alles so schwer zu erklären!«

»Dann versuchen Sie es doch einfach mal. Glauben Sie mir, die Polizei kann und möchte mehr helfen, als leider viele Leute annehmen. Es könnte so manches besser laufen, wenn man mehr Vertrauen zu uns hätte. Wenn *Sie* mehr Vertrauen zu mir hätten!«

Anna schwieg. Was hätte sie darauf auch sagen sollen?

»Haben Sie denn gar kein Geld?«, fragte der Polizist weiter. »Oder kennen Sie vielleicht jemanden, der Ihnen das Geld leihen könnte?«

Anna schüttelte den Kopf.

»Wenn Sie die Hotelrechnung bezahlen, ist die Sache erledigt. Ich habe mit dem Sicherheitsmann des Hotels gesprochen. Er verzichtet auf eine Anzeige wegen Körperverletzung.«

»Der will *mich* wegen Körperverletzung anzeigen?«, rief Anna. »Der Riese mich?«

»Treiben Sie Sport? Karate oder so?«

»Weiß nicht. Warum?«

»Sein Schienbein sah ganz schön übel aus.«

Der Polizist hielt sich die Hand vor den Mund. Anna konnte sein Schmunzeln trotzdem sehen. Es war ein wenig so wie das von – Kevin!

Anna sprang auf. »Kevin! Kevin Schneider!«

Der Polizist war so verdattert, dass er noch nicht einmal fragte.

Mit zitternden Händen durchsuchte Anna ihre Taschen nach Kevins Visitenkarte. An dem Tag trug sie doch auch diese – da war sie! Sie war ein Schatz! Das hatte sie vom ersten Augenblick an gewusst!

Sie reichte dem Polizisten die Karte. Der las sie mit hochgezogenen Augenbrauen.

»Fernsehen? Junge Dame, Sie –«

»Nein, nein!«, rief Anna. »Kevin Schneider! Ich kenne ihn. Er kann mir helfen – hoffe ich jedenfalls.«

Der Polizist entspannte sich wieder. »Na also! Das ist doch endlich was!« Er schob Anna sein Telefon und Kevins Visitenkarte hin. »Sie müssen erst eine Null vorwählen«, sagte er und zwinkerte ihr zu.

»Bitte sei da. Bitte, bitte!«, flüsterte sie, während sie Kevins Nummer wählte. Es ertönte ein Freizeichen.

»Schneider.«

Anna konnte den leisen Freudenschrei nicht unterdrücken.

»Hallo? Hier ist Kevin Schneider.«

»Anna!«, brüllte sie ins Telefon. »Hier ist Anna!«

»Anna Lindenthal?«, fragte Kevin.

»Ja, genau«, sagte Anna.

»Das ist aber eine Überraschung! Schön, dass du anrufst. Wie geht es dir denn so? Was macht die Therapie?«

»Kevin! Ich bin in echten Schwierigkeiten. Kannst du mir bitte helfen?«

»Was ist denn los?«

»Ich bin hier bei der Polizei. Ich konnte meine Hotelrechnung nicht bezahlen. Und dann habe ich einem Wachmann vors Schienbein getreten. Sah übel aus.«

Dieses Mal schmunzelte der Polizist ganz offen.

»Ja, das sind Schwierigkeiten«, sagte Kevin gedehnt.

»Kannst du mir helfen? Bitte!«

»Wo genau bist du denn?«

»Wo bin ich hier?«, fragte sie den Polizisten. Der gab ihr seine Visitenkarte.

Anna las die Adresse vor.

»Okay, ich komme«, sagte Kevin. »Aber es kann ein wenig dauern. Ich muss ja erst nach Köln fahren.«

»Danke«, brachte Anna irgendwie heraus, dann legte sie auf.

Das Schmunzeln des Polizisten wurde breiter. »Kaffee?«

»Oh ja! Bitte!«

Kevin kam tatsächlich. Ohne Vorwarnung stand er in der Tür. Er sah Anna an, aber er lächelte nicht.

»Alles okay?«, fragte er ernst. »Haben sie – geht es dir gut?«

Anna musste sich konzentrieren, um überhaupt zu verstehen, was er sagte.

»Anna? Geht es dir gut?«, fragte er noch einmal.

»Ja! Es geht mir gut!«, rief Anna. »Sie waren hier total freundlich zu mir.«

»Sie wollen die Hotelrechnung für die junge Dame bezahlen?«, fragte der Polizist Kevin.

»Sicher. Wie viel ist es denn?«

Sicher. Anna konnte es kaum glauben. Kevin war wieder da!

Er bezahlte die Hotelrechnung und Anna unterschrieb, Carlas Ratschläge missachtend, ungelesen das Polizeiprotokoll.

»Ich heiße übrigens Jupp Schatz. Sagen Sie mir nun

auch, wie Sie heißen?«, fragte der Polizist, als Anna mit Kevin schon auf dem Weg zur Tür war.

Anna sah sich noch einmal zu ihm um. »Bis gestern hieß ich noch Anna Lindenthal. Heute weiß ich es nicht mehr.«

»Dann pass gut auf dich auf, Anna Lindenthal.«

Vor der Polizeiwache stellte sich Anna auf den Gehweg, breitete die Arme aus und atmete tief die Abendluft ein.

»Frei!«, rief sie. »Danke, Kevin! Danke! Danke! Das werde ich dir nie vergessen! Und das Geld gebe ich dir auch zurück. Bestimmt! Irgendwann.«

Kevin sagte nichts, sondern sah Anna nur an. Endlich lächelte er wieder.

»Erst Luxushotel und dann die Polizei. Du bist schon unglaublich.«

»Tut mir Leid. Ich mache es wieder gut. Ehrlich!«

Kevin winkte ab. »Schon okay«, sagte er. »Aber jetzt erzähl doch mal. Was ist passiert? Was machst du allein in Köln? Warum hast du deine Eltern nicht angerufen?«

»Du, Kevin?«

»Ja?«

»Ich erzähle dir alles, aber könnten wir in ein Café gehen? Da ist es irgendwie leichter für mich. Ich lade dich auch ein!«

Kevin sah sie verblüfft an.

»Zehn Euro habe ich noch!«

»Na dann!«, lachte Kevin. »Wann wird man schon mal von einem hübschen Mädchen ins Café eingeladen? Nur müssen wir wohl eins suchen, das auch nachts geöffnet ist.«

Anna wagte es nicht, ihn anzusehen. Ob er das ernst gemeint hatte? Sie fasste sich unauffällig an die Nase. Der Pickel war nicht mehr da.

Sie fanden tatsächlich ein Bistro, das noch geöffnet war. Kaum stand der Kaffee vor ihnen, begann Anna zu erzählen.

Als sie fertig war, stellte der Kellner um sie herum die Stühle auf die Tische.

»Hört sich nicht gut an«, sagte Kevin nur.

»Das kannst du laut sagen. Was soll ich denn jetzt tun?«

Kevin sah auf seine Uhr. »Erst einmal schlafen. Sie werfen uns hier sowieso gleich raus und ich kann vor Müdigkeit kaum noch geradeaus gucken. Du bleibst heute Nacht am besten bei mir.«

Anna wäre fast vom Stuhl gefallen. »Bei – dir?« Sie setzte sich auf ihre Hände, damit Kevin nicht sah, wie sehr sie zitterten.

»Ja. Kein Problem. Ich übernachte in der Redaktion. Da haben wir Schlafmöglichkeiten.«

»Das muss doch nicht sein«, sagte Anna schnell. »Einer könnte auf der Couch schlafen. Im Fernsehen funktioniert das auch immer.«

»Im Fernsehen funktioniert vieles. Das Problem in der Realität ist nur, dass ich keine Couch habe. Ich wohne in einem Ein-Zimmer-Apartment mit Küchenschrank und einem Bad, in dem du dich nicht umdrehen kannst. Ich geh immer rückwärts rein, wenn ich mich aufs Klo setzen will.«

»Ach so«, sagte Anna und versuchte ihre Stimme nicht zu bedauernd klingen zu lassen.

Anna wollte auf der Rückfahrt nicht reden. Dazu war sie viel zu erschöpft und außerdem wollte sie Kevin beim Autofahren nicht zu sehr ablenken.

»Danke noch mal, dass du das alles für mich machst«, sagte sie dann aber doch. »Glaubst du, ich schaffe es?«

»Was?«

»Herauszufinden, wer ich wirklich bin?«

»Ich bin sogar überzeugt davon, dass du es schaffst«, antwortete er. »Aber lass uns morgen in Ruhe darüber sprechen.«

Ja, er hatte Recht. Sie würde darüber sprechen. Mit ihm!

»Ganz schön ordentlich hier«, sagte Anna, als sie Kevins kleine Wohnung betraten.

»Wenn es in der winzigen Hütte auch noch unordentlich ist, kann man es gar nicht mehr aushalten. Außerdem bin ich kaum hier.« Er drückte ihr den Wohnungsschlüssel in die Hand. »Fühl dich wie zu Hause.«

»Lieber nicht!«

»Wie? – Ach so! Na gut!«, lachte Kevin. »Nimm dir, was du brauchst. Bettwäsche und Handtücher sind da im Schrank. Na ja, und den Rest kann man ja kaum übersehen.«

»Wann kommst du denn wieder?«, fragte Anna.

»Ich denke, so um zehn Uhr. Ich bringe uns Brötchen mit. Dann können wir gemeinsam frühstücken und dabei alles bereden. Okay?«

Als Kevin gegangen war, lief Anna durch seine Wohnung. Hier lebte er also! Sie berührte beinahe jeden Gegenstand und stellte sich dabei vor, dass auch er ihn berührt hatte.

Sie wechselte die Bettwäsche nicht. Mit seinem Geruch in der Nase schlief sie ein.

Die Brötchen waren frisch und der Kaffee gurgelte durch den Filter. Anna unterdrückte ihre wunschträumerischen Gedanken und setzte sich zu Kevin an den winzigen Esstisch.

»Ist echt gemütlich bei dir.«

Kevin sah sich um. »Ehrlich gesagt bin ich froh, wenn ich nicht zu oft hier sein muss. Die Enge geht einem auf die Dauer schon auf den Keks.«

»Ich würde mich freuen, wenn ich so ein Zuhause hätte.«

»Tut mir Leid«, sagte Kevin sofort. »Ich wollte nicht –«

»Und ich wollte nicht jammern«, unterbrach sie ihn. »Aber ich werde diese verdammten Gedanken einfach nicht mehr los!«

»Du meinst, was bei deinen Eltern – bei den Lindenthals – passiert ist?«

»Ja, das auch. Aber auch diese Erinnerungsfetzen, die ich immer wieder sehe und die nicht zusammenpassen. Ich will es endlich wissen, Kevin! Ich will endlich wissen, was vor dem Unfall passiert ist. Und ich will wissen, wer ich bin! Wo gehöre ich hin? Und wer sind meine Eltern? Meine richtigen Eltern! Warum melden sie sich nicht?«

»Vielleicht könnte ich dir ja helfen«, sagte Kevin seltsam vorsichtig.

»Was meinst du?«

»Ich habe vorhin mit meinem Chef gesprochen und ihm von dir erzählt – natürlich ohne Namen zu nennen.«

»Und?«

»Er ist damit einverstanden, dass wir dir dabei helfen,

dein früheres Leben wiederzufinden. Wir machen eine Reportage daraus und berichten über die Suche und natürlich über das Ergebnis.«

Die Brötchen in Annas Magen begannen sich zu bewegen. Doch dieses Mal war der Grund ein anderer.

»Ihr wollt mich dabei – filmen?«

»Ja. Natürlich nicht immer. Wir könnten später auch Szenen nachstellen oder so.«

»Das ist doch nicht dein Ernst, Kevin! Sag, dass du nur Spaß gemacht hast!«

»Warum regst du dich denn so auf?«

»Das fragst du noch? Es geht um mein Leben, Kevin! Um mein Leben, verstehst du? Und da soll ich mich wie so – so ein Zirkusaffe zur Schau stellen?«

»Sieh das doch nicht so eng, Anna! Es ist nur …«

»Ich sehe das eng? Wie siehst du das denn? Was bin ich für dich? Eine Story, um dich bei deinem Chef beliebt zu machen? Oder hat er dir Geld dafür versprochen?«

»Jetzt reicht es aber! Habe ich gestern nach Geld gefragt?«

Anna sprang auf. »Ach, so ist das! Das war wohl die Anzahlung für deine *Reportage!* Ich bin dir echt dankbar wegen gestern, Kevin! Aber ich lasse mich nicht kaufen!«

»So war das doch nicht gemeint!«

Anna hob die Hände. »Nein, nein! Ist schon gut! Ich komme allein klar! Ich packe nur schnell meine Sachen und dann gehe ich. Das Geld bekommst du wieder, sobald ich welches habe.«

»Nun lass doch das blöde Geld!«

Anna antwortete nicht. Sie raffte ihre Sachen zusammen und stopfte sie in ihren Turnbeutel.

»Tut mir Leid, Kevin. Ich dachte – na ja, ist ja auch egal. Mach's gut und danke wegen gestern.«

So schnell sie konnte, schloss sie die Wohnungstür hinter sich und rannte die Treppen hinunter.

»Du heulst jetzt nicht! Du heulst jetzt nicht!«, wiederholte sie dabei immer wieder.

Auf der Straße zögerte sie einen Augenblick. In welche Richtung sollte sie gehen? Völlig einerlei!

»Anna?«, krächzte eine Stimme hinter ihr. »Bist du noch da?«

Sie sah sich suchend um.

»Anna? Hörst du mich?«

Sie entdeckte die Gegensprechanlage an der Haustür.

»Du musst den grünen Knopf drücken. Bitte!«

Sie tat es. »Ja?«

»Komm bitte noch mal rauf.«

»Warum?«

»Bitte!«

Der Türsummer ertönte. Sie gab sich einen Ruck und drückte gegen die Tür. Mit bewusst festen Schritten stiefelte sie wieder hinauf.

Kevin stand an seiner Wohnungstür. Er machte ihr Platz und sie ging wortlos an ihm vorbei und ließ ihren Turnbeutel auf den Boden fallen.

Kevin räusperte sich. »Tut mir Leid. Das mit dem Geld gestern zu erwähnen, war wirklich blöd von mir. Ich weiß auch nicht, was da in mich gefahren ist. Entschuldige bitte.«

Anna sah ihn an. Ein einziger Blick in sein betroffenes Gesicht ließ ihre Wut im Bruchteil einer Sekunde verpuffen. Sie musste sich beherrschen, um nicht laut zu lachen.

»Ich habe mich ja wohl auch wie eine hysterische Ziege benommen«, sagte sie dann. »Entschuldige du bitte.«

Er reichte ihr seine Hand. Sie nahm sie. Nun hielt *sie* seine Hand für einen Augenblick länger fest, als es nötig gewesen wäre.

»Noch mal von vorne?«, fragte er.

»Okay. Ich habe auch wieder Hunger.«

Kevin sah ihr schmunzelnd dabei zu, wie sie das vierte Brötchen vertilgte.

»Die Reportage mache ich aber trotzdem nicht«, sagte sie mit noch vollem Mund.

Kevin nickte. »Das habe ich kapiert. Ich will dir deshalb einen Handel vorschlagen.«

»Und der wäre?«

»Wir machen die Reportage nicht. Keine Kameras, keine Mikros, nichts. Aber ich helfe dir trotzdem dabei, herauszufinden, wer du bist und was vor deinem Unfall passiert ist. Nur wir beide. Du und ich. Niemand sonst. Es sei denn, wir brauchen mal einen Kollegen für Recherchen oder so.«

»Nur du und ich«, wiederholte Anna und genoss jedes Wort.

»Genau.«

»Aber was ist der Handel? Wo ist der Haken?«

»Kein Haken. Aber wenn wir es geschafft haben oder wenn du sagst, du willst nicht mehr, dann entscheidest du, ob wir darüber berichten dürfen oder nicht. Es gibt also keinerlei Verpflichtung für dich.«

»Der Handel, Kevin! Der Handel!«

»Wenn du dich aber dafür entscheidest, dass es gesendet werden darf, dann nur mit uns. Du verkaufst die Story an niemand anderen. Das ist der Handel.«

»Verkaufen?«, fragte Anna. »Bekommt man denn Geld dafür?«

»Sicher.«

»Viel?«

Kevin sah Anna mit großen Augen an, dann ließ er sich gegen die Stuhllehne fallen und lachte lauthals los. »Ich fasse es nicht!«

Anna musste all ihre Kraft zusammennehmen, um ihm nicht um den Hals zu fallen und ihn zu küssen.

»Kevin?«

Er wischte sich die Lachtränen aus den Augen. »Ja?«

»Es kann sein, dass das, was wir herausfinden, nicht sehr lustig ist. Immerhin scheint viel Geld im Spiel zu sein. Zwei Millionen! Da könnte eine Menge Dreck hochkommen. Und der könnte auch mich betreffen. Vielleicht wird es sogar gefährlich. Willst du es trotzdem machen?«

»Diese Frage musst du dir stellen, Anna«, sagte Kevin wieder sehr ernst. »Hältst du es aus?«

»Ich hoffe es.«

»Gut. Dann lass uns zur Redaktion fahren und die Formalitäten erledigen. Das kennst du ja schon. Dort können wir auch gleich mit der Recherche anfangen. Wollen doch mal sehen, was deine Lindenthals so zu bieten haben.«

»Musst du nicht erst deinen Chef fragen, ob er mit deinem *Handel* einverstanden ist?«

»Ist er«, antwortete Kevin. »Das habe ich schon heute Morgen mit ihm abgeklärt.«

»Du hinterhältiger –«

»Das lernst du in diesem Job als Erstes, Anna.«

»Was?«

»Plan B!«

14

Auf der Fahrt zur Redaktion wurde Anna eine Frage los, die sie schon seit ihrer ersten Begegnung mit Kevin einige Male beschäftigt hatte: »Wie alt bist du eigentlich?«

»Dreiundzwanzig. Warum?«

»So jung noch?«

Kevin sah sie erschrocken an. »Sehe ich älter aus?«

»Nee, das nicht. Aber ist das nicht ziemlich jung für so einen Fernsehtypen?«

»Es gibt halt verschiedene Möglichkeiten, Fernsehtyp zu werden. Ich hab mit achtzehn nach dem Fachabi die Schule geschmissen. Dann Volontariat und danach ein paar kleine Sachen. Und anschließend habe ich die Chance hier beim Landesstudio bekommen. Aber du hast Recht. Ich bin mit Abstand der Jüngste und auch noch nicht lange dabei. Probezeit, ehrlich gesagt. Ich hatte Glück. Mein Chef denkt wohl, aus mir kann noch was werden.«

»Und du darfst trotzdem diese Reportage über mich machen?«

»Nicht ganz. Ich bin für die Story zuständig, für die Recherche und so. Den Film macht dann ein älterer Kollege allein oder mit mir zusammen.«

»Hast du denn schon viele Sachen gemacht?«

»Nicht sehr viel«, sagte er zögernd. »Die Geschichte mit

dir war meine erste – nein, meine zweite. Aber die erste ist voll in die Hose gegangen. Du kannst dir nicht vorstellen, wie nervös ich war und was für eine Angst ich hatte, dass du oder deine Eltern nicht damit einverstanden sein könnten.«

»Du hattest Angst?«, fragte Anna. »Tatsächlich? – Ich war total cool.«

Auch dieses Mal waren die Formalitäten, wie Kevin es nannte, schnell erledigt. Anna sah Kevin nur einmal kurz an, dann unterschrieb sie wieder ungelesen den Vertrag, den er ihr vorgelegt hatte.

Kevin bestand darauf, Anna seinem Chef vorzustellen. Allerdings schien der sich nicht sehr für sie zu interessieren. Mehr im Vorbeigehen klopfte er Kevin auf die Schulter.

»Dann viel Glück, Kleiner. Mach was draus!«

Und schon war er wieder in seinem Büro verschwunden.

»Fernsehtypen«, antwortete Kevin auf Annas fragenden Blick. »Immer hektisch, immer unter Strom.«

»Wirklich?«, fragte Anna. Sie hatte sich Kevins Redaktion wesentlich aufregender vorgestellt. Er arbeitete in einem ganz normalen Großraumbüro, das noch nicht einmal besonders laut oder hektisch war. Ohne die Fernseher und einige technische Fernsehutensilien hätte es auch ein Büro in einer Versicherung sein können.

Kevins Schreibtisch stand mitten im Raum, umzingelt von anderen Schreibtischen.

»Fensterplätze bekommen nur die erfahrenen Kollegen«, sagte er fast entschuldigend. »Das geht hier streng nach Dienstalter. Und der Chef hat ein Einzelbüro.«

»Was nun?«, fragte Anna, als sie es sich auf Kevins wackligem Besucherstuhl so gemütlich gemacht hatte, wie es eben möglich war.

»Das einzig Handfeste, was wir bisher haben, sind die Lindenthals. Lass uns mit denen anfangen.«

»Und wie?«

»Regel Nummer zwei: immer das Einfachste zuerst. Einwohnermeldeamt!«

Kevin griff sich den Telefonhörer und begann zu telefonieren. Anna hörte nicht, was er sagte. Sie sah ihm dabei nur zu. Ihr Leben war in den letzten Tagen wie eine Achterbahn verlaufen. Erst der Schock bei den Lindenthals und ihre Flucht. Sie konnte immer noch nicht fassen, was in dieser Nacht geschehen war. Immer wieder versuchte sie, sich die Lindenthals nicht als ihre Eltern vorzustellen. Es gelang ihr nicht. Sie dachte an das letzte Gespräch mit Martin Lindenthal in ihrem Zimmer. So redete doch nur ein Vater mit seiner Tochter! Anna konnte sich ihn nicht anders vorstellen. Und doch hatte sie ihn sagen hören: »Sie ist nicht unsere Tochter.« Dann der pure Luxus und der Absturz, als sie bei der Polizei gelandet war. Und nun saß sie hier neben dem Mann, der sie mit seinem Blick und seinem Lachen völlig aus der Fassung bringen konnte, und beobachtete ihn bei seiner Arbeit. Sie wusste nicht, ob er das Gleiche oder zumindest überhaupt etwas für sie empfand oder ob er sich nur mit ihr abgab, um seine Reportage zu machen. Aber sie war mit ihm zusammen und er wollte ihr helfen! In diesem Augenblick zählte nur das.

Insgeheim flehte sie, nicht bald wieder einen Absturz erleben zu müssen. Zumindest sollte er möglichst lange auf sich warten lassen.

»Na also! Das war doch schon mal sehr erfolgreich!«, freute sich Kevin. »Anna? Ist was?«

»Wie – äh – ja – nein – was hast du denn herausgefunden?«

»Hast du das nicht gehört?«

»Nein – ich habe gerade an was anderes gedacht.«

»Entschuldige bitte. War wohl ziemlich viel für dich in den letzten Tagen?«

»Ja, schon. – Was hast du denn herausgefunden?«, fragte sie noch einmal.

»Weißt du, wann deine Lindenthals nach Bochum gezogen sind?«

»Nein. Aber das muss schon länger her sein. Schließlich bin ich da zur Schule gegangen.«

»Vor fünf Monaten!«

»Das ist doch nicht wahr!«

»Und ob! Aber es kommt noch besser: Sie haben früher schon mal dort gewohnt. Kurz nach der Wende sind sie weggezogen. Nach Steinberg, in der Nähe von Berlin.«

»Yves ist aus Berlin«, sagte Anna nachdenklich. »Und ich bin angeblich ein Jahr in Berlin zur Schule gegangen. – Warte mal! Nach der Wende? Das ist ja schon ewig her!«

»Genau gesagt sind sie vor fast fünfzehn Jahren aus Bochum weggezogen.«

»Fünfzehn Jahre. Da war ich – fünf! Was haben sie mir denn erzählt? War alles gelogen?«

Kevin kratzte sich seine Bartstoppeln. »Die Sache stinkt zum Himmel!«, sagte er. »Ich glaube, wir sind genau auf der richtigen Spur.«

»Und das heißt?«

»Auf nach Steinberg!«

Als wir am Ortsschild von Steinberg vorbeikamen, begann Frau Lindenthal mir ihre kleine Stadt zu erklären. Es interessierte mich nicht die Bohne.

»Anna!«, rief Kevin. »Was ist los? Woran denkst du?«

»Haben sie da gewohnt? In Steinberg?«

»Ja. Das habe ich doch gesagt.«

»Ich war da. Mit ihr, mit Frau Lindenthal. Das habe ich genau gesehen.«

»Hattest du wieder so einen Gedächtnis-Dings?«

Anna nickte. »Gedächtnisinsel.«

»Sicher warst du da!«, rief Kevin. »Immerhin hast du mit ihnen dort …«

»Sie hat mir die Stadt erklärt«, unterbrach Anna ihn. »Wieso erklärt sie mir die Stadt, wenn ich seit meinem fünften Lebensjahr da gewohnt habe? Es ist also wahr. Ich bin nicht ihre Tochter.«

»Warte doch erst einmal ab«, erwiderte Kevin. »Wir müssen mehr herausfinden, bevor wir sicher sein können.«

»Wie hast du das mit Bochum und dem Umzug nach Steinberg eigentlich so schnell herausgefunden?«, fragte Anna.

Kevin verzog den Mund zu einem schiefen Grinsen. »Alles ganz leicht. Wenn man die richtigen Beziehungen hat.«

»Ach so! Natürlich. Und weil du schon so lange dabei bist, hast du natürlich super Beziehungen. – Fahren wir mit deinem Auto?«, fügte sie dann schnell hinzu.

»Bis nach Berlin? Nee. Wir fliegen.«

»Echt? Und wer soll das bezahlen? Wie viel Geld ich noch habe, weißt du ja.«

Kevin beugte sich zu Anna vor. »Bezahlt alles der Sender«, flüsterte er. »Das steht auch in deinem Vertrag. Das hast du doch sicher gelesen, oder?«

»Ja. – Sicher. Hatte ich nur wieder vergessen. Fahren wir gleich?«

Kevin sah auf die Uhr. »Ich lass uns einen Flug für heute Abend buchen. Dann übernachten wir in Berlin, nehmen uns da einen Leihwagen und fahren gleich morgen früh nach Steinberg.«

»Lassen buchen, übernachten in Berlin, nehmen uns einen Leihwagen«, wiederholte Anna. »Das kann doch alles nicht wahr sein!«

»Du hast Recht«, sagte Kevin ein wenig verlegen. »Man gewöhnt sich so schnell daran, aber es ist schon manchmal ein Luxusleben hier.«

Es schien ihm beinahe unangenehm zu sein, als er wieder zum Telefonhörer griff und die Flüge, das Hotel und den Leihwagen organisierte.

»Das wäre erledigt«, sagte Kevin, nachdem er aufgelegt hatte. »Bevor wir zum Flughafen fahren, will ich noch mal in unserem Archiv nachfragen. Vielleicht haben wir ja was über die Lindenthals.«

Außer dem Bericht über Anna gab es dort allerdings nichts zu finden.

»Und was ist mit Zeitung?«, fragte Anna dann.

»Gute Idee!«, rief Kevin und stand auf.

»Hat jemand Kontakte zu schreibenden Kollegen in Brandenburg?«, rief er in das Großraumbüro hinein.

»Ja, ich!«, rief jemand mit einem Schreibtisch am Fenster.

»Erfahrener Kollege?«, flüsterte Anna.

»Genau«, flüsterte Kevin zurück und ging zu ihm.

Anna blieb auf ihrem Platz und beobachtete die beiden. Kevin sprach nur kurz mit seinem Kollegen, der dann zum Telefon griff. Es dauerte nicht lange, da kam Kevin zurück.

Er setzte sich und rieb sich die Hände. »Der Zeitungskollege aus Brandenburg hilft uns. Dauert nur ein bisschen. Jetzt heißt es Daumen drücken!«

Kevin holte für sich und Anna Kaffee und kurz darauf meldete sich der Fensterkollege schon wieder.

»Er hat was!«, rief er quer durch den Raum. »Ist nicht viel, aber er schickt es dir per Mail!«

»Danke!«, rief Kevin zurück.

»Kein Problem! Ich habe einen gut!«

»Es ist unglaublich«, sagte Anna. »Ich hätte das alles wahrscheinlich nie herausgefunden. Und bei euch geht das einfach so.«

»Ist doch unser Beruf«, sagte Kevin nur.

Dann rieb er sich wieder die Hände und beugte sich zu seinem Computerbildschirm vor.

Der Zeitungsartikel, der dann auf dem Bildschirm erschien, sah zunächst eher enttäuschend aus. Es war ein Foto mit ein paar Zeilen Text darunter. Anna beugte sich vor, um das Bild und den Text besser erkennen zu können.

»Nein!«, rief sie plötzlich und sprang auf. »Verdammt! Verdammt! Verdammt!«

Fast gleichzeitig fuhren auch Kevins Kollegen von ihren Stühlen hoch.

»Was ist los, Kevin?«, rief einer.

»Nichts! Alles unter Kontrolle!«, rief der zurück.

»Beruhige dich, Anna«, raunte er ihr zu und drückte sie sanft zurück auf ihren Stuhl. »Was hast du denn?«

»Das Bild«, antwortete sie und musste sich sehr beherrschen, nicht wieder zu schreien. »Das Bild hat sie mir gezeigt! Damit ich weiß, wie ich früher ausgesehen habe! Ich erinnere mich noch genau, dass ich in meinem Zimmer gestanden und es mit meinem Spiegelbild verglichen habe.«

Kevin beugte sich wieder zu seinem Computerbildschirm und las laut vor: *»Nach zähen Verhandlungen ist es heute gelungen, den Streit um das Wenzel'sche Vermögen in Steinberg außergerichtlich zu schlichten. Die Familie Lindenthal wird Eigentümer der Grundstücke und Gebäude, die zu den ehemaligen Wenzel-Werken gehören, einschließlich der Villa des Firmengründers Heinrich Wenzel. Im Gegenzug verpflichtet sich die Familie Lindenthal, mindestens dreihundert neue Arbeitsplätze in den nächsten fünf Jahren zu schaffen. Herr und Frau Lindenthal, geborene Wenzel, werden mit ihrer kleinen Tochter Anna von Bochum nach Steinberg ziehen.«*

Kevin ließ sich auf seinen Bürostuhl fallen. »Ich fasse es nicht! Ihre kleine Tochter Anna!« Er beugte sich noch einmal vor und betrachtete das Foto des Zeitungsartikels mit zusammengekniffenen Augen. »Das bist du, Anna! Es ist zwar ein Kindergesicht, aber trotzdem kann man erkennen –«

»Ich weiß! Das ist es ja! Und fünfzehn Jahre später sitze ich mit ihnen im Auto und lasse mir die Stadt erklären? Außerdem hat er gesagt, dass ich nicht seine Tochter bin! Das – das ist doch völlig hirnrissig!«

»Und wenn es eine frühere Erinnerung war?«, fragte Kevin.

»Nein! Ich habe mich gesehen und sie auch und das

Auto! Das war noch nicht lange her!« Sie verschränkte ihre Arme auf der Schreibtischplatte und ließ den Kopf darauf sinken. »Ich werde noch verrückt!«

Sie spürte Kevins Hand auf ihrer. Dieses Mal war es nur ein schwacher Trost. Der nächste Absturz war doch viel schneller gekommen, als sie befürchtet hatte.

Im Flugzeug, das sie nach Berlin bringen sollte, war jeder Platz besetzt. Anna störte es nicht – ganz im Gegenteil. Kevin saß neben ihr. Der Sitz bot Platz genug, trotzdem hatte sie sich so lange in ihm zurechtgerückt, bis sie seinen Arm an ihrem spürte. So hätte sie es nun stundenlang ausgehalten.

»Zum Glück dauert der Flug nur eine knappe Stunde«, hatte Kevin gesagt.

Anna hatte darauf nichts erwidert, aber als Glück hätte sie es nicht bezeichnet, nur eine Stunde fliegen zu dürfen. Fliegen! Zum ersten Mal in ihrem neuen Leben würde sie fliegen!

Das Flugzeug rollte zur Startbahn.

Anna schloss die Augen, genoss die Berührung mit Kevin und wartete auf den Augenblick, wenn das Flugzeug abheben würde.

»Hast du Angst?«, hörte sie Kevin fragen.

Ohne die Augen zu öffnen, schüttelte sie den Kopf. »Überhaupt nicht. Ich freue mich drauf.«

»Warum siehst du dann nicht aus dem Fenster? Du wolltest doch gern einen Fensterplatz haben.«

»Ich will es nicht sehen, nur spüren.«

Die Triebwerke heulten auf und das Flugzeug gewann an Fahrt, schneller und immer schneller. Und dann war es so weit. Anna fühlte einen wohligen Schauer, der ihre Beine emporkroch, um sich dann tief in ihrem Bauch festzusetzen.

»Wir fliegen«, sagte Kevin.

»Ich weiß«, sagte Anna mit immer noch geschlossenen Augen.

Als sie endlich aus dem Fenster schaute, war es neblig.

»Was ist denn jetzt?«, fragte sie.

»Wolken.«

»Ach so.«

In dem Augenblick verließ das Flugzeug den Nebel. Die Sonne stach in Annas Augen. Sie blinzelte, dann endlich sah sie, wo sie sich befanden. Der Schauer löste sich aus ihrem Bauch und breitete sich über ihren ganzen Körper aus.

»Der Himmel!«, rief sie so laut, dass Kevin neben ihr zusammenzuckte. »Sieh mal, der Himmel!«

»Ja, schön«, sagte Kevin und nickte seinem Sitznachbarn entschuldigend lächelnd zu.

»Sieht der Himmel im Sommer auch so aus?«, fragte Anna.

»Im Sommer?«, fragte Kevin zurück.

»Ja! Ist der Himmel da auch so?«

Kevin schluckte. »Stimmt. Das hast du ja noch nicht erlebt«, sagte er dann zögernd. »Entschuldigung. Daran habe ich nicht gedacht. Wenn es nicht gerade ein verregneter Sommer ist, gibt es oft wolkenlose Tage, besonders im August. Dann ist es allerdings sehr heiß. Wenn wir im Büro keine Klimaanlage hätten, dann –«

»Erzähl mir nichts von Klimaanlagen«, unterbrach Anna ihn. »Erzähl mir vom Himmel. Ist er wirklich so dunkelblau?«

»Ja. Manchmal.«

Anna blickte unentwegt aus dem Fenster. Kevins Arm hatte sie längst vergessen. Sie dachte an die Autofahrt mit ihren Eltern von Berlin nach Bochum.

»Ich habe ihn gefragt, ob er fliegen kann«, sagte sie leise.

»Wer? Wen hast du das gefragt?«

»Meinen Vater. Als ich zum ersten Mal Vögel gesehen habe, richtige Vögel, meine ich, da habe ich gedacht, er könnte auch fliegen. Damals habe ich gedacht, mein Papa könnte alles.«

»Dein – Papa?«, fragte Kevin vorsichtig.

Anna sah sich zu ihm um. »Ja! Ich kann nicht an *Martin Lindenthal* denken – immer nur an *Papa!* Ich hätte ihm mein Leben anvertraut, Kevin! Blind!«

»Das hast du ja auch«, sagte er nach einer ganzen Weile.

»Weißt du, manchmal denke ich, es ist alles nur ein Missverständnis gewesen. – Vielleicht habe ich ja etwas falsch verstanden!«, rief Anna wieder.

Dieses Mal lächelte Kevin seinen Sitznachbarn nicht mehr entschuldigend an. Er ließ seinen Blick nicht von ihr. Anna sah, wie es in seinem Gesicht arbeitete.

»Glaubst du das wirklich?«, fragte er.

Anna blickte wieder aus dem Fenster. »Ich wünsche es mir. Ich wünsche es mir so.«

Erst als das Flugzeug wieder in den Nebel eintauchte, lehnte sich Anna auf ihrem Sitz zurück und schloss die Augen.

»Manchmal beneide ich dich ein wenig«, sagte Kevin leise.

Anna riss die Augen auf. »Wie bitte?«

»Alles ist neu für dich. Du entdeckst die Welt noch einmal. Wie ein Kind, nur dass du das alles viel bewusster erleben kannst.«

»Wenn du es so siehst«, sagte Anna nur und schloss wieder die Augen.

15

Das Hotel, das der Fernsehsender für Kevin und sie gebucht hatte, war zwar nicht so luxuriös wie das in Köln, aber mit Kevin an ihrer Seite gab es kein Hotel, das ihr nicht gefallen hätte.

»Schneider«, sagte Kevin an der Rezeption. »Für uns müssten zwei Einzelzimmer reserviert worden sein.«

Einzelzimmer?, schoss es Anna durch den Kopf. – Sicher. Was denn sonst? Du musst aufpassen, dass du nicht Wunsch und Realität durcheinander bringst.

»Sollen wir noch etwas trinken?«, fragte Kevin sie, als sie ihre Schlüssel bekommen hatten.

Anna zögerte einen Augenblick. Einerseits würde sie gern noch mit Kevin zusammen sein, auf der anderen Seite war sie müde und hatte, trotz des schönen Fluges, das Bild der glücklichen Familie Lindenthal mit der kleinen Anna noch nicht aus ihrem Kopf verbannen können.

»Lieber nicht«, antwortete sie deshalb. »Ich bin müde und morgen wird bestimmt kein leichter Tag.«

»Schade«, seufzte Kevin. »Aber du hast Recht.«

Als Anna am nächsten Morgen in den Frühstücksraum kam, saß Kevin schon an einem der Tische und strahlte sie an.

»Na, hast du gut geschlafen?«

»Auf jeden Fall habe ich es geschafft, nicht an die Lindenthals zu denken, bis ich eingeschlafen bin«, antwortete Anna.

»Und woran hast du dann gedacht?«

»Ich hole mir erst einmal was zu essen«, sagte Anna schnell.

Neben vielen anderen Gedanken an Kevin hatte sie sich vorgestellt, wie schön es sein würde, sich am Frühstückstisch mit ihm zu unterhalten. Doch dann brachte sie kaum ein Wort heraus. Die Angst vor dem, was sie in Steinberg erfahren oder eben nicht erfahren würden, saß zu tief.

Das Wetter passte zu Annas Stimmung. Der Regen klatschte so heftig gegen die Windschutzscheibe, dass die Scheibenwischer Mühe hatten, ihnen eine einigermaßen klare Sicht auf die Straße zu verschaffen.

Erst als sie Berlin schon verlassen hatten, konnte sie in einem Satz sagen, was ihr in den letzten Stunden nicht mehr aus dem Kopf gegangen war: »Je näher ich meinem früheren Leben komme, desto weniger verstehe ich.«

»Es muss aber eine Erklärung für das alles geben«, erwiderte Kevin.

»Hoffentlich finden wir sie bald.«

»Und wenn sie – sehr unangenehm ist?«

»Egal. Alles ist besser als so, wie es jetzt ist.«

Die Fabrik der Lindenthals in Steinberg zu finden, war ausgesprochen einfach. Bereits vom Ortseingang aus wurde man von Hinweisschildern auf direktem Weg zu den Wenzel-Werken geführt.

»Wenzel-Werke!«, rief Anna. »Das ist es!«

»Dein Vater, ich meine, Martin Lindenthal, scheint hier ja bestens bekannt zu sein.«

»Zumindest die Fabrik«, entgegnete Anna.

»Dann finden wir auch etwas heraus!«, rief Kevin und schlug mit der Hand auf das Lenkrad.

Einen Augenblick lang fragte sich Anna, woran Kevin wohl mehr Interesse hatte, an ihr oder an seiner Story. Sie verwarf den Gedanken gleich wieder. Es war einerlei, zumindest jetzt und hier.

»So eine große Fabrik?«, rief sie, als sie in Sichtweite der Wenzel-Werke gekommen waren.

»Donnerwetter!«, rief auch Kevin aus. »Die müssen ja in Geld schwimmen!«

»Und warum dann das kleine Reihenhaus in Bochum? Das passt doch nicht! Was soll das?«

Kevin zuckte mit den Schultern. »Keine Ahnung. Aber hier werden wir es herausfinden. Das habe ich im Gefühl. Lass uns aussteigen und uns das Ganze von nahem ansehen.«

Kevin parkte das Auto in der Nähe des Zauns, der das Fabrikgebäude umgab, und holte einen Regenschirm aus dem Handschuhfach.

Sie stiegen aus und liefen am Zaun entlang. Anna hatte sich dicht an Kevin geschmiegt, doch dieses Mal spürte sie nichts.

»Alles tipptopp«, meinte Kevin. »Eines muss man Lindenthal lassen: Er hat eine Menge draus gemacht.«

»Er hat sich ja auch mit nichts anderem beschäftigt.«

»Und?«, fragte Kevin. »Spürst du was?«

»Du meinst Erinnerungen? Nein. Nichts. Ich kann das nicht planen. Sie kommen völlig unerwartet, als würde jemand kurz das Licht an- und gleich wieder ausschalten. Das ist ja der Mist! Sonst wäre alles viel einfacher.«

Als sie in die Nähe des Hauptgebäudes kamen, blieb Anna stehen und griff nach Kevins Arm.

»Komm! Schnell wieder zurück ins Auto!«

Bevor Kevin reagieren konnte, lief sie schon zu ihrem Leihwagen, setzte sich hinein und duckte sich.

»Was ist denn los?«, fragte Kevin, als er eingestiegen war.

»Sein Auto! Sein Auto steht da!«

»Warum denn auch nicht? Der Laden gehört ihm schließlich.«

»Lass uns wieder fahren, Kevin. Bitte! Ich möchte ihm nicht begegnen!«

»Dann sehen wir uns doch mal das Haus an«, sagte Kevin. »Darauf bin ich fast noch mehr gespannt.«

»Ja, meinetwegen. Da kann er ja nicht sein. Weißt du die Adresse?«

»Leider nicht. Ich habe heute Morgen vom Hotel aus die Auskunft angerufen, aber sie haben sich nicht eintragen lassen. Wahrscheinlich aus Sicherheitsgründen. Aber das ist kein Problem, denke ich. In dem Artikel stand etwas von einer Villa. Die kennt hier bestimmt jeder.«

Gleich hinter dem Ortsschild hielten sie neben einem Mann, der wie ein alt eingesessener Steinberger aussah.

»Die Villa der Lindenthals? Nee, die kenne ich nicht«, antwortete er auf Kevins Frage.

»Und die Wenzel-Villa?«, rief Anna vom Beifahrersitz herüber.

»Die Wenzel-Villa! Die kenne ich natürlich! Ist ganz einfach. Immer geradeaus, dann die dritte Straße links. Ist nicht zu übersehen!«

Kevin gab Gas. »Hätte ich auch draufkommen können.«

»Bist du aber nicht.« Anna grinste.

Vor ihnen tauchte eine riesige Villa auf.

»Donnerwetter!«, rutschte es Kevin heraus. »Die ist wirklich nicht zu übersehen.«

Sie fuhren langsam auf das alte mit Erkern und Giebeln verzierte Gebäude zu.

»Und?«, fragte Kevin.

»Bitte, Kevin, frag nicht immer! Wenn ich mich an was erinnere, dann sag ich es schon.«

»Entschuldigung!«

Je näher sie dem Haus kamen, desto imposanter erschien es Anna.

»Und in Bochum hatten wir ein Reihenhaus«, sagte sie noch einmal.

»Vielleicht haben sie die Villa ja verkauft oder vermietet«, meinte Kevin. »Ich frage einfach mal nach.«

»Bist du verrückt?«, rief Anna. »Stell dir vor, sie würde mich hier sehen!«

»Du meinst, Frau Lindenthal? Ich wette, die sitzt in Bochum und hofft, du kommst zurück.«

»Meinst du?«, fragte Anna.

»Anna!«, rief Kevin. »Warum siehst du mich so an? Du willst doch auch wissen, was dahinter steckt, oder?«

»Ja, schon. – Aber manchmal denke ich, dass sie vielleicht Recht hatten und ich lieber nicht wissen sollte, was vor meinem Unfall passiert ist.«

»Sollen wir wieder umkehren? Noch ist es nicht zu spät. Du musst es nur sagen.«

Anna schüttelte den Kopf. »Nein, ich muss da durch. Ohne meine Vergangenheit halte ich es nicht aus. Das weiß ich. Aber wenn ich jetzt die Villa und die Fabrik vor mir sehe, dann ist es anders, als wenn man es sich nur vorstellt.«

Kevin sagte nichts. Er drückte nur einmal kurz Annas Hand. Dann parkte er den Wagen dicht neben der Mauer, die das Grundstück eingrenzte, stieg aus und drückte den Klingelknopf neben dem schmiedeeisernen Tor. Anna hatte das Seitenfenster heruntergekurbelt.

»Ja bitte?«, ertönte nach einiger Zeit eine weibliche Stimme.

»Frau Lindenthal?«, fragte Kevin.

Anna schüttelte den Kopf. Deren Stimme hätte sie gleich erkannt.

»Nein, Frau Lindenthal ist außer Haus. Sie weilt zurzeit nicht in Steinberg.«

»Und Herr Lindenthal?«

»Der ist auch außer Haus. Kann ich ihm etwas ausrichten?«

»Wann kommt er denn wieder?«

»Spät. Und was wünschen Sie?«

»Ach – äh – ich komme von der Versicherung.«

Obwohl ihr nicht danach zumute war, musste Anna lachen.

»Das besprechen Sie doch lieber mit Herrn Lindenthal.«

»Mach ich. Ich melde mich wieder. Danke.«

Kevin stieg wieder ins Auto.

»Ich brauche jetzt einen Kaffee!«, stöhnte Anna auf.

»Gute Idee«, sagte Kevin. »Bestimmt gibt es hier irgendwo ein Café. Vielleicht finden wir ja dort etwas heraus. In Cafés wird immer eine Menge erzählt.«

In einem der schönen alten Häuser am Marktplatz fanden sie tatsächlich ein Café. Kevin parkte den Wagen und sie gingen hinein. Es war altmodisch eingerichtet und hätte eine Renovierung gut vertragen können, aber Anna stellte zufrieden fest, dass die Kuchenauswahl groß war. Sie bestellte gleich zwei Stücke und eine große Portion Kaffee.

Ich öffnete die Tür zu dem kleinen Café am Marktplatz.

Als die Verkäuferin hinter der Kuchentheke mich sah, wäre sie fast über die Theke gesprungen.

»Das gibt es doch nicht!«, rief sie. »Bist du wieder da?«

Anna hielt Kevin am Arm fest. »Sie hat mich erkannt!«

»Wer?«

»Die ältere Verkäuferin.«

Kevin sah sich in dem Café um. »Welche? Die sind doch alle ziemlich jung hier.«

»Nein! Ich habe mich daran erinnert! Ich war schon einmal hier. Eine ältere Verkäuferin hat mich ganz überrascht gefragt, ob ich wieder da wäre.«

»Dann hast du also hier gewohnt und bist wieder weggegangen. Aber wohin? Nach Bochum?«

»Vielleicht nach Berlin. Da habe ich Yves kennen gelernt. Wir müssen die Verkäuferin unbedingt sprechen!«

Die Serviererin brachte den Kuchen und den Kaffee.

»Gibt es hier vielleicht eine ältere Verkäuferin?«, fragte Kevin sie.

Die Bedienung zog die Augenbrauen hoch. »Meine jungen Kolleginnen bedienen Sie aber auch sehr gut.«

»Nein, darum geht es nicht. Wir würden sie nur gern sprechen. In einer privaten Angelegenheit.«

»Weißt du, wo Rita ist?«, rief sie ihrer Kollegin an der Theke zu.

»Urlaub! Auf Mallorca! Die kommt erst in zwei Wochen wieder! Die Glückliche!«

»Da haben Sie es gehört.«

»Es ist fast so, als sollte ich nichts herausfinden«, sagte Anna, als die Bedienung wieder gegangen war.

»Wir haben doch noch gar nicht richtig angefangen«, entgegnete Kevin. »Außerdem, wenn dich die Verkäuferin erkannt hat, dann geht es anderen Leuten hier in Steinberg sicher auch so. Wahrscheinlich war das auch der Grund, warum die Lindenthals mit dir nach Bochum gezogen sind. Sie wollten nicht, dass du mit Leuten zusammenkommst, die sich an dich erinnern.«

»Und warum wollten sie das nicht?«

»Wenn wir das herausfinden, haben wir die Lösung. Da bin ich ganz sicher.«

»Die Schule!«, rief Anna. »Wenn ich hier meine Kindheit verbracht habe, dann bin ich auch irgendwo zur Schule gegangen. Und wer erinnert sich besser an einen als die Lehrer, die man in der Grundschule gehabt hat?«

Kevin verzog das Gesicht. »Hoffentlich kommt der nächste gute Einfall von mir.« Er lachte.

»Gibt es hier eine Schule?«, fragte Kevin die Bedienung, als sie die Rechnung brachte.

»Sicher! Glauben Sie, unsere Kinder wachsen auf den Bäumen auf?«

Kevin holte tief Luft. »Entschuldigen Sie bitte. Ich habe die Frage falsch gestellt. Wissen Sie, wo sich hier die Grundschule befindet?«

Die Bedienung zuckte nur kurz mit den Schultern. »Keine Ahnung«, sagte sie dann und brachte sich damit um ihr Trinkgeld.

Gleich gegenüber dem Café war das Rathaus.

»Da sind sie hoffentlich ein wenig freundlicher«, meinte Kevin.

Kurz darauf hatten sie erfahren, dass es zwei Grundschulen in Steinberg gab. Sie verließen das Rathaus mit den entsprechenden Adressen und einem Stadtplan.

»Na also«, sagte Kevin. »Geht doch!«

Anna sah auf die Rathausuhr. »Kurz nach elf. Wir müssen uns beeilen. Wie ich unser Glück kenne, ist es die zweite Schule.«

Mithilfe des Stadtplans hatten sie die erste Schule schnell gefunden.

Kevin sah an dem Gebäude hoch. »Die ist bestimmt schon hundert Jahre alt.«

»An die müsste ich mich doch erinnern«, sagte Anna mehr zu sich selbst.

»Lass uns hineingehen. Vielleicht passiert es ja dann.«

Der Unterricht lief zwar noch, dafür war aber das Schulsekretariat besetzt.

Die Falten im Gesicht der Frau, die dort hinter ihrem Schreibtisch saß, zeugten von vielen Schülergenerationen.

»Guten Tag«, begann Kevin. »Mein Name ist Schneider. Wir würden gern wissen, ob Sie uns weiterhelfen können.«

Die Sekretärin nahm ihre Brille ab und blinzelte Kevin freundlich an. »Worum geht es denn?«

»Sagt Ihnen der Name Lindenthal etwas?«

»Und ob der mir etwas sagt! Denen gehört doch die alte Wenzel-Fabrik. Mein Mann hat dort gearbeitet. Außerdem ist die kleine Lindenthal –« Sie stockte mitten im Satz und starrte Anna an. »Das gibt es nicht! Anna! Du bist es tatsächlich. Bist du wieder da! Meine Güte!«

Sie stürmte um ihren Schreibtisch herum, setzte ihre Brille wieder auf und betrachtete Anna von oben bis unten. »Du bist ja erwachsen geworden!«

»Ja – ich weiß nicht«, stammelte Anna.

»Erkennen Sie sie wirklich wieder?«, fragte Kevin.

»Ganz bestimmt! Es ist zwar schon – warten Sie mal – ja, das muss jetzt fast zehn Jahre her sein! Aber das Gesicht ist unverkennbar!«

»Zehn Jahre. Vierte Klasse. Das kommt hin«, sagte Anna.

»Da werden sich deine Eltern aber freuen, dass du wieder da bist, nicht wahr?«

»Wieso? Wie meinen Sie das?«, fragte Anna.

Die Sekretärin sah sich nach allen Seiten um, als fürchtete sie, jemand könne sie belauschen.

»Ich verstehe ja gut, dass du nicht gern darüber redest«, sagte sie dann mit gedämpfter Stimme.

»Bitte!«, rief Anna. »Ich weiß wirklich nicht, was Sie meinen! Sagen Sie es mir bitte!«

Die Sekretärin schaute Anna prüfend an. »Du bist doch Anna Lindenthal?«

»Ja. Ich glaube schon.«

»Na, dann wirst du doch auch wissen, dass du vor drei Jahren spurlos verschwunden bist.«

Anna suchte nach einem Stuhl. »Und wohin?«

»Spurlos ist spurlos. Du musst doch am besten wissen, wohin du verschwunden bist.«

»Sie hatte einen Unfall und hat ihr Gedächtnis verloren«, sagte Kevin.

Die Sekretärin schlug sich die Hand vor den Mund. »Meine Güte! Du armes Kind!«

»Armes Kind«, sagte sie mit hängenden Mundwinkeln, als ich fertig war.

Mich durchzuckte es. Ein »armes Kind« war das Letzte, was ich war. Und es war auch das Letzte, was ich von dieser blöden, reichen Kuh hören wollte.

»Haben Sie eine Idee, wer wissen könnte, warum sie gegangen ist?«, fragte Kevin weiter. »Das ist nämlich auch eine Sache, an die sie sich nicht erinnert.«

Anna bewunderte in dem Augenblick seine Kaltblütigkeit, aber er suchte ja auch nicht nach seinem Leben und er hatte nicht gesehen, was sie gerade gesehen hatte.

»Ich weiß nicht«, sagte die Sekretärin. »Die Eltern vielleicht. Aber die haben Sie ja sicher schon gefragt.«

»Allerdings«, sagte Anna nur.

Das Gesicht der Sekretärin hellte sich auf. »Sie hatte eine Freundin! Die beiden waren wie Pech und Schwefel. Meine Güte, wie hieß sie denn noch gleich? Mein Gedächtnis lässt nach. Früher wäre mir das nicht passiert.«

»Ilona«, sagte Anna, während Kevin vor Ungeduld von einem Bein auf das andere trat.

»Ilona! Genau! Ilona Sawatzki! So hieß sie. Ich glaube, sie wohnt noch hier in Steinberg! Auf jeden Fall arbeitet ihr Vater in der Fabrik der Lindenthals.«

»Die Adresse? Haben Sie auch ihre Adresse?«, fragte Kevin.

»Sie steht sicher im – ach, wissen Sie was? Ich sehe mal in den Akten nach.«

Sie huschte hinaus.

»Woher wusstest du den Namen deiner Freundin?«, fragte Kevin.

»Mama – sie hat ihn mir mal gesagt. Nachdem ich ihr mächtig zugesetzt hatte, konnte sie wohl nicht anders. Ich habe natürlich vermutet, dass es eine Freundin aus Bochum ist. Aber ich habe mich wieder an etwas erinnert.«

»Und an was?«

Bevor Anna antworten konnte, kam die Sekretärin strahlend mit einem Zettel in der Hand zurück.

»Da ist die Adresse! In einem guten Haushalt geht doch nichts verloren!«

»Vielen Dank«, sagte Kevin und nahm den Zettel.

»Was machen Sie denn jetzt?«, fragte die Sekretärin.

»Wir versuchen Ilona Sawatzki zu finden«, antwortete Kevin, als Anna nichts sagte. Er nahm Annas Hand und zog sie von ihrem Stuhl hoch.

»Viel Glück!«, rief die Sekretärin ihnen nach.

16

»Woran hast du dich denn erinnert?«, fragte Kevin noch auf dem Schulhof.

»Ich bin abgehauen!«, rief Anna statt einer Antwort. »Darum haben sie sich für mich geschämt! Wahrscheinlich bin ich wiedergekommen und dann –«

»Und dann?«

Anna ließ die Schultern hängen. »Ich weiß auch nicht. Das wird mir alles zu hoch.«

»Was meinst du?«

»Ich habe sie vorhin vor mir gesehen. Frau Lindenthal saß vor mir und hat ›armes Kind‹ zu mir gesagt, wie die Sekretärin. Ich war richtig wütend auf sie und habe gedacht – ja, ich habe wirklich gedacht, das wäre das Letzte, was ich von der *blöden, reichen Kuh* hören will.«

»Das könnte es doch sein. Du bist abgehauen, weil dich ihr Reichtum angekotzt hat. Vor drei Jahren! Da warst du siebzehn! Das ist ganz normal in dem Alter.«

»Ach ja? Woher willst du das wissen?«

»Ich war auch mal siebzehn. Und du wärst nicht die erste Tochter, die ihre Mutter zumindest insgeheim blöde, reiche oder was weiß ich für eine Kuh nennt.«

»Ja, kann sein«, sagte Anna gedehnt. »Trotzdem passt da was nicht zusammen. Warum hat sie mir die Stadt erklärt?«

»Weil du schon so lange nicht mehr hier gewesen bist.«

»Und warum habe ich sie dann nicht so angesehen, wie ich meine Mutter angesehen hätte?«

»Was meinst du damit?«

Anna schüttelte den Kopf. »Das kannst du nicht verstehen und ich kann es nicht erklären. Es hat was mit dem zu tun, was ich bei meiner Erinnerung gefühlt habe.«

Kevin hob den Zettel hoch. »Dann lass uns hierhin gehen. Zu deiner besten Freundin.«

»Bleibt uns ja nichts anderes übrig«, seufzte Anna. »Hoffentlich halte ich das durch!«

Ihr Stadtplan und der Zettel der Sekretärin führten sie zu einem einfachen Mehrfamilienhaus.

»Nicht gerade standesgemäß«, meinte Kevin. »Ob das den Lindenthals wohl gefallen hat?« Er untersuchte die Namensschilder an der Tür. »Da! Sie wohnen noch hier!«, freute er sich. »Soll ich?«, fragte er dann an Anna gewandt.

Anna nickte nur. Viel mehr würde sie an diesem Tag nicht mehr verkraften. Aber sie wollte es jetzt wissen: War sie Anna Lindenthal? Wenn sie es endlich herausgefunden haben sollte, wollte sie so schnell wie möglich weg von hier. Wenn sie Anna Lindenthal war, hatte sie einen großen Teil ihres Lebens in Steinberg verbracht. Ob es tatsächlich so war, wusste sie nicht, aber sie spürte genau, dass Steinberg kein Ort war, an dem sie lange bleiben wollte. Obwohl sie nicht wusste, warum die Früher-Anna, deren Anwesenheit sie geradezu spüren konnte, von hier verschwunden war, sie konnte es nachfühlen, auch wenn sie den Grund nicht kannte.

Ohne dass die Gegensprechanlage bemüht wurde, sprang

die Haustür mit einem lauten Summen auf. Zögernd stiegen sie die Treppen hinauf.

Das Haus war ziemlich alt und der Hausflur hätte längst neu gestrichen werden müssen.

»Zweite oder dritte Etage«, flüsterte Kevin.

In der dritten Etage wartete vor der geöffneten Tür eine Frau auf sie. Es war augenscheinlich Ilonas Mutter.

Kevin wollte etwas sagen, doch er kam nicht mehr dazu. Die Frau sah erst ihn an und dann Anna. Sie riss die Augen auf, sprang zurück in ihre Wohnung und schlug die Tür zu.

Kevin und Anna schauten sich an.

»Was war das?«, fragte Kevin. »Sehen wir so Furcht erregend aus?«

»Du vielleicht nicht«, sagte Anna. »Der Schock kam erst, als sie mich sah.«

»Die spinnt ja«, murmelte Kevin und klopfte an die Tür. »Hallo! Frau Sawatzki! Wir wollen nichts von Ihnen! Nur ein paar Fragen! Wegen Anna Lindenthal! Sie haben sie doch sicher gerade erkannt!«

»Gehen Sie bitte!«, hörten sie eine Frauenstimme aus der Wohnung. »Ich weiß nichts!«

»Aber Frau Sawatzki!«, versuchte es Kevin noch einmal. »Wir haben Ihnen doch noch gar nicht gesagt, was wir Sie fragen wollen!«

»Ruhe da oben!«, brüllte jemand durch den Hausflur.

Anna zog Kevin am Arm. »Komm, lass uns wieder gehen. Das hat so keinen Sinn.«

Auf der Straße schaute Kevin noch einmal an dem Haus empor, als erwartete er, dass Frau Sawatzki aus dem Fenster sah.

»Sind die Sawatzkis nicht da?«

Eine ältere Frau lehnte, auf ein Kissen gestützt, aus einem schmalen Fenster im Erdgeschoss.

»Klogucker!«, stöhnte Kevin.

»Aber die wissen immer viel«, flüsterte Anna zurück. In einer ihrer Fernsehserien hatte mal eine solche Frau mitgespielt.

»Wir wollten eigentlich Ilona Sawatzki sprechen«, sagte sie laut zu der Frau.

»Die wohnt längst nicht mehr hier.«

»Wo wohnt sie denn jetzt?«, fragte Kevin.

»Weiß ich doch nicht!«

»Lass uns gehen«, flüsterte Anna Kevin zu. »Die sagt uns auch nichts.«

Kevin schüttelte den Kopf. »Das wollen wir doch mal sehen«, flüsterte er zurück.

»Wir müssen Sie aber dringend sprechen«, sagte er zu der Frau im Fenster.

»Tja, Ihr Problem!«

»Wir sind nämlich vom Fernsehen.«

Es hätte nicht viel gefehlt und die Frau wäre aus ihrem Klofenster gefallen.

»Fernsehen?«, hauchte sie. »Kommt Ilona ins Fernsehen?«

»Vielleicht«, sagte Kevin und hielt ihr seine Visitenkarte hin. »Sie aber möglicherweise auch«, ergänzte er.

Die Frau sah ihn sprachlos an.

»Wir drehen nämlich demnächst eine neue Fernsehserie. Dafür suchen wir noch Nebendarsteller. Ilona ist uns empfohlen worden.«

»Oh ja!«, rief die Frau. »Ein begabtes Kind! Und so hübsch!«

»Wir müssen aber auch noch andere Nebenrollen besetzen. Das wäre vielleicht etwas für Sie?«

»Bestimmt!«, sagte die Frau. »Ich meine, ich könnte es ja mal versuchen.«

»Sehr schön«, sagte Kevin scheinheilig. »Vielleicht können wir einen Vorsprechtermin vereinbaren. Aber zunächst müssten wir mit Ilona sprechen.«

»Ach ja, Ilona. Ich weiß leider nicht, wo sie jetzt wohnt, aber ich kann Ihnen verraten, dass sie in der Sparkassenfiliale arbeitet – gleich hier in Steinberg.«

»Es gibt also tatsächlich jemanden in Steinberg, der nicht bei Lindenthal arbeitet«, sagte Anna.

»Bei Lindenthal? In den Wenzel-Werken?«, rief die Frau im Klofenster. »Da arbeitet nur ihr Vater! Aber wollten Sie nicht Ilona sprechen?«

»Sie haben uns sehr geholfen«, sagte Kevin, bevor Anna antworten konnte. »Vielen Dank!«

»Und was ist mit meinem Vorsprechtermin?«, fragte die Frau.

»Ich melde mich bei Ihnen.«

»Oh ja! Und in der Zwischenzeit übe ich ein wenig!«

»Ja, das sollten Sie tun.«

So schnell sie konnten, machten sich Anna und Kevin aus dem Staub.

»Als Kind habe ich Theater gespielt!«, rief die Frau im Klofenster ihnen nach.

Anna stieß Kevin in die Seite. »Du bist ein hinterhältiger –«

»Stimmt. Aber wir wissen, was wir wissen wollen.«

In einer kleinen Stadt wie Steinberg war die Sparkassenfiliale nicht schwer zu finden.

Kevin parkte das Auto auf dem Platz davor. »Hoffentlich haben sie nicht gerade Mittagspause.«

Er hatte den Motor noch nicht ausgestellt, da hielt ein Auto neben ihnen.

Anna musste nur einen Blick darauf werfen, um zu wissen, wem es gehörte.

Martin Lindenthal war aus seinem Auto gestiegen. Für eine Sekunde sahen er und Anna sich in die Augen.

»Anna!«, rief er.

In den letzten Tagen hatte Anna sich immer wieder gefragt, ob sie einen Fehler gemacht hatte, als sie von den Lindenthals weggelaufen war. Sie hätte weiter bei ihnen als ihre Tochter leben können und mit der Zeit hätte sie vielleicht selbst daran geglaubt, dass die Lindenthals ihre Eltern waren. Doch der eine Blick in Martin Lindenthals Gesicht und seine Stimme riefen mit einem Schlag alles, was sie an dem Abend vor der Wohnzimmertür gehört und gefühlt hatte, wieder in ihr wach. Ihr wurde in dem Moment klar, dass sie nicht eher zur Ruhe kommen würde, bis sie wusste, wer sie wirklich war. Und das war nur möglich, wenn sie nicht bei den Lindenthals blieb.

»Fahr los!«, rief sie.

»Beruhige dich, Anna. Was soll er dir denn hier tun?«

»Ich will ihn aber nicht sehen!«, schrie Anna ihn an.

»Und wenn er …«

»Fahr, Kevin! Bitte!«

In dem Augenblick, als Martin Lindenthal die Beifahrertür des Leihwagens erreichte, schlug Anna den Verriegelungsknopf an ihrer Tür herunter.

Martin Lindenthal zog an der Tür. »Anna! Mach auf! Ich muss mit dir reden! Es ist wichtig!«

»Fahr doch!«, brüllte Anna Kevin an.

Martin Lindenthal schlug mit der Faust an die Autoscheibe. Anna kniff die Augen zu und presste die Hände an die Ohren. Sie durfte ihn nicht sehen und nicht hören! Sie durfte nicht zu ihnen zurück, auch wenn sich ein Teil von ihr noch so sehr danach sehnte.

Kevin setzte zurück. Im letzten Augenblick ließ Martin Lindenthal den Griff der Beifahrertür los, sonst wäre er umgerissen worden.

Kevin fuhr los. »Mist! Er verfolgt uns!«, sagte er mit einem Blick in den Seitenspiegel.

»Was?« Anna riss den Kopf herum. »Fahr schneller!«

»Das nutzt nichts. Wir sind viel langsamer als er. Wir müssen ihn anders abhängen.«

Er riss das Steuer herum und fuhr in eine kleine Nebenstraße. Beinahe ohne zu bremsen, wiederholte er das halsbrecherische Manöver an zwei weiteren Straßenkreuzungen. Schließlich fuhr er in vollem Tempo auf eine rote Ampel zu.

»Rot!«, schrie Anna und krallte sich an ihrem Sitz fest. »Die Ampel ist rot!«

Doch da waren sie schon über die Kreuzung hinweg.

»Wie im Kino, oder?«, sagte Kevin grinsend, ohne den Blick von der Straße zu nehmen.

»Sehr witzig«, murmelte Anna. Sie warf einen Blick aus dem Rückfenster. »Er ist weg. Du hast ihn abgehängt. Hoffe ich jedenfalls.«

Kevin ging vom Gas.

Anna schaute immer wieder aus dem Rückfenster. Erst als sie die Autobahn erreicht hatten, glaubte sie endlich, dass er sie nicht mehr verfolgte.

»Was wollte er bloß von mir?«

»Angst«, antwortete Kevin. »Ich glaube, er hatte Angst. Du hast doch auch sein Gesicht gesehen. Das war Angst.«

»Dass ich etwas herausfinden könnte, was ich nicht herausfinden darf? Aber warum? Ich kann ihm doch nichts tun. – Oder doch?«

»Wenn wir dort geblieben wären, hätte er es uns vielleicht gesagt.«

Anna schüttelte den Kopf. »Das glaube ich nicht. Außerdem konnte ich nicht dort bleiben.«

»Und warum nicht?«

»Weil ich –«

»Weil du auch Angst hattest?«, fragte Kevin, als Anna nicht weitersprach.

»Ja. Aber nicht so sehr vor ihm. Mehr vor mir selbst.«

»Verstehe ich nicht.«

Anna sah aus dem Seitenfenster. Es hatte wieder zu regnen begonnen. »Musst du auch nicht. Ich verstehe es ja selbst kaum.«

»Ich frage mich, woher er gewusst hat, dass wir dort waren«, sagte Kevin.

»Ilonas Mutter. Wahrscheinlich hat sie ihn angerufen und ihm gesagt, dass wir bei ihr waren.«

Kevin nickte. »Ihr Mann arbeitet doch für Lindenthal. Er scheint die Stadt gut unter Kontrolle zu haben. Wahrscheinlich hatte Frau Sawatzki Angst, ihr Mann könnte seinen Job verlieren, wenn sie mit uns spricht, und hat uns deshalb die Tür vor der Nase zugeschlagen.«

»Und vor lauter Angst hat sie gleich in der Firma angerufen und erzählt, dass wir dort gewesen sind und nach Ilona gefragt haben?«, fragte Anna.

»Genau. Also konnte er sich ausrechnen, dass wir irgendwann in der Sparkasse aufkreuzen würden.«

»Das ist doch verrückt!«, rief Anna. »Wenn es so gewesen ist, dann muss er auch gewusst oder zumindest geahnt haben, dass ich früher oder später nach Steinberg komme.«

Kevin zuckte mit den Schultern. »Wahrscheinlich war er nur vorsichtig und hat damit gerechnet, dass du herausfindest, wo du früher gewohnt hast, nachdem du abgehauen bist. Und dann ist es ja nicht mehr weit bis zu deiner früheren Freundin.«

»Sie war nicht meine Freundin!«, rief Anna.

»Bist du sicher?«

»Ich weiß überhaupt nicht mehr, was ich denken soll«, sagte Anna. »Da passt nichts mehr zusammen.«

Abends saßen sie in dem kleinen Restaurant ihres Hotels und gönnten sich ein Essen auf Kosten des Fernsehsenders.

Es könnte alles so schön sein, wenn es die Früher-Anna nicht gäbe, dachte Anna. Andererseits wäre sie dann wahrscheinlich Kevin nie begegnet und ihr Leben wäre ganz anders verlaufen. – Anders, wenn sie nur wüsste, wie!

»Ich werde morgen früh mit ihr reden«, sagte Kevin plötzlich.

»Mit wem?«, fragte Anna.

»Mit Ilona. Du kannst ausschlafen. Ich komme, so schnell es geht, zurück und hole dich ab.«

Anna brauchte einen Augenblick, bis sie verstand, was er gesagt hatte. »*Du* willst mit ihr reden und *ich* soll ausschlafen? Du willst allein nach Steinberg fahren?«

Kevin sah Anna an. »Es ist sicherer. Wenn dir Lindenthal noch einmal über den Weg läuft, möchte ich nicht –«

»Vergiss es!«, unterbrach Anna ihn. »Ich komme mit. Schließlich geht es um mein Leben!«

»Das weiß ich doch«, seufzte Kevin. »Du hast es mir oft genug gesagt.«

»Was soll das denn heißen?«

»Nichts. Warum bist du nur so empfindlich?«

»Empfindlich? Meine Eltern, oder wer sie auch immer sind, haben mich lange genug vor meinem früheren Leben beschützt. Jetzt fang du nicht auch noch damit an! Ich werde auf jeden Fall mit nach Steinberg kommen! Da kannst du machen und sagen, was du willst!«

Kevin schüttelte den Kopf. »Ich möchte aber nicht, dass du –«

»Und ich will nicht, dass du mich wie die Lindenthal behandelst!«, fuhr Anna ihn lauter an, als sie es eigentlich wollte. »Ich bin kein kleines Kind!«

»Das sage ich ja auch nicht!«, rief Kevin. »Aber dann benimm dich auch nicht so!«

Anna sprang von ihrem Stuhl auf. »Ich – ich verstehe dich nicht, Kevin, echt nicht! Ich weiß nicht, warum du so – ach, ist ja auch egal!«

Ohne nach links oder rechts zu sehen, lief sie aus dem Restaurant und die Treppen hinauf zu ihrem Zimmer, schlug die Tür hinter sich zu und ließ sich auf einen der Plüschsessel fallen.

Dann benimm dich auch nicht so!

Dieser Satz ging ihr nicht mehr aus dem Kopf. Hielt er sie wirklich für ein kleines, dummes Kind, das nicht auf sich aufpassen konnte? Vielleicht benahm sie sich ja manchmal wirklich so, aber das war doch nur wegen dieser Früher-Anna, die sie mittlerweile geradezu hasste.

Sie hatte sich alles nur eingebildet. Kevin war nicht an ihr interessiert. Da war sie sich nun sicher. Sie brauchte ihn auch nicht! Sie würde ihren Weg auch ohne ihn zu Ende gehen können. Nicht er würde Ilona allein sprechen, sondern sie! Und seine Reportage konnte er sich sowieso abschminken!

Sie griff zum Telefonhörer und bestellte einen Weckruf für den nächsten Morgen um sechs Uhr. Das müsste reichen, wenn sie zur Öffnungszeit der Sparkasse in Steinberg sein wollte.

Als sie im Bett lag, wehrte sie sich zwar dagegen, aber ein klein wenig hoffte sie doch, dass das Telefon läutete oder es an ihrer Tür klopfte.

Es blieb still, bis sie einschlief.

Sie musste sehr lange duschen, bis sie am nächsten Morgen halbwegs wach war. Ihre Wut auf Kevin war zwar noch nicht verraucht, aber ein Teil davon hatte sich in Traurigkeit verwandelt.

Es hätte so schön sein können, dachte sie wieder.

Um kurz vor sieben stand sie an der Rezeption. Der Gesichtsfarbe und den Augenrändern nach zu urteilen, hatte der Nachtportier keinen besonders ruhigen Dienst gehabt.

Er lächelte Anna trotzdem freundlich an. »Was kann ich für Sie tun?«

»Wissen Sie, wie ich von hier am schnellsten nach Steinberg komme – mit dem Zug?«

Der Portier setzte seine Brille auf, holte ein dickes Kursbuch hervor und begann darin zu blättern. »Kein Problem. Das haben wir gleich.«

Es war tatsächlich kein Problem. Die S-Bahn hielt ganz

in der Nähe und sie musste nur einmal umsteigen. Anna bedankte sich brav und wollte schon gehen, da fiel ihr ihre Zugfahrt von Bochum nach Köln ein.

»Ich habe überhaupt keine Fahrkarte!«

Der Portier verzog den Mund zu einem schiefen Lächeln. »Da kann ich leider auch nichts machen, meine Dame. Auf dem Bahnhof können Sie aber sicher eine Karte kaufen – zumindest am Automaten ziehen.«

Anna nickte nur. Sie musste ihm ja nicht unbedingt auf die Nase binden, dass sie keinen Cent in der Tasche hatte.

Sie nahm die S-Bahn bis zum Bahnhof und dann den Zug nach Steinberg. Da sie kein Geld hatte, musste sie es riskieren schwarzzufahren. Ihr war nicht ganz wohl dabei, aber zu ihrem Glück ließ sich kein Kontrolleur blicken.

17

Es war noch früh, als Anna in Steinberg auf dem Bahnhof stand. Instinktiv sah sie sich nach Kevin um. Sie schüttelte den Kopf über sich selbst, als sie feststellte, dass er selbstverständlich nicht dort war. Bestimmt schlief er noch selig in seinem Berliner Hotelbett.

Anna verließ den Steinberger Bahnhof mit demselben stolzen Gefühl wie vor ein paar Tagen, als sie ganz allein durch die Straßen von Köln geschlendert war. Allerdings war es hier längst nicht so bunt und lebendig. Dafür wusste sie nun genau, wohin sie wollte.

Sie musste sich beeilen, denn sie wollte Ilona auf jeden Fall antreffen, bevor die Sparkasse aufmachte. Danach würde es sicher viel schwieriger, ungestört mit ihr zu sprechen, wenn wer weiß wie viele Bankkunden um sie herumstanden.

Eine halbe Stunde vor der offiziellen Öffnungszeit erreichte sie die kleine Filiale der Sparkasse. Lieber zu früh als zu spät. Sie hätte auch Stunden auf Ilona gewartet.

Doch schon nach ein paar Minuten erschien eine Frau und schloss eine der Seitentüren der Sparkasse auf. Sie war zwar noch jung, aber doch wesentlich älter als zwanzig. Ilona konnte es also nicht sein.

Anna schaffte es gerade noch, die Tür festzuhalten, bevor sie hinter der Frau ins Schloss fiel. Die Frau fuhr erschrocken herum.

»Entschuldigen Sie bitte!«, sagte Anna schnell. »Ich wollte Sie nicht erschrecken. Ich habe nur eine Frage.«

Die Frau musterte Anna von oben bis unten. »Was wollen Sie von mir?«

»Arbeitet Ilona Sawatzki hier? Kann ich sie sprechen?«

Die Frau stutzte, dann riss sie die Augen auf. »Sie sind diese Anna Lindenthal, stimmt's?«

»Ja! – Nein! – Ich weiß nicht!«

»Wollen Sie mich auf den Arm nehmen?«

»Nein, ganz bestimmt nicht! Hören Sie bitte, Frau –«

»Müller. Ich habe jetzt keine Zeit. Ich bin sowieso schon spät dran. Gehen Sie bitte!«

Sie wollte die Tür schließen, doch Anna hielt sie fest.

»Bitte, Frau Müller! Ich will doch nur mit Ilona sprechen. Es ist sehr, sehr wichtig für mich!«

»Das geht nicht. Sie ist nicht da.«

»Wo ist sie denn?«

»Urlaub.«

»Urlaub? Das darf doch nicht wahr sein! Wann kommt sie denn wieder?«

»Ich weiß nicht so genau. In zwei Wochen ungefähr.«

»Ist sie weggefahren?«

»Ja, schon.«

»Und wohin?«

»Das weiß ich nicht! Fragen Sie doch Ihren Vater! Und jetzt lassen Sie endlich die Tür los!« Mit einem Ruck stieß Frau Müller die Tür zu.

»Verdammt!«, schrie Anna die Tür an und musste sich beherrschen, um nicht dagegen zu treten.

Plötzlich wurde ihr bewusst, was die unfreundliche Sparkassenangestellte gesagt hatte: Fragen Sie doch Ihren Vater!

Lindenthal! Martin Lindenthal wusste, wo Ilona ihren Urlaub verbrachte? Hatte er sie weggeschickt? Oder war sie vor ihm geflohen?

Es hatte keinen Sinn, noch länger vor der Sparkasse zu warten. Frau Müller würde zwar bald die Türen aufschließen, aber sie würde ihr ganz sicher nicht mehr sagen – wenn sie überhaupt Ilonas Urlaubsziel kannte.

Anna lief ziellos umher. Steinberg war eine kleine Stadt. Irgendjemanden musste es doch hier geben, der wusste, wo sich Ilona Sawatzki während ihres Urlaubs aufhielt! – Ein Reisebüro! Dort buchte man seinen Urlaub! Zumindest war es einen Versuch wert.

»Gibt es Reisebüros in Steinberg?«, fragte Anna eine Frau, die mit schweren Einkaufstaschen beladen an ihr vorbeiging.

»Reisebüros?«, lachte die Frau. »Wir sind hier in Steinberg! Da verreisen nicht so viele Leute. Es gibt nur ein Reisebüro. Darin befindet sich außerdem noch eine Lotto-Annahmestelle, sonst würde es sich wahrscheinlich überhaupt nicht lohnen.«

»Wo ist dieses Reisebüro?«

»Gleich um die Ecke. Neben der Apotheke.«

Das Reisebüro war tatsächlich eher eine Lotto-Annahmestelle mit Kiosk. Zwischen Süßigkeiten, Fernsehzeitschriften und Tabakwaren standen auch einige Reisekataloge in den Regalen. Das Reisebüro war noch geschlossen, aber durch das beschlagene Schaufenster konnte Anna eine ältere Frau hinter der Verkaufstheke sehen. Dem Gesichtsausdruck dieser Frau nach zu urteilen, würde es nicht einfach werden. Anna klopfte trotzdem an die Tür.

»Wir öffnen erst in zehn Minuten!«, rief die Frau, nachdem Anna sich fast die Knöchel wund geklopft hatte.

»Bitte! Ich habe nur eine Frage!«, rief Anna.

Die Frau löste sich unwillig von ihrer Theke und schlurfte auf die Tür zu. Sie hatte den Schlüssel schon ins Schloss gesteckt, um aufzuschließen, da sah sie Anna ins Gesicht und ihr Blick verfinsterte sich noch mehr als zuvor.

»Verschwinde! Dich will ich hier nicht sehen!«, rief sie.

»Aber Sie wissen doch gar nicht, wer ich bin!«

»Oh doch, das weiß ich! Flittchen wie dich brauchen wir in Steinberg nicht!«

»Hören Sie mal! Wie reden Sie denn mit mir!«

Jemand tippte Anna auf die Schulter.

Sie fuhr herum. »Was ist?«

Ein Typ, der aussah, als hätte er gerade seinen Stimmbruch hinter sich, grinste Anna an. »Meine Mutter öffnet pünktlich. Da kennt sie keine Gnade.«

»Rede nicht mit ihr!«, rief die Frau aus ihrem Laden heraus. »Das ist Anna Lindenthal! Ich will nicht, dass du mit ihr redest.«

Der junge Mann machte eine wegwerfende Handbewegung in Richtung Ladentür.

»Du bist Anna Lindenthal?«, fragte er dann, ohne auf das Gekeife seiner Mutter zu achten.

»Ja«, antwortete Anna, um nicht gleich wieder Verwirrung zu stiften. »Besonders beliebt scheine ich ja nicht zu sein – zumindest nicht bei deiner Mutter.«

»Ach, das darfst du nicht so ernst nehmen. Die ist immer so.«

Anna tat der junge Mann fast Leid. »Ich habe nur eine Frage«, fuhr sie fort. »Es geht um eine Freundin von mir. Ilona Sawatzki.«

»Ilona! Na klar! Ihr seid ja Freundinnen!«

»Kennst du sie?«, fragte Anna.

»Sicher! Sie arbeitet doch in der Sparkasse. Da habe ich auch mein Konto.«

»Aber mich kennst du nicht?«

»Nicht wirklich. Jedenfalls kann ich mich nicht erinnern. Ich bin ja drei Jahre jünger. Ich weiß nur, dass du vor ein paar Jahren verschwunden bist. Mein Vater arbeitet in der Fabrik der Lindenthals. Das ging damals herum wie ein Lauffeuer. Wir haben zu Hause viel darüber geredet. In einer kleinen Stadt passiert so was ja nicht jeden Tag. Vor allem, wenn es um Leute geht, die hier sowieso jeder kennt.«

»Ilona ist in den Urlaub geflogen. Weißt du, wohin? Ich würde sie wirklich gern besuchen.«

»Kein Problem. Eigentlich bin ich ja noch Schüler, aber ich helfe meiner Mutter ab und zu aus. Das heißt, im Grunde mache ich den ganzen Reisebürokram für sie. Das ist nicht so schwer, schließlich buchen nicht viele Leute ihre Reise hier. Und dann das Internet. Wenn das so weitergeht, dann können wir den Laden bald zumachen.«

»Und wohin ist Ilona geflogen?«, wiederholte Anna ihre Frage, bevor ihr der geschwätzige Typ noch seine ganze Lebensgeschichte erzählte.

»Habe ich das noch nicht gesagt? Nach Teneriffa. Hotel *Anthalia Park*. War im Sonderangebot. Warte einen Augenblick. Ich kann dir den Katalog mitgeben.«

Er verschwand im Laden seiner Mutter und kam kurz darauf mit einem Reisekatalog in der Hand zurück.

»Seite hundertzwanzig«, sagte er und reichte Anna den Katalog.

Es hätte nicht viel gefehlt und Anna hätte ihm einen Kuss aufgedrückt. Die vielen Pickel in seinem Gesicht hielten sie dann aber doch davon ab. So bedankte sie sich überschwänglich bei ihm und verabschiedete sich schnell.

»Bist du öfter hier?«, rief er Anna noch nach. »Dann könnten wir uns treffen!«

»Mal sehen!«, rief Anna zurück, dabei wusste sie genau, dass sie nur nach Steinberg zurückkommen würde, wenn man sie dazu zwang.

Der Bahnhof von Steinberg war ebenso menschenleer wie bei Annas Ankunft, obwohl um diese Uhrzeit eigentlich jede Menge Berufspendler unterwegs sein müssten. Wahrscheinlich arbeiteten die meisten Steinberger in der Stadt – bei Martin Lindenthal, dachte Anna, als sie auf dem Bahnsteig stand und auf den Zug nach Berlin wartete. Sie hielt den Reisekatalog wie eine wertvolle Beute fest.

Wenn sie schon bei ihrer Ankunft stolz auf sich gewesen war, jetzt war sie es erst recht. Sie hatte zwar nicht mit Ilona sprechen können, aber sie hatte es geschafft, ihren Aufenthaltsort herauszufinden. War es das, was Carla mit Lebenserfahrungen gemeint hatte, mit den guten und den schlechten?

Zunächst bemerkte sie das Hupen nicht. Erst als es immer drängender wurde, sah sie sich um. – Kevin!

Ihr Herz machte einen Sprung, aber dann verfinsterten sich ihre Gedanken gleich wieder. Wie würde er reagieren? Würde er ihr Vorwürfe machen? Wenn er das tat, dann wollte sie nichts mehr mit ihm zu tun haben. Nie mehr.

Kevin stieg aus und lief auf den Bahnhof zu. Für einige Augenblicke war er verschwunden, dann stand er auf dem Bahnsteig.

Anna versuchte etwas in seinem Gesicht zu lesen. Es gelang ihr nicht, bis er vor ihr stand.

»Und?«, fragte sie nur.

Kevin holte tief Luft. »Ich habe dich unterschätzt«, sagte er dann. »Und ich habe mich wohl mal wieder danebenbenommen.«

Er hätte nichts mehr sagen müssen. Es genügte, um alles zu vergessen, worüber Anna wütend gewesen war.

»Ich wollte doch nur –«

Anna legte ihre Hand auf seinen Mund. »Und ich war wohl wieder mal ziemlich zickig.«

Sie sahen sich an.

Etwas in Kevins Blick sagte Anna: Jetzt muss es passieren!

Ihr Gesicht näherte sich seinem. Er wich nicht zurück. Nur noch wenige Zentimeter, dann würde sie ihn küssen. Sie wusste es. Wenn, dann jetzt! Und wenn sie diesen Augenblick verpasste, würde er vielleicht nie wieder kommen. Doch plötzlich fühlte sie etwas, das sie nie für möglich gehalten hätte. Sie hatte Angst davor, ihren Traum, den sie schon in so vielen Variationen geträumt hatte, Wirklichkeit werden zu lassen. Sie fühlte, dass es der richtige Augenblick war, und doch war es der falsche – ausgerechnet hier in Steinberg, wo sie die Anwesenheit der Früher-Anna fast körperlich spüren konnte. Nein, ihr Traum mit Kevin sollte sich nicht ausgerechnet hier erfüllen.

Vielleicht hatte er es in Annas Augen gelesen, vielleicht dachte er auch genauso wie sie. Kevin nahm Annas Hand.

»Lass uns gehen«, sagte er. »Diese Stadt macht mich depressiv.« Er ließ Annas Hand nicht los, während sie zum Auto liefen.

»Hast du mit ihr gesprochen?«, fragte Kevin nach mindestens zehn Kilometer schweigsamer Fahrt.

»Ging nicht. Sie hat Urlaub.«

»Hat denn in diesem Nest jeder Urlaub?«, stöhnte Kevin auf.

Anna hielt den Reisekatalog hoch. »Ich habe aber herausgefunden, wo sie ist. Teneriffa! Sogar das Hotel weiß ich.«

Kevin sah sie mit großen Augen an. »Ich habe dich echt unterschätzt! Tut mir Leid. Das passiert mir nie wieder!«

»Das wäre schön«, sagte Anna nur.

»Dann auf nach Teneriffa! Ich möchte nicht dabei sein, wenn mein Chef unsere Spesenrechnung in die Hände bekommt!«

»Willst du wirklich nach Teneriffa?«

»Siehst du eine andere Möglichkeit?«, fragte Kevin zurück. »Wenn dir jemand sagen kann, ob du Anna Lindenthal bist oder nicht, dann Ilona Sawatzki. Anna und sie waren die besten Freundinnen. Was hat die Sekretärin in der Schule noch mal gesagt?«

»Wie Pech und Schwefel.«

»Genau. Wenn diese Ilona sagt, du bist Anna, dann bist du es auch. Und dann wird sie dir viel über dein früheres Leben erzählen können.«

Kurz darauf war die Reise nach Teneriffa gebucht.

»Der nächste Flug geht erst morgen früh von Tegel«, sagte Kevin, nachdem er mit seinem Handy eine Weile herumtelefoniert hatte. »Aber das ist kein Problem. Dann übernachten wir halt noch einmal in Berlin.«

»Und das Hotel auf Teneriffa?«, fragte Anna.

»Darum müssen wir uns selbst kümmern. Außerhalb der Hauptsaison dürfte es aber nicht schwierig sein, dort Zimmer zu bekommen.«

»Musst du nicht erst nach Hause und ein paar Sachen für dich packen?«, fragte Anna.

»Wir besorgen uns, was wir brauchen, noch schnell in Berlin. Dafür ist nachher noch Zeit.«

»Wir?«

»Klar. Oder willst du nicht?«

»Und ob! Ich renne jetzt schon seit Tagen mit denselben Klamotten herum. Zahlt das auch die Redaktion?«

Kevin verzog den Mund. »Eigentlich nicht. Aber mein Chef wird sowieso einen Wutanfall bekommen, wenn er unsere Spesenrechnung sieht. Darauf kommt es auch nicht mehr an.«

»Das macht ihr, um eure Opfer zu erpressen. Stimmt's?«, fragte Anna.

»Was meinst du?«

»Ihr bezahlt die Flüge, die Hotels, die Leihwagen, die Klamotten und, und, und. Am Ende fühle ich mich euch so verpflichtet, dass ich der Reportage zustimme.«

»Reine Verleumdung!«, rief Kevin und versuchte krampfhaft ein unschuldiges Gesicht zu machen.

18

Dorthe Lindenthals Lieblingsbeschäftigung war zweifelsohne das Einkaufen. Das hatte Anna während der Zeit bei ihr mehr als einmal feststellen können. Anna musste zugeben, dass auch sie es genossen hatte, sich neue Kleidung, Schuhe und all die anderen Dinge zu kaufen, die sie eigentlich nicht brauchte. Doch mit Kevin einkaufen zu gehen, war etwas ganz anderes. Jeder Augenblick gab Anlass für neue Träume.

Um Kevin nicht in allzu große Schwierigkeiten zu bringen, hielt Anna sich sehr zurück, was die Menge und auch was die Preisklasse der Kleidungsstücke betraf, die sie kaufte. Schließlich war sie froh darüber, denn Kevin war bei seiner Auswahl noch bescheidener.

»Jetzt fehlt nur noch was für den Strand – oder den Pool«, sagte er schließlich.

»Strand?«, rief Anna. »Ist es denn jetzt schon so warm dort?«

»Auf Teneriffa? So fünfundzwanzig Grad, schätze ich. Viel kälter wird es dort ja nie, jedenfalls an der Küste nicht.«

»So warm wie im Sommer?«, fragte Anna noch einmal. »Dann erlebe ich das ja sogar noch eher, als ich dachte!«

Kevin lächelte sie an. »Es wird dir bestimmt gefallen.«

»Und der Himmel?«, fragte Anna.

»Blau!«

»So blau wie der, den ich aus dem Flugzeugfenster gesehen habe?«

Kevin sah Anna lange an. Dann nickte er.

»Wünschen Sie lieber einen Bikini oder einen Badeanzug?«, fragte die Verkäuferin.

»Badeanzug«, antwortete Kevin sofort und hielt sich gleich die Hand vor den Mund. »Entschuldigung.«

Die Verkäuferin sah zwischen Kevin und Anna hin und her und setzte ein breites Grinsen auf.

»Und?«, fragte sie dann Anna.

»Badeanzug ist schon okay«, antwortete sie.

Die Verkäuferin holte drei Badeanzüge von einem Ständer und hielt sie hoch. Anna hatte keine Ahnung, welchen sie schöner fand.

Sie sah zu Kevin. »Was meinst du?«

Er zeigte sofort auf einen der Badeanzüge.

Das Grinsen der Verkäuferin wurde breiter. »Dann probieren Sie ihn am besten gleich an.«

»Ich bin so weit!«, rief Anna, als sie es endlich geschafft hatte, ihn anzuziehen. Sie fühlte sich nicht besonders wohl darin und fragte sich, ob sie früher lieber Bikinis getragen hatte. Vielleicht war sie aber auch noch nie schwimmen gewesen.

»Kommen Sie doch heraus!«, rief die Verkäuferin zurück.

Anna holte tief Luft, schloss die Augen und trat vor die Umkleidekabine. Sie öffnete die Augen wieder und sah in Kevins Gesicht.

Er schaute Anna wieder einen Augenblick länger an, als es nötig gewesen wäre. Sein Blick hatte sich verändert.

»Perfekt!«, rief die Verkäuferin. »Oder?«, fragte sie dann Kevin.

Der nickte nur, ohne den Blick von Anna zu lassen.

»Ich ziehe mich dann wieder um«, sagte Anna schnell und verschwand in der Umkleidekabine.

Nur einen Augenblick später steckte die Verkäuferin den Kopf durch den Vorhang. »Der Badeanzug passt wirklich perfekt zu Ihnen«, flüsterte sie. »Und Ihrem Freund gefällt er auch. Das wird bestimmt ein schöner Urlaub.« Sie zwinkerte Anna zu und verschwand wieder.

»Er ist nicht mein Freund«, sagte Anna leise. »Und es ist auch nicht unser Urlaub.«

Wenn sie schon den Flug nach Berlin genossen hatte, so war das nichts gegen den Flug nach Teneriffa.

Ein wenig hatte Anna befürchtet, dass dieses unglaubliche Gefühl, das sie bei ihrem ersten Start erlebt hatte, nun nachlassen würde, da sie es ja schon kannte. Doch sie hatte sich getäuscht. Sie empfand es sogar noch ein wenig intensiver als beim ersten Mal. Und auch der Himmel zog sie wieder in seinen Bann, kaum dass das Flugzeug die dichte Wolkendecke über Berlin durchstoßen hatte.

Als sie schließlich das Meer unter sich sah, war sie kaum noch vom Flugzeugfenster zu trennen.

»Du musst doch etwas essen«, sagte Kevin, als die Stewardess mit einem Wagen voller Tabletts neben ihnen stand. »Und trinken. Hier oben trocknet man so leicht aus.«

»Essen und trinken kann ich noch, wenn wir angekommen sind«, sagte Anna, ohne den Blick vom Meer zu nehmen, das tief unter ihnen in der Sonne glitzerte.

Anna hätte nicht beschreiben können, was sie fühlte, als sie das Flughafengebäude verließen.

Der Anflug auf Teneriffa war eher enttäuschend gewesen. Die Landschaft sah recht karg und verbrannt aus.

»Im Norden ist es grüner«, meinte Kevin. »Aber Ilonas Hotel liegt hier im Süden. Da ist mehr Sonne.«

Und ebendiese Sonne spürte sie jetzt. Sie brannte förmlich auf ihrer Haut. Es war ein unglaubliches Gefühl! Sie konnte nicht genug davon bekommen. Mit ausgebreiteten Armen stand sie vor dem Eingang des Flughafengebäudes, hatte die Augen geschlossen und hielt ihr Gesicht in die Sonne.

»Riechst du das?«, fragte sie mit immer noch geschlossenen Augen.

Kevin schnupperte. »Das Benzin?«

»Nein! Da ist noch etwas anderes. Blumen! Das müssen Blumen sein! Riechen so Blumen, Kevin?« Sie öffnete die Augen. »Was ist los? Warum siehst du mich so traurig an?«

»Du hast Recht, Anna. Wir müssen alles versuchen, damit du deine Erinnerungen zurückbekommst.«

»Wow!« Mehr brachte Anna nicht heraus, als sie die Eingangshalle des Hotels *Anthalia* betraten. »Dagegen ist das Hotel in Köln ja eine Absteige!«

Kevin kratzte sich am Kopf. »So würde ich das nicht sehen – zumindest nicht, was die Preise angeht.«

Er steuerte gleich auf die Rezeption zu. Anna folgte ihm in einigem Abstand. Ihre Kölner Erlebnisse mit Hotelangestellten waren ihr noch zu gut in Erinnerung.

Der Mann an der Rezeption sah so spanisch aus, wie ein Spanier nur aussehen kann, dachte Anna.

»Sie wünschen?«, fragte er in fast akzentfreiem Deutsch.

»Wie? – Zwei Einzelzimmer bitte«, antwortete Kevin verdattert. »Woher wissen Sie –«

»Dass Sie Deutsche sind?«, fragte der Hotelangestellte freundlich lächelnd. »Das gehört zu meinem Beruf. Außerdem habe ich lange in Deutschland gelebt.«

»Ach so. Das trifft sich ja gut.«

Kevins Vermutung, dass es kein Problem sein würde, Zimmer zu bekommen, stellte sich als richtig heraus. Schon bald darauf hielten sie ihre Zimmerschlüssel in der Hand.

»Wohnt Frau Ilona Sawatzki auch hier?«, fragte Kevin den Hotelangestellten.

Annas Herz klopfte, während der seinen Computer befragte.

»Ja, sie ist unser Gast«, antwortete er schließlich.

»Ist sie auf ihrem Zimmer?«, rief Anna viel zu laut.

Der Hotelangestellte zuckte zusammen. »Wie? Ach so. Das kann ich Ihnen leider nicht sagen. – Aber warten Sie mal. Wahrscheinlich nicht. Ich sehe gerade, dass sie gestern einen Mietwagen gebucht hat. Wahrscheinlich will sie die Insel erkunden. Die ist nämlich sehr schön, müssen Sie wissen.«

»Dann ist sie schon weg?«, fragte Anna.

Statt einer Antwort nahm der Portier den Telefonhörer in die Hand.

»Ich frage nach, ob sie den Mietwagen schon abgeholt hat.«

Anna sah Kevin an. Er schien völlig ruhig zu sein, während er dem Telefongespräch zuhörte, von dem er sicher ebenso wenig verstand wie sie. War er wirklich so ruhig oder konnte er seine Aufregung nur gut verbergen? Anna hätte am liebsten geschrien, um ihre innere Anspannung loszuwerden. Ilona war ihre vielleicht einzige Chance, die Früher-Anna aus ihrem Versteck zu locken.

»Sie hat den Wagen noch nicht abgeholt«, sagte der Portier, nachdem er aufgelegt hatte.

»Könnten Sie dann bitte in ihrem Zimmer anrufen?«, fragte Kevin.

Der freundliche Hotelangestellte sah Kevin an, dann seufzte er, wählte eine Nummer und reichte Kevin den Hörer.

Anna hörte das Freizeichen. Nach dem sicher zehnten Mal gab Kevin den Hörer zurück.

»Wo werden die Mietwagen denn abgeholt?«, fragte er.

»Ganz in der Nähe. Nur etwa hundert Meter entfernt. Wenn Sie aus dem Haupteingang kommen, nach links.«

»Lass uns auch einen Mietwagen nehmen«, sagte Anna, ohne zu überlegen. »Unsere Zimmer können wir später noch beziehen.«

Sie überließen ihr Gepäck dem Portier, der sichtlich erleichtert war, sie loszuwerden.

Die Mietwagen schienen allerdings begehrter, als sie es erwartet hatten.

Nach inständigem Bitten und einem dicken Trinkgeld überließ der Autovermieter ihnen dann aber doch einen seiner Mietwagen.

»Halsabschneider«, brummte Kevin, als sie in den klapprigen Kleinwagen einstiegen. »Hoffentlich macht die Karre nicht auf halbem Weg schlapp.«

Sie parkten in der Nähe des Autoverleihs, wo sie sowohl den Hoteleingang als auch die Ausfahrt für die Mietwagen im Blick hatten.

Sie stellten schnell fest, dass der »Halsabschneider« augenscheinlich gute Geschäfte machte. Ein Auto nach dem anderen verließ die Garage des Autoverleihs.

Anna sah auf ihre Uhr. Sie warteten nun schon fast eine Stunde vergeblich. Die unbequemen Sitze des Kleinwagens und die brennende Sonne machten das Warten nicht gerade einfacher. Sie hätte sich gern etwas Trinkbares in dem kleinen Kiosk besorgt, den sie ganz in der Nähe entdeckt hatte, doch die Gefahr war zu groß, dass Ilona ausgerechnet in dem Augenblick auftauchte.

»Wer weiß, ob der Portier überhaupt Recht hatte. Vielleicht ist sie längst weg«, sagte sie und hoffte fast, Kevin würde ihr Recht geben und den Vorschlag machen, ihre Zimmer zu beziehen.

Doch der zuckte plötzlich zusammen. »Da ist sie!«, rief er.

Vor dem Hoteleingang standen zwar einige Leute, aber Anna konnte keine junge Frau in ihrem Alter darunter entdecken.

»Wo? Ich sehe –«

»Sie ist nicht aus dem Hotel gekommen!«, unterbrach Kevin sie. »Sie kam von hinten an unserem Auto vorbei und ist in die Autovermietung gegangen. Hast du sie nicht gesehen? Sie war mit Einkaufstüten bepackt!«

Anna hatte sich so auf den Hoteleingang konzentriert, dass sie nicht auf die Leute geachtet hatte, die an ihrem Auto vorbeigegangen waren.

»Woher willst du wissen, dass sie es war?«, fragte sie Kevin.

»Weil es die bisher einzige junge Frau war, die zu dem Halsabschneider gegangen ist. Die anderen waren entweder Familien oder zu alt.«

»Oder Männer«, ergänzte Anna.

»Eben! Aber sie war in deinem Alter. Das war sie! Darauf würde ich wetten.«

»Einkaufstüten«, sagte Anna nachdenklich. »Darum war sie nicht in ihrem Zimmer.«

In dem Moment verließ ein Auto, das nicht viel größer war als ihres, die Garage.

»Da ist sie wieder!«, rief Kevin. »Hast du sie nun gesehen?«

»Nicht genau. – Leider. Ich konnte nur erkennen, dass es eine Frau war.«

Kevin ließ den Motor an.

»Und wenn sie es doch nicht ist?«, fragte Anna.

Kevin zuckte mit den Schultern. »Das Risiko müssen wir eingehen.«

Obwohl die Frau, die sie verfolgten, recht langsam fuhr, hatte Kevin einige Mühe, ihr durch den mit Hotels zugebauten Touristenort zu folgen.

»Wenn die Mistkarre wenigstens Servolenkung hätte!«, schimpfte er.

Die Straßen wurden leerer und die Bebauung lichter.

»Fahr nicht so dicht auf«, sagte Anna. »Sonst merkt sie noch, dass sie verfolgt wird.«

»Ich glaube nicht, dass sie es merkt«, erwiderte Kevin. »Hier fahren zu viele andere Autos.«

Das änderte sich schnell. Bald waren ihre beiden Autos die einzigen auf der Straße, die zusehends schmaler und steiler wurde.

»Sie fährt in die Berge«, stellte Kevin fest. »Das ist keine Touristenspazierfahrt. Die weiß genau, wo sie hinwill.«

Inzwischen fuhren sie in so weitem Abstand hinter ihr,

dass der Mietwagen immer häufiger hinter einer der engen Kurven verschwand und sie ihn manchmal minutenlang aus den Augen verloren.

Anna hoffte inständig, dass die Fahrerin nicht unbemerkt irgendwo abbog oder sich in einem Seitenweg versteckte, weil sie bemerkt hatte, dass sie verfolgt wurde. Anna kämpfte mit sich, ob sie Kevin bitten sollte, wieder umzukehren, da zuckte er plötzlich zusammen und trat auf die Bremse. Mitten auf der Straße, direkt hinter einer engen Kurve, stand der Kleinwagen, den sie verfolgt hatten. Wäre Kevin nicht so langsam um die Kurve gebogen, wäre er wahrscheinlich in das Auto hineingefahren. Trotz Vollbremsung kam er nur einen Schritt dahinter zum Stehen.

»Warum hält sie mitten auf der Straße?«, rief Anna.

»Was weiß ich? Vielleicht hat sie eine Panne.«

Die Fahrerin saß noch hinter dem Steuer. Anna glaubte zu sehen, dass sie sie in ihrem Rückspiegel beobachtete.

»Sollen wir aussteigen?«, flüsterte Anna.

Die Fahrertür des Wagens vor ihnen öffnete sich. Die Fahrerin blieb aber sitzen und beugte sich nur hinaus.

»Wer sind Sie?«, rief sie ihnen zu. »Was wollen Sie von mir? Warum verfolgen Sie mich?«

»Sind Sie Ilona Sawatzki?«, rief Kevin zurück.

Die Fahrerin antwortete nicht, sondern stieg aus und kam einen Schritt auf sie zu. »Warum wollen Sie das wissen?«

Anna wusste sofort, dass es Ilona war. Sie hätte nicht sagen können, warum. Sie wusste es einfach. Sie öffnete ihren Sicherheitsgurt und stieg ebenfalls aus.

Anna hatte damit gerechnet, dass ihr etwas Ähnliches

passieren würde wie an dem Tag, als sie Yves das erste Mal gesehen hatte: ein wildes Durcheinander von Erinnerungsfetzen und Gefühlen. Doch es geschah nichts. In dem Augenblick wurde ihr klar, dass sie nicht Anna Lindenthal war.

19

Als Ilona Anna entdeckte, erstarrte sie im wörtlichsten Sinne. Für einige Augenblicke stand sie völlig regungslos neben ihrem Auto, dann kam sie mit zögernden Schritten auf Anna zu, als hätte sie Angst vor der Begegnung.

»Sind Sie Ilona Sawatzki?«, fragte Kevin noch einmal.

Ilona nickte nur, ohne Kevin anzusehen.

»Und ist sie Anna Lindenthal?«, fragte Kevin weiter.

»Nein, das bin ich nicht«, antwortete Anna, ohne den Blick von Ilona zu nehmen.

»Wie? Was? Ich kapiere nicht! Woher willst du das wissen, Anna? Hast du dich erinnert?«

»Nein.«

»Aber –«

»Bitte frag nicht mehr, Kevin«, sagte Anna. »Ich muss mit ihr reden.«

»Du siehst ihr so ähnlich«, sagte Ilona leise. »Wenn ich Anna nicht so gut kennen würde, dann – wer bist du?«

»Ich bin nicht Anna. Mehr weiß ich nicht.«

»Das verstehe ich nicht.«

»Wollen wir mitten auf der Straße stehen bleiben?«, fragte Kevin dazwischen. »Dahinten kann man parken, ohne dass uns der nächste Wagen die Schlucht runterschiebt!«

Ohne Anna aus den Augen zu lassen, ging Ilona rückwärts, bis sie an die geöffnete Fahrertür stieß. Sie setzte sich hinein und parkte den Wagen am Straßenrand.

Anna brauchte ihre ganze Überwindung, sich auch wieder ins Auto zu setzen.

»Woher wusstest du –?«

»Es ist nichts passiert. Es kam keine Erinnerung.«

»Wie meinst du das?«

»Fahr zu ihr«, sagte Anna nur. »Ich begreife das ja selbst nicht.«

Seufzend legte Kevin den Gang ein, fuhr das Auto von der Straße und parkte es hinter Ilonas Wagen. Anna sprang sofort hinaus. Ilona war inzwischen auch wieder ausgestiegen.

»Ich verstehe nicht, was das alles zu bedeuten hat«, sagte Ilona sofort. »Wieso seid ihr hier? Warum habt ihr mich verfolgt?«

»Hast du was zu trinken?«, fragte Anna zurück. »Ich verdurste fast!«

Ilona öffnete den Kofferraum und holte eine Flasche Wasser heraus. Anna setzte sie an und trank sie in einem Zug halb leer.

»Jetzt geht's mir besser«, seufzte sie. »Also gut. Dann erst meine Geschichte.«

Anna erzählte alles, was sie wusste. Ilona hörte ihr zu, ohne sie auch nur ein einziges Mal zu unterbrechen.

»Gedächtnisverlust«, sagte sie schließlich. »So was sieht man sonst nur im Fernsehen. – Ist das wirklich wahr?«

»Leider«, antwortete Anna nur.

»Die haben dich verarscht!«, rief Ilona plötzlich. »Die haben dich hundertprozentig verarscht! Die Lindenthals mussten wissen, dass du nicht Anna bist. Schließlich sind sie ihre Eltern. Und wenn ich es schon gesehen habe ... Aber das traue ich ihnen zu. Das ist typisch für die Lindenthals.«

»Wie meinst du das?«, fragte Anna.

»Was ist denn überhaupt mit Anna passiert?«, fragte Kevin, bevor Ilona antworten konnte. »Ich meine, mit der richtigen Anna. In Steinbach haben wir nur herausgefunden, dass sie vor drei Jahren verschwunden ist.«

»Viel mehr werdet ihr sicher nicht erfahren, selbst wenn ihr jahrelang da wohnt«, sagte Ilona. »In Steinbach redet man nicht gern über Skandale, zumindest nicht über Dinge, die man für Skandale hält. Vor allem dann nicht, wenn diese Dinge die tollen Lindenthals betreffen, die ja schon so viel für die Stadt getan haben.«

»Magst du sie nicht?«, fragte Kevin. »Obwohl sie die Eltern deiner besten Freundin sind?«

Ilona schüttelte den Kopf. »Nicht *obwohl* sie Annas Eltern sind, sondern *weil* sie Annas Eltern sind.«

»Das verstehe ich nicht«, sagte nun Anna.

»Kann ich mir denken. Ich muss euch die Geschichte wohl von Anfang an erzählen. Die Lindenthals kreuzten schon kurz nach der Wende in Steinbach auf. Frau Lindenthals Großvater hatte die Wenzel-Werke gegründet und die wollten sie nun wiederhaben.«

»Das ist ihnen ja auch gelungen«, unterbrach Kevin sie.

»Allerdings! Zunächst waren alle enttäuscht oder sogar wütend. Unsere Fabrik an die arroganten Wessis! Aber das hat sich dann schnell geändert, als Martin Lindenthal eine Menge Arbeitsplätze geschaffen hat. Das hat er wirklich. Das muss man ihm lassen.«

»Und was ist mit Anna?«, fragte Anna.

»Wir haben uns in der Grundschule kennen gelernt. Wir waren vom ersten Tag an dicke Freundinnen. Während der ganzen Grundschulzeit haben wir nebeneinander gesessen und uns fast jeden Nachmittag gesehen. Nach der Grundschule dann nicht mehr so häufig, weil wir in andere Schulen gegangen sind. Anna musste natürlich aufs Gymnasium. Bei mir hat es nur für die Realschule gereicht.«

»Musste?«, fragte Kevin.

»Genau das ist es! Denen ist der Reichtum zu Kopf gestiegen! Frau Lindenthal war da noch viel schlimmer als ihr Mann. In Bochum, wo sie herkommen, war er Abteilungsleiter in irgendeiner Firma. Das hat mir Anna mal erzählt. Und plötzlich waren sie Fabrikanten, mit großem Haus, viel Geld und allem Drum und Dran. Und da wollte Frau Lindenthal Anna wohl zu – ich weiß nicht was – auf jeden Fall zu etwas Besonderem machen. Sie hat Anna überall hingeschickt: Klavierunterricht, Gesangsunterricht, Ballettschule, Sprachkurse. Das volle Programm. Ich weiß das genau, weil ich mitgegangen bin – als Zuschauerin. Sonst hätten wir uns überhaupt nicht mehr sehen können. Und vielleicht wäre sie dann noch viel früher durchgedreht. Dann hätte sie nämlich überhaupt niemanden mehr gehabt.«

»Ihre Eltern haben sich also nicht um sie gekümmert«, stellte Kevin fest.

»Das ist noch freundlich ausgedrückt!«, schnaufte Ilona. »Sie haben sie zwar überall hingeschickt, aber sonst haben sie sich einen Scheiß um sie geschert! Für sie gab es nur noch die Fabrik – und Geld, Geld und noch mal Geld! Ich weiß nicht, wie oft Anna wegen dem verdammten Geld und der Scheißfabrik, wie sie immer gesagt hat, geflucht und Rotz und Wasser geheult hat.«

»Wie ist sie denn durchgedreht?«, fragte Anna.

»Als wir so vierzehn waren, begann sie plötzlich zu rauchen. Dann dauerte es nicht lange und sie nahm härtere Sachen.«

»Drogen?«, fragte Anna.

»Ja.«

»Frau Lindenthal hat mir mal erzählt, ich – ich meine, Anna – hätte gekifft.«

Ilona lachte laut auf. »Gekifft? Das hat sie vielleicht gemacht, wenn sie nichts anderes hatte. Außer Heroin war alles dabei!«

»Und die Eltern?«, fragte Kevin. »Haben sie es gewusst?«

»Entweder haben sie es nicht gewusst oder sie wollten es nicht wahrhaben. Als Anna dann allerdings im Krankenhaus lag und fast draufgegangen wäre, konnten sie nicht mehr darüber hinwegsehen.«

»Was haben sie gemacht?«, fragte Kevin.

»Was hättest du gemacht?«, fragte Ilona zurück.

»Sie in eine Therapie geschickt.«

»Siehst du? Genau das hätte ich und wahrscheinlich auch jeder andere gemacht. Nur die Lindenthals nicht. Anna hätte zu viel Zeit, haben sie gemeint. Darum musste sie noch härter ran. Keine Freizeit mehr. Nur noch lernen, lernen, lernen! Sie haben ihr sogar einen Privatlehrer aufgehalst. Aber um sich mit ihr mal über ihre Probleme zu unterhalten, dazu hatten sie natürlich keine Zeit!«

»Und dann ist Anna abgehauen?«, fragte Kevin dazwischen.

»Noch nicht. Aber sie hat selbst begriffen, dass die Drogen nichts für sie sind. Sie hat es allein geschafft, davon loszukommen! Wenn es ihr ganz besonders dreckig ging, ist sie bei mir gewesen. Sie hat gejammert, gebettelt und geheult, aber sie hat es geschafft. Ihre Eltern haben davon nicht das Geringste mitbekommen.«

»Und dann ist sie abgehauen?«, fragte Kevin noch einmal.

Ilona schüttelte den Kopf. »Als es ihr wieder besser ging und sie auch wieder einigermaßen mit ihren Eltern klarkam, ist sie mit dem Kunstkurs nach Berlin ins Museum gefahren. Da haben Künstler, die auf den Kanarischen Inseln leben, ihre Arbeiten ausgestellt. Dort hat sie einen der Künstler, einen Bildhauer, näher kennen gelernt.«

»Sie ist schwanger geworden«, sagte Kevin sofort.

Ilona nickte wieder.

»Und dann ist sie abgehauen?«, fragte nun Anna.

»Immer noch nicht. Erst als ihre Eltern alles vertuschen wollten und sie von ihr verlangt haben, sie solle abtreiben. Ein Balg von einem Künstler in der angesehensten Familie Steinbergs, das ginge ja wohl nicht, haben sie gesagt. Da ist sie abgehauen – mit ihrem Künstler, nach Teneriffa.«

»Nach Teneriffa?«, sagte Anna fassungslos. »Hierher?«

Ilona nickte.

»Haben ihre Eltern sie denn nicht gesucht?«, fragte Kevin.

Ilona zuckte mit den Schultern. »Keine Ahnung. Auf jeden Fall haben sie sie seitdem nicht mehr gesehen. Das weiß ich ganz genau. Und bei den Lindenthals ging alles weiter wie vorher, als wäre nichts passiert. – Na ja, fast jedenfalls.«

»Wie meinst du das?«, fragte Anna.

»Ihre Mutter hat plötzlich ihre soziale Ader entdeckt. Es gab wohl kein Sozialprojekt, bei dem sie nicht mitgemischt hat. Wahrscheinlich wollte sie etwas gutmachen.«

»Das war ja wohl auch nötig«, meinte Kevin.

»Lebt Anna Lindenthal denn noch hier auf der Insel?«, fragte Anna.

Ilona sah Anna an. »Warum fragst du?«

»Das ist doch wohl klar!«, rief Kevin. »Wenn sie hier lebt, kann sie uns helfen – ich meine, kann sie Anna helfen – ich meine, kann sie *ihr* helfen.«

Anna wurde mit einem Schlag bewusst, dass Kevin Recht hatte.

Die richtige Anna konnte ihr tatsächlich helfen. Sie würde ihr bestimmt sagen können, warum ihre Eltern sie für ihre Tochter, für die richtige Anna, ausgegeben hatten. Und er hatte auch Recht damit, dass sie nun noch nicht einmal mehr wusste, wie sie in Wirklichkeit hieß.

»Ich weiß nicht, wie ich heiße«, sagte sie mehr zu sich selbst.

»Du wirst es bald wissen«, sagte Kevin. »Vielleicht kommt Anna – ich meine, die richtige Anna Lindenthal – ja sogar mit uns nach Deutschland zurück. Wenn sie erst ihren Eltern gegenübersteht, werden die gar nicht anders können, als –«

»Nein!«, rief Ilona dazwischen. »Das könnt ihr nicht machen! Lasst sie in Ruhe!«

»Warum? Kannst du dir nicht vorstellen, wie sie sich fühlt? Sie weiß noch nicht einmal mehr, wie sie heißt!«

»Nenn mich bitte weiter Anna«, sagte Anna. »Das ist mir immer noch lieber, als dieses blöde *sie!*«

»Entschuldigung«, sagte Kevin kleinlaut. »Bitte, Ilona, ich weiß genau, dass deine Anna meiner Anna helfen kann!«

»Warst du gerade auf dem Weg zu ihr?«, fragte Anna.

Ilona nickte zögernd. »Ich will sie warnen.«

»Warnen?«, fragte Anna. »Wovor? Vor uns?«

»Nein, bis vor ein paar Minuten wusste ich ja noch nicht einmal, dass es dich gibt. Ich will sie vor ihrem Vater warnen.«

»Dann war er also bei dir«, stellte Kevin fest. »Das haben wir uns schon gedacht, als wir erfahren haben, dass du plötzlich Urlaub genommen hast und nach Teneriffa geflogen bist.«

»He!«, rief Ilona. »Ihr wisst ja gut Bescheid.«

»Frau Müller in der Sparkasse hat so eine Andeutung gemacht«, sagte Anna. »Aber sonst war sie nicht sehr gesprächig.«

»Das kann ich mir denken! Sie war sauer auf mich, weil ich so plötzlich Urlaub haben wollte«, lachte Ilona. »Aber ihr habt Recht. Martin Lindenthal war bei mir. Welche Ehre! Ich wollte ihn gleich wieder abwimmeln, aber er bestand darauf, mich zu sprechen. Er meinte, wenn Anna sich bei mir meldet, sollte ich auf keinen Fall mit ihr sprechen, sondern ihn gleich anrufen. Ich habe ja nicht gewusst, dass er gar nicht seine richtige Tochter meint, sondern dich.«

»Und warum?«, fragte Anna. »Hat er auch gesagt, warum du nicht mit ihr sprechen sollst?«

»Er hat nur gesagt, es wäre besser für Anna.«

»Aber das hast du ihm nicht geglaubt«, sagte Anna.

»Natürlich nicht!«, rief Ilona. »Ich habe es ihm trotzdem versprochen, um ihn loszuwerden. Aber da war noch etwas, das ich nicht verstanden habe«, fügte sie hinzu.

»Was meinst du?«, fragte Kevin.

»Ich habe Annas Vater nicht oft gesehen und wenn, dann hat er nicht viel gesagt. Ich hatte ihn als knallharten Manager in Erinnerung. Als er aber in der Sparkasse vor mir stand, war davon nichts mehr übrig. Er hat so – traurig ausgesehen. Er hat mir fast Leid getan.«

»Vielleicht sieht er ja inzwischen ein, dass er Fehler gemacht hat«, meinte Kevin.

»Und warum sucht er seine Tochter dann nicht?«, rief Anna. »Sie ist doch nicht gestorben! Wenn er sein Geld dafür einsetzen würde, sie zu finden, dann –«

»Es würde nichts nützen«, unterbrach Ilona sie. »Das weiß er genau. Das Verhältnis zwischen Anna und ihren Eltern ist so kaputt, da gibt es nichts mehr zu reparieren. Selbst wenn er es tatsächlich schaffen würde, sie zu finden, wäre sie bei der nächsten Gelegenheit wieder verschwunden.«

»Warum bist du dann hierher gekommen?«, fragte Kevin.

»Mir ist Martin Lindenthals trauriges Gesicht nicht mehr aus dem Kopf gegangen. Irgendwie hat es mir keine Ruhe gelassen. Ich wollte wissen, ob es ihr gut geht. – Da ich jetzt weiß, dass du der Grund für seinen Besuch warst, wäre das zwar nicht mehr nötig. Ich will sie aber trotzdem sehen.«

»Aber warum? Warum war er plötzlich so traurig?«, rief Anna. »Ich verstehe das alles immer weniger! Erst jagen sie ihre Tochter praktisch aus dem Haus. Dann nehmen sie mich auf und reden davon, ich sei ein Monster! Das ergibt doch alles keinen Sinn!«

»Vielleicht kennt die richtige Anna Lindenthal ja den Sinn«, sagte Kevin. »Zumindest sollten wir mit dir fahren und sie –«

»Bitte nicht!«, unterbrach Ilona ihn wieder. »Lasst sie bitte in Ruhe. Sie ist jetzt glücklich. Ehrlich! Sie hat ein neues Leben gefunden. Mit ihrem früheren Leben hat sie endgültig abgeschlossen. Sie will das, was gewesen ist, einfach nur vergessen. Ich fahre jetzt. Ihr könnt mich verfolgen. Das kann ich nicht verhindern, auch wenn ich erst morgen oder übermorgen fahren würde. Also kann ich auch gleich zu ihr fahren. Aber ich bitte euch noch einmal: Tut es nicht! Bitte respektiert ihren Entschluss, ihr altes Leben zu vergessen.« Sie nahm Annas Hand und drückte sie. »Ich würde dir wirklich gern helfen, dein richtiges Leben wiederzufinden, aber Anna Lindenthals Leben ist es nicht.«

Sie ließ Annas Hand wieder los, lief zu ihrem Auto zurück und setzte sich hinein.

»Anna!«, rief Kevin. »Schnell! Bevor sie uns entwischt!«

»Willst du ihr folgen?«, fragte Anna.

»Sicher! Du nicht? Diese Familie hat dir so viel angetan! Das müssen sie wieder gutmachen. Und wenn es Anna Lindenthal sein soll, dann ist es eben so. Sie kann danach ja wieder zurück auf ihre Insel!«

Ilona ließ den Motor an.

»Anna! Steig bitte ein! Du musst dich entscheiden! Du oder sie!«

Genau so ist es, dachte Anna. Ich muss mich entscheiden.

Anna glaubte Kevin, dass er ihr helfen wollte, aber er dachte bestimmt auch an seine Reportage, die durch die echte Anna Lindenthal noch viel interessanter geworden wäre. Doch es ging nicht um sein Leben, sondern um ihres – und um das der echten Anna Lindenthal. Vielleicht konnte die ja tatsächlich helfen, ihr eigenes verlorenes Leben wiederzufinden. Zumindest würde es ganz sicher einiges bewirken, wenn die echte Tochter ihren Eltern gegenüberstand. Vielleicht wusste sie ja auch, was es mit den zwei Millionen Euro auf sich hatte. Der Kontoauszug hatte mit einem Kinderfoto von ihr in einem Umschlag gesteckt.

Das war sicher kein Zufall. Doch wenn sie Ilona nun verfolgten und die echte Anna Lindenthal aufspürten, würde das auch bedeuten, Anna Lindenthal wieder mit dem Leben zu konfrontieren, das sie hinter sich lassen wollte.

»Es ist schon seltsam«, sagte Anna zu Kevin, der ins Auto stieg. »Anna Lindenthal will genau das Leben vergessen, an das ich mich die ganze Zeit erinnern wollte.«

»Aber es ist nicht dein Leben! Du bist nicht Anna Lindenthal!«, rief Kevin aus dem Auto.

Anna setzte sich zu ihm. »Fahr ins Hotel zurück.«

»Wie? Ilona ist gerade erst losgefahren. Sie ist höchstens ein paar hundert Meter –«

»Fahr zurück. Ich lasse sie in Ruhe.«

»Anna! Bitte! Sie kann dir helfen!«

»Vielleicht. Aber ich kann sie verstehen. Ich mag sie sogar irgendwie, obwohl ich sie nie gesehen habe. Bestimmt fühlt sie sich oft schlecht, weil sie nicht vergessen kann, so wie ich mich schlecht fühle, weil ich mich nicht erinnern kann.«

»Verstehe ich nicht«, sagte Kevin.

Anna lehnte sich in dem Autositz zurück und schloss die Augen. »Musst du auch nicht. Fahr einfach zurück.«

20

Es war nicht einfach, den Wagen auf der schmalen Straße zu wenden. Kevin fluchte vor sich hin. Anna wusste, dass nicht nur das komplizierte Wendemanöver der Grund dafür war. Sie ließ ihn sich austoben. Wenn er seine Enttäuschung erst überwunden hatte, würde er sie schon verstehen – zumindest dann, wenn er so war, wie sie dachte.

»Weißt du, was ich nicht verstehe?«, fragte Kevin, als sie schon eine ganze Weile gefahren waren. »Woher hast du gewusst, dass du nicht Anna Lindenthal bist?«

»Weil ich immer diese kurzen Erinnerungsinseln habe, wenn so etwas passiert. Als ich Yves zum ersten Mal begegnet bin, war es ein Feuerwerk aus Erinnerungen und Gefühlen. Wenn ich Anna Lindenthal wäre, dann hätte vorhin das Gleiche passieren müssen – oder zumindest irgendetwas. Schließlich waren sie und Ilona Sawatzki beste Freundinnen.«

»Ach so«, sagte Kevin.

Anna zweifelte allerdings immer noch daran, dass er verstanden hatte, was sie meinte.

»Und wie hast *du* das vorhin gemeint?«, fragte nun Anna.

Kevin sah sie mit einem kurzen fragenden Blick an.

»Du hast zu Ilona gesagt, die echte Anna Lindenthal wäre ihre Anna«, fuhr Anna fort.

»Ja. Und?«

»Und dann hast du gesagt, ich wäre *deine* Anna.«

Kevins Ohren waren mit einem Schlag knallrot, aber er antwortete nicht. Anna fragte nicht nach. Sie vergaß für einen Augenblick, was sie gerade erfahren hatte, und versuchte das Gefühl so lange festzuhalten, wie es ging.

Der freundliche Portier war sichtlich erleichtert, dass sie ihn nicht wieder mit Fragen überhäuften, sondern nur ihr Gepäck bei ihm abholten.

Da das Hotel nicht aus einem, sondern aus vielen verschiedenen Gebäuden bestand, die mit Laubengängen miteinander verbunden waren, war es nicht einfach, ihre Zimmer zu finden.

Plötzlich blieb Anna stehen. Einer der Laubengänge öffnete sich zu einem mit Blumen und Kakteen bepflanzten Garten, von dem man einen Blick aufs Meer hatte.

Anna ging vorsichtig, Schritt für Schritt, in den Garten, als hätte sie Angst, auf eine der Blumen zu treten.

»Spürst du das?«, fragte sie mit geschlossenen Augen.

Kevin war am Eingang des Dachgartens stehen geblieben. »Nein. Was denn?«

»Du musst herkommen. – Spürst du es jetzt?«, fragte sie noch einmal, als er neben ihr stand.

»Meinst du den Wind? Den spürt man hier immer. Darum wird es auch nie so richtig heiß. Allerdings muss man aufpassen, dass man keinen Sonnenbrand –«

»Gibt es Orte, die noch schöner sind?«, unterbrach Anna ihn.

»Ich – weiß nicht – vielleicht – glaub schon«, stammelte Kevin.

Anna sah ihn an. »Ich beneide Anna Lindenthal nicht um ihr früheres Leben, aber darum, hier leben zu dürfen, beneide ich sie schon.«

»Komm, Anna. Mach dich nicht verrückt. Lass uns auspacken und dann etwas essen und trinken. Das bringt dich auf andere Gedanken.«

Das Zimmer hielt, was die Eingangshalle versprochen hatte, einschließlich Meerblick. Selbst als sie ihre neu gekaufte Reisetasche auspackte, konnte Anna den Blick nicht von dem lassen, was sie hinter der geöffneten Balkontür sah. Erst als Kevin ungeduldig an ihre Zimmertür klopfte, wand sie sich unwillig ab.

Auf dem Weg zum Restaurant inspizierte Kevin die Pools, von denen es einige gab.

»Nicht schlecht«, meinte er. »Wenn wir die nicht nutzen, sind wir ganz schön blöd.«

»Wie warm ist denn das Wasser?«, fragte Anna eine Mutter, die an einem der Pools lag und mit ihrer kleinen Tochter deutsch sprach.

»Schön warm – jedenfalls im Vergleich zum Meer«, antwortete sie. »Schon fast ein wenig zu warm. Aber den Kindern gefällt es.«

»Nicht nur denen«, sagte Anna leise.

»Sollen wir jetzt schon?«, fragte Kevin Anna.

»Lieber nicht. Mir ist nicht danach. Ich kann nur noch an Ilona und Anna denken. Außerdem habe ich Hunger.«

Das Essen war nicht schlecht, aber das Restaurant war Anna zu voll und zu laut.

»Ist halt ein großes Hotel«, meinte Kevin. »Ich möchte

nicht wissen, wie es hier in der Hauptsaison zugeht. Aber ich habe vorhin gesehen, dass es auch ein Terrassencafé gibt«, sagte er dann. »Das liegt ein wenig versteckter. Möglicherweise ist es dort nicht so voll. Hast du Lust, nach dem Essen dorthin zu gehen?«

»Ein Café?«, rief Anna. »Da fragst du noch?«

Kevin hatte Recht. Das Café schien, zumindest um diese Zeit, nicht mehr viele Leute anzulocken. So konnten sie sich einen der Tische sichern, die einen freien Blick aufs Meer zuließen.

»Das sieht man wohl von überall«, seufzte Anna.

»Ja, es ist wirklich schön hier«, sagte Kevin. Aus den Augenwinkeln sah Anna, dass er dabei nicht aufs Meer, sondern zu ihr geschaut hatte.

Als die Kellner wieder einmal um Anna und Kevin herum die Stühle auf die Tische stellten, saßen sie immer noch auf der Terrasse und blickten aufs Meer hinaus. Der Wind war ein wenig stärker geworden. Kevin hatte Anna seine Jacke gegeben und sie hatte sich darin eingekuschelt. So würde sie es noch stundenlang aushalten.

Kevin hatte sie nicht enttäuscht. Er hatte zwar nicht gesagt, dass er Annas Entscheidung verstand, Ilona nicht zu folgen, andererseits hatte er aber auch mit keinem Wort erwähnt, dass er dieser Gelegenheit nachtrauerte. Und das genügte Anna.

»Jetzt weiß ich es also«, sagte Anna. »Ich bin nicht Anna Lindenthal.« Sie sah Kevin an. »Aber wer bin ich dann? Wie soll ich das bloß aushalten?«

»Nach dem, was Ilona erzählt hat, solltest du froh sein, dass du nicht Anna Lindenthal bist«, sagte Kevin.

»Das verstehe ich ja auch nicht!«, rief Anna. »Zu mir waren sie immer ganz anders! Auch wenn sie versucht haben, mich von meinem früheren Leben fern zu halten, reden konnte ich immer mit ihnen. Und meine Mutter – ich meine, Frau Lindenthal – hat sich überhaupt nicht für die Fabrik interessiert! Sie war nicht ein Mal dort!«

»Glaubst du, Ilona hat gelogen?«

Anna schüttelte den Kopf. »Das kann ich mir nicht vorstellen. Das ist es ja, was mich fast verrückt macht! – Ich weiß gar nichts mehr«, fügte sie dann leise hinzu. »Ich weiß nicht, wer ich bin oder woher ich komme. Wer waren meine Eltern? Jeder braucht doch Eltern, oder, Kevin?«

»Lass uns gehen«, sagte Kevin nur und streichelte ihre Hand. »Du hast für einen Tag mehr als genug mitgemacht. Wir werden es herausfinden. Aber nicht mehr heute.«

Anna wünschte sich, er würde nie mehr aufhören, ihre Hand zu streicheln. Doch er zog sie sanft von ihrem Stuhl hoch.

»Schlaf gut«, sagte er, während sie die Tür zu ihrem Zimmer aufschloss.

»Du auch.«

Er lief den Korridor entlang, dann blieb er stehen und kam wieder zurück. »Du, Anna, ich –«

»Ich auch«, sagte sie, fasste seine Hand und zog ihn in ihr Zimmer.

Anna gab der Tür einen Stoß mit dem Fuß. Sie fiel hinter Kevin ins Schloss. Seine Hand hatte sie dabei nicht losgelassen. Sie sagte nichts, denn alles, was ihr einfiel, hätte nur albern geklungen. Den winzigen Schritt, der sie noch voneinander trennte, ging sie auf ihn zu. Kevins Gesicht kam näher. Sie schloss die Augen und es war nicht mehr wichtig, wer sie war, woher sie kam oder wer ihre Eltern waren. Es zählte nur noch dieser eine erste Kuss.

Anna war schon wach, als Kevin die Augen öffnete und in die Sonne blinzelte.

Sie gab ihm einen Kuss. »Guten Morgen.«

»Guten Morgen. – Warum guckst du mich so an?«

»Ich habe gerade daran gedacht, was ich gefühlt habe, als wir uns zum ersten Mal vor Carlas Praxis getroffen haben.«

Kevin streichelte ihr Gesicht. »Und was hast du gedacht?«

»Ich habe mich sofort in dich verliebt. Wirklich sofort! – Und du? Was hast du gedacht?«

»Mir ging es nicht viel anders.«

Anna setzte sich auf. »Nicht viel?«

Kevin lachte. »Nein, das stimmt nicht. Mir ging es genauso. Aber ich habe dagegen angekämpft – zunächst jedenfalls.«

Anna sah ihn mit großen Augen an. »Warum denn?«

»Na ja, du warst schließlich jemand, über den ich eine Reportage machen sollte – meine erste richtige Reportage. Und da wollte ich möglichst professionell sein. Und das heißt, man fängt nichts mit den Menschen an, über die man berichten soll. Außerdem –«

»Außerdem?«, fragte Anna, als Kevin nicht weitersprach.

»Außerdem wollte ich deine Situation nicht ausnutzen. Schließlich warst du –«

Anna brachte ihn durch einen Kuss zum Schweigen.

»So ein Quatsch!«, sagte sie dann. »Aber als die Reportage fertig war, da hätten wir uns doch mal treffen können.«

»Stimmt. Du kannst dir nicht vorstellen, wie ich mit mir

gekämpft habe, als wir uns verabschiedet haben. Aber dann habe ich mich doch nicht getraut. Und hinterher habe ich mich über mich selbst geärgert. Das kannst du mir glauben. Ich habe gedacht, wir sehen uns nie wieder.«

»Dann ist es ja gut, dass ich die Hotelrechnung nicht bezahlt habe«, sagte Anna.

»Allerdings. Ich wäre auch nach Hongkong gekommen, um dich auszulösen.«

Anna strich ihm durch die Haare und beugte sich über ihn.

Es dauerte noch sehr lange, bis sie sich endlich zum Frühstück aufmachten.

Das Restaurant war wieder voll und laut, doch es störte Anna nicht mehr. Sie hatte keinen großen Hunger und auch Kevin holte sich nur Obst, mit dem er dann Anna fütterte.

»Sollen wir unsere neuen Badesachen ausprobieren?«, fragte Kevin und schob Anna die letzte Weintraube in den Mund.

»Klar!«, rief sie mit vollem Mund. »Die Frau, die mir den Badeanzug verkauft hat, dachte, du wärst mein Freund.«

»Wahrscheinlich war sie Hellseherin«, sagte Kevin mit einem Grinsen.

»Und sie hat gemeint, dass dir der Badeanzug gut gefällt, und hat uns einen schönen Urlaub gewünscht.«

»Sag ich doch. Sie war Hellseherin. Außerdem gefällt mir der Badeanzug nicht nur gut. Ich finde ihn total sexy! Allerdings nur, wenn du ihn trägst!«

»Worauf warten wir dann noch?«, rief Anna. »Die Frau am Pool hat gestern gesagt, das Wasser wäre warm. Also kein Problem. Lass uns für diesen einen Tag die Lindenthals, mein früheres Leben und alles andere einfach vergessen!«

Am Pool waren alle Liegestühle belegt. Auch die Mutter vom Tag zuvor war wieder dort und sah ihrer Tochter zu, die vor Vergnügen kreischend im Wasser herumsprang.

»Nicht so schlimm«, sagte Kevin mit Blick auf die besetzten Liegestühle. »Wir wollen ja sowieso ins Wasser. Dein Badeanzug muss schließlich eingeweiht werden.«

»Oder lieber erst noch etwas trinken?«, fragte Anna und grinste Kevin an.

»Nichts da!«, rief Kevin. »Ins Wasser!« Er gab Anna einen leichten Stoß.

»Das ist gemein!«, rief sie lachend und versuchte, mit den Armen rudernd, das Gleichgewicht zu halten.

»Kühlen Sie sich lieber vorher ab!«, rief die Mutter Anna zu. »Die haben gestern Abend neues Wasser eingefüllt. – Das Wasser ist kalt!«

Anna ruderte nicht mehr mit den Armen. Sie lachte auch nicht mehr.

»Kaltes Wasser«, wiederholte sie.

Dann fiel sie hinein.

»Wir entführen die Alte! Das ist die Gelegenheit, Kim!«

Yves packte meine Schultern und schüttelte mich, als wollte er nicht Frau Lindenthal, sondern mich entführen.

Wir standen in einem dieser zugigen Hauseingänge. Yves schaffte es immer wieder, mich zu dunklen Orten zu lotsen, obwohl ich mich im Licht viel wohler fühlte, jedenfalls dann, wenn ich mit Yves zusammen war. Aber er wollte nicht mit mir »knutschen«, wie er sagte, wenn uns hundert Leute dabei zusahen.

Entführung! Er wollte Frau Lindenthal entführen! Was sollte das? Im Fernsehen wurden oft reiche Leute entführt. Wenn es mich überhaupt interessierte, dann hatte ich eher Verständnis für die Entführer. Die Geldsäcke hatten schließlich genug. Warum sollten sie nicht etwas davon abgeben? Aber es selbst tun? Jemanden entführen und erpressen? Das war etwas anderes.

Ich stieß Yves von mir. »Tickst du nicht mehr richtig? Willst du sie etwa erpressen?«

Yves sah mich einen Augenblick lang erstaunt an. Dann lachte er laut auf. »Ja was glaubst du denn? Dass ich mit ihr Schach spielen will oder was?«

Ich tippte mit dem Zeigefinger an meine Stirn. »Du hast sie ja nicht mehr alle. Wir sind doch nicht in einem Krimi.«

Yves verzog seinen Mund. »Und ob wir das sind. Das müsstest du doch wohl am besten wissen. Oder willst du ewig in so einem Loch hausen?«

»Nächstes Jahr werde ich achtzehn. Dann bin ich sowieso weg da.«

»Super!«, rief Yves. »Dann bist du weg da. Und dann? Denkst du etwa, es wird besser? Guck mich doch an! Ich bin schon lange nicht mehr in dem Scheißheim! Und? Ich arbeite für ein paar Kröten und muss mich von jedem Arsch herumkommandieren lassen! Und dir wird es garantiert auch nicht besser gehen.«

Yves hatte Recht. Er hatte eigentlich immer Recht. Ich fand nicht alles richtig, was er machte oder sagte, aber dann erklärte er es mir und alles klang plötzlich logisch und normal. Das war auch dieses Mal so.

Ich zählte die Tage bis zu meinem achtzehnten Geburtstag. Der Tag, an dem ich endlich frei sein würde. Ich hatte *mir diesen Tag, ich weiß nicht wie oft schon, in den allerschönsten Farben ausgemalt und jedes Mal wurde er in meiner Vorstellung schöner und befreiender. Aber was sollte ich dann tun? Die Schule würde ich, wenn ich Glück hatte, gerade so schaffen. Eine Lehrstelle konnte ich mit dem Zeugnis sowieso vergessen, jedenfalls eine, die mir vielleicht noch Spaß gemacht hätte. Also war irgendein Horrorjob angesagt – oder Sozialamt.*

Sicher. Die Aussicht auf viel Geld und ein schönes Leben war sehr verlockend. Aber Entführung? Das konnte er einfach nicht ernst meinen!

»Mensch, Yves!«, rief ich. »Überleg doch mal! Entführung! Das ist was anderes, als in einem Laden was mitgehen zu lassen. Das ist ein richtig dickes Ding! Dafür gehst du jahrelang in den Knast!«

Yves grinste mich an. »Erstens geht man nur in den Knast, wenn man sich erwischen lässt, und zweitens würde nicht nur ich in den Knast gehen, sondern wir beide.«

»Toll! Nein danke! Ohne mich!«

Wieder packte Yves meine Schultern. »Kim! Das Ding ist todsicher! Du hast doch selbst gesagt, die Alte wäre völlig weggetreten.«

»Ja, das stimmt schon. Sie ist voll auf dem sozialen Trip. Und sie hat irgendeinen Narren an mir gefressen. Ich weiß auch nicht, wieso.«

»Sag ich doch! Das wird total easy! Vor allem, wenn du erst bei ihr wohnst.« Yves lachte laut auf. »Pflegefamilie! Fragt sich nur, wer wen pflegt!«

Ich riss mich los und wandte ihm meinen Rücken zu. »Vergiss es«, sagte ich leise. »Ich zieh nicht zu denen.«

»Und warum nicht?«, brüllte Yves meinen Rücken an.

»Das ist doch was ganz anderes als damals! Oder hast du Angst, der Alte will dir an die Wäsche?«

Ich drehte mich wieder zu ihm um. »Quatsch! Der ist total harmlos. Ich glaub sogar, dass er gar nicht so begeistert von dem Vorschlag seiner Frau ist. Aber ich will trotzdem nicht zu ihnen ziehen.«

»Und warum nicht?«

»Wegen deiner blöden Idee! Entführung! Das geht niemals gut!«

Plötzlich grinste Yves mich an. »Ich sag nur: Neuseeland!«

»Was soll das denn jetzt wieder?«, fuhr ich ihn an.

»Willst du nach Neuseeland oder willst du nicht nach Neuseeland?«

Darauf musste ich Yves nicht antworten. Ich war noch in der Grundschule gewesen, als ich mal einen Fernsehbericht über Neuseeland gesehen hatte. Von dem Augenblick an träumte ich davon, dorthin zu gehen und nie wieder zurückzukommen. Wahrscheinlich lag es daran, dass ich damals bei meiner ersten Pflegefamilie wohnte und nur noch einen Wunsch hatte: nichts wie weg! Sie hatten mich nicht schlecht behandelt. Ganz im Gegenteil. Sie waren nicht meine richtigen Eltern, aber sie benahmen sich so. Und das hielt ich nicht aus. Mit jedem Buch, das ich über Neuseeland in die Finger bekam, mit jeder Fernsehsendung, die ich mir ansah, wurde der Wunsch, dorthin zu gehen, größer und größer. Ich weiß nicht, warum ich mir ausgerechnet Neuseeland ausgesucht hatte. Ich weiß aber noch genau, dass es in dem Fernsehbericht damals hieß: Neuseeland ist das Land, das von Europa am weitesten entfernt ist.

Als ich mit Yves zusammenkam, habe ich ihm davon er-

zählt, woraufhin er gleich beschloss, mit mir nach Neuseeland auszuwandern. Wahrscheinlich war das der Grund, warum ich überhaupt noch mit ihm zusammen war. Es gab sicher viele Jungs, die besser aussahen als Yves und ganz bestimmt noch mehr, die mich besser behandeln würden, aber würden sie auch mit mir nach Neuseeland auswandern? Yves würde es tun, und das war das Wichtigste.

»Wir kommen auch so nach Neuseeland. Ohne Entführung«, erwiderte ich.

»Ach ja? Und wie? Glaubst du, eine gute Fee gibt dir die Kohle oder Captain Kirk beamt dich dahin?« Yves rieb Daumen und Zeigefinger aneinander. »Für Neuseeland brauchst du Geld! Viel Geld! Und das holen wir uns von deiner Sozialtussi! Ehe einer richtig checkt, was los ist, sitzen wir im Flieger nach Neuseeland. Und dann machen wir unser abgefahrenes Café auf. So, wie wir es schon tausend Mal besprochen haben! Das willst du doch immer noch, oder?«

»Scheiße! Ja!«

Das war's. Er hatte mich. Ich wollte es mir noch nicht eingestehen. Aber mit diesem Café, von dem ich sogar schon wusste, welche Farbe die Vorhänge haben würden, hatte er mich geschafft.

»Ich muss mir das noch überlegen«, sagte ich trotzdem. »Außerdem will ich jetzt nach Hause.«

Yves' Grinsen wurde breiter. »Nach Hause! Dein Zuhause ist nicht das beschissene Heim. Dein Zuhause ist Neuseeland!«

21

Wenn man Yves so reden hörte, könnte man glauben, das Heim, in dem ich wohnte, wäre die reine Hölle. So wie bei Oliver Twist. Das Buch hatte ich als Kind mal gelesen und Rotz und Wasser geheult. Ich hatte mir sogar gewünscht, unser Heim wäre so grauenhaft wie das Waisenheim, das dort beschrieben war. Dann hätte ich mir so schön Leid tun können.

Aber das war es nicht. Es war ein Heim. Nicht mehr und nicht weniger. Und das hieß: Du darfst alles machen, nur nicht auffallen. Hausordnung beachten, pünktlich sein, keine Drogen, kein Zoff. Ich hatte lange gebraucht, bis ich das kapiert hatte.

Ich war schon eine ganze Weile dort – mit einigen Unterbrechungen. Kurz bevor ich in die Schule kam, hat mich eine Frau ins Heim gebracht, deren Namen ich zwar vergessen habe, an deren Gesicht ich mich aber mein Leben lang erinnern werde. Von meinen Eltern wusste ich weder, wer sie waren, noch wo oder ob sie überhaupt noch lebten. Kurz nachdem ich eingezogen war, hat es mir eine Erzieherin mal erzählt. Ich habe es vergessen. Ich wollte, dass sie kamen und mich holten. Als ich nach einer Weile begriff, dass das nicht passieren würde, drehte ich durch. Ich tat alles, damit ich möglichst viel Ärger bekam. Sie sollten mich so has-

sen, dass sie mich zu meinen Eltern zurückschickten. Stattdessen bekam ich eine Pflegefamilie.

»Kim ist ein schwieriger Fall«, hörte ich die Erzieherin zu meinen Pflegeeltern sagen. »Aber Sie haben ja bereits Erfahrung.«

In der nächsten Nacht riss ich zum ersten Mal aus. Das wiederholte ich so lange, bis ich wieder im Heim war. Und so ging es weiter. Je mehr ich mich gegen alles auflehnte, desto schlechter ging es mir. Das Verständnis meiner Erzieher und Betreuer hatte ich längst aufgebraucht. Trotzdem schafften sie es noch einmal, mich an eine Pflegefamilie zu vermitteln. Da war ich dreizehn und kurz davor, die Kurve zu kriegen. Die Leute waren wirklich nett zu mir. Aber auch sie wollten wie meine Eltern sein. Also trieb ich mein Spiel weiter und saß nach einem halben Jahr wieder vor meinen gepackten Koffern auf dem Bett im Heimzimmer.

Die Heimleiterin kam herein, setzte sich neben mich und sah mich lange schweigend an.

»Wir beide werden wohl miteinander klarkommen müssen, bis du achtzehn bist. Und es liegt nur an dir, wie diese Zeit für dich wird«, sagte sie dann, stand auf und ging hinaus.

In dem Augenblick hatte ich es begriffen. Ich hatte keine Eltern und ich würde auch nie welche haben. Und wenn ich die Zeit bis zu meinem achtzehnten Geburtstag überstehen wollte, musste ich mich ändern. Also tat ich das, was das Leben in einem Heim für alle, vor allem aber für die Erzieher, am erträglichsten macht: Ich fiel nicht mehr auf. Ich beachtete die Hausordnung, war pünktlich, keine Drogen, kein Zoff.

In dem Augenblick, als die Heimleiterin mein Zimmer

verließ, passierte aber auch noch etwas anderes: Ich begann von meinem achtzehnten Geburtstag zu träumen.

Julie saß auf meinem Bett. Ich musste mir endlich angewöhnen, meine Tür abzuschließen. Julie war gerade elf geworden und seit einem halben Jahr bei uns. Seitdem hing sie wie eine Klette an mir.

»Nathalie hat wieder gekotzt«, begrüßte sie mich.

»Julie! Nerv nicht! Das macht sie doch immer. Bulimie. Fressen und kotzen. Das ist ihr Leben.«

Julie lachte auf. »Alex war sauer, weil sie die Kotze wegwischen musste.«

»Daran wird sie sich schon gewöhnen. Wie die anderen Erzieher auch.«

»Die nicht! Die ist knallhart! Das nächste Mal muss Nathalie ihre Kotze selbst wegwischen, hat sie gesagt.«

»Hast du eigentlich keinen Friseur, dem du das erzählen kannst?«, stöhnte ich. »Lass mich in Ruhe. Ich will allein sein!«

Julie stand auf und stolzierte mit einem breiten Grinsen zur Tür.

»Warst du wieder mit Yves zusammen?«, fragte sie im Hinausgehen.

»Und wenn?«

»Habt ihr schon mal gefickt?«

»Verpiss dich!«, brüllte ich sie an und warf ein Kissen nach ihr. Das traf aber nur noch die Tür.

Fast im gleichen Augenblick klopfte es.

»Du sollst dich verpissen, habe ich gesagt!«

Die Tür öffnete sich und Alex kam herein.

»Oh – sorry«, stotterte ich. »Ich dachte, du wärst Julie.«

Nun grinste Alex breit. »Ich weiß. Ich konnte noch hören, was sie gesagt hat. Ich habe sie auch gleich zusammengefaltet und auf ihr Zimmer geschickt. Du hast Besuch«, fügte sie hinzu, bevor ich rot werden konnte.

»Wer?«, fragte ich, obwohl ich die Antwort schon kannte.

»Frau Lindenthal.«

»Ich hab's geahnt!«, stöhnte ich und wollte an Alex vorbeigehen, doch sie hielt mich am Arm fest.

»Du, Kim.«

»Ja?«

»Das ist eine Superchance für dich. Die Lindenthals sind echt reich. Die könnten dir bei deiner Ausbildung helfen. Das haben sie auch schon gesagt. Das scheint sogar das Wichtigste für sie zu sein, zumindest für Frau Lindenthal.«

»Ausbildung? Mit meinen Zeugnissen?«

Alex kam ein Stück näher. Ich roch Nathalies Kotze. »Wenn man genug Geld hat, spielen die Zeugnisse nicht mehr eine so große Rolle. Außerdem könntest du die besten Zeugnisse haben, wenn du dich nur ein wenig mehr anstrengen würdest. In Sport hast du doch auch eine Eins.«

»Sport!«, schnaufte ich. »Außerdem habe ich die nur, weil unser Lehrer ein Handballfan ist und ich ganz gut bin.«

»Ganz gut?«, lachte Alex. »Jeder Verein würde sich um dich reißen!«

»Verein?«, rief ich. »Das fehlte mir noch!«

Alex sagte nichts, sondern zog nur die Augenbrauen hoch. Sie war noch nicht lange bei uns, aber sie hatte schon den gleichen Ton drauf wie alle hier.

Vielleicht hatte sie ja Recht. Aber ich hatte keine Lust, mich anzustrengen. Die Schule war für mich der reine Horror – wenn ich mal von Sport absah. Meistens jedenfalls.

Trotzdem ging ich möglichst oft hin, um keinen Ärger zu bekommen. Ab und zu musste ich allerdings blau machen, um mich mit Yves zu treffen. Nur ging das weder Alex noch sonst jemanden hier irgendwas an. Ich wechselte das Thema.

»Mit siebzehn in eine Pflegefamilie? Für die paar Monate?«

»Du musst ja nach deinem achtzehnten Geburtstag nicht gleich wieder ausziehen.«

»Wie kommt sie eigentlich auf mich?«

»Das haben wir uns auch schon gefragt. Zumal sie ja noch nicht einmal hier wohnt. Allerdings haben wir vorher schon von ihr gehört. Ihr Engagement und das Geld, das sie ausgibt, um Kindern und Jugendlichen in schwierigen Situationen zu helfen, ist echt beachtlich.«

»Und warum gerade ich?«, wiederholte ich.

»Sie sagt, du wärst ihr sofort aufgefallen.«

Das stimmte. An unsere erste Begegnung konnte ich mich nur zu gut erinnern.

Unsere Heimleiterin war den ganzen Tag wie ein aufgescheuchtes Huhn von Zimmer zu Zimmer gelaufen. Alles musste »tipptopp« sein, damit Frau Lindenthal auch den besten Eindruck von uns bekam. Schließlich hatte Frau Lindenthal in Aussicht gestellt, das Heim finanziell zu unterstützen. Frau Lindenthal vorne, Frau Lindenthal hinten. Ich hatte schon die Nase voll von ihr, bevor ich sie überhaupt zu Gesicht bekommen hatte. Was bildete die sich überhaupt ein? Nur, weil sie viel Kohle hatte, war sie noch lange nichts Besseres.

Als sie dann endlich kam, verzog ich mich in mein Zim-

mer. Ich wollte sie gar nicht sehen. Irgendwann klopfte es dann aber doch an meiner Tür und unsere Heimleiterin kam herein. Ihrer Gesichtsfarbe nach zu urteilen, musste sie kurz vor einem Kollaps stehen. Als sie ihren dicken Hintern durch meine Tür geschoben hatte, bekam ich Frau Lindenthal zum ersten Mal zu Gesicht. Sie war reich. Das sah ich auf einen Blick. Sie hatte sich nicht mit Schmuck oder Pelzen behängt. Eigentlich trug sie ganz normale Klamotten. Aber reichen Leuten sieht man trotzdem an, dass sie viel Geld haben.

Mit offenem Mund starrte sie mich an, als wäre ich ein seltenes Zootier.

Haben Sie noch nie ein armes Heimkind gesehen?, hätte ich sie am liebsten gefragt.

Ich verkniff es mir. Heimordnung beachten, pünktlich sein, keine Drogen, kein Zoff.

»Das ist Kim«, sagte unsere Heimleiterin. »Sie ist schon lange bei uns.«

»Elf Jahre, drei Monate.«

»So lange schon? Kinder, wie die Zeit vergeht!«, kicherte unsere Heimleiterin, als wäre sie nicht mehr ganz richtig im Kopf.

»Wie heißt sie?«, fragte Frau Lindenthal, ohne ihre Augen von mir zu lassen.

Konnte die mich nicht selbst fragen?

Unsere Heimleiterin sah sie verdattert an. »Kim.«

»Kim. Schön. Und wie alt bist du?«

»Siebzehn.«

»Siebzehn. Ein tolles Alter.«

»Ach ja?«

Frau Lindenthal nickte heftig. »Sicher. Das ganze Leben

liegt noch vor dir. Du kannst alles daraus machen. Weißt du, was du aus deinem Leben machen willst?«

»Und ob ich das weiß«, antwortete ich und sah durch die Fenster meines Cafés an der Küste von Neuseeland.

»Das ist gut«, sagte Frau Lindenthal nur, drehte sich um und ging aus meinem Zimmer.

Schon zwei Tage nach ihrem ersten Besuch stand sie wieder mit unserer Heimleiterin in meiner Zimmertür.

»Frau Lindenthal ist noch einmal gekommen. Sie möchte dich gern in ein Förderprogramm für Jugendliche aufnehmen. Dazu muss sie dir aber erst ein paar Fragen stellen.«

Damit ließ sie mich mit Frau Lindenthal allein. Die setzte sich mir gegenüber auf die Stuhlkante.

»Ich möchte dich gern ein wenig näher kennen lernen«, sagte sie dann. »Kannst du mir erzählen, wie es dir bisher ergangen ist?«

Ich erzählte es ihr. Ich ließ nichts aus, nicht die widerlichste Kleinigkeit, und hoffte, sie damit loszuwerden.

»Armes Kind«, sagte sie mit hängenden Mundwinkeln, als ich fertig war.

Mich durchzuckte es. Ein »armes Kind« war das Letzte, was ich war. Und es war auch das Letzte, was ich von dieser blöden, reichen Kuh hören wollte. Zum Glück ging sie kurz darauf, sonst hätte ich sie womöglich hinausgeworfen, Hausordnung hin, Hausordnung her.

Meine Hoffnung, sie mit meiner Geschichte losgeworden zu sein, erfüllte sich nicht. Von da an kam sie mindestens zweimal pro Woche. Ich brauchte meine ganze Überwindung, um einigermaßen höflich zu ihr zu sein, aber ich wollte meine Ruhe. Ich wollte keinen Zoff, nicht noch in den letzten paar Monaten hier. Also riss ich mich zusammen und ließ mich von ihr ausquetschen.

Und dann stand eines Tages Alex in meinem Zimmer.

»Du sollst zur Heimleitung kommen.«

Es gab Zeiten, da hat dieser Satz ausgesprochen unangenehme Gefühle in mir wachgerufen. Doch das war längst anders. Ich war nur neugierig.

»Was gibt's denn?«

Alex grinste über das ganze Gesicht. »Überraschung!«

»Es hat was mit der Lindenthal zu tun. Stimmt's?«

Alex wies mit der Hand aus meinem Zimmer. »Wenn ich es dir verrate, ist es ja keine Überraschung mehr.«

Ich hatte Recht. Frau Lindenthal saß im Büro unserer Heimleiterin. Aber sie war nicht allein gekommen.

»Das ist mein Mann, liebe Kim«, strahlte Frau Lindenthal mich an, als hätte sie den angesagtesten Hollywoodstar mitgebracht.

»Ist der die Überraschung?«, raunte ich Alex zu. »Echt super.«

Alex drehte sich schnell um, lief aus dem Büro und schloss die Tür hinter sich. Ich konnte ihr Lachen trotzdem hören.

»Die Lindenthals haben mir den Vorschlag unterbreitet, sich als deine Pflegeeltern zur Verfügung zu stellen«, sagte unsere Heimleiterin in ihrer menschlichen Art.

»Spinnt – ich meine – wieso? Pflegeeltern?« Ich musste mich setzen.

»Ich habe das alles mit meinem Mann besprochen. Nicht wahr, Martin?«

Der nickte nur und sah mich an. Es erinnerte mich ein

wenig an die Art, wie Frau Lindenthal mich angesehen hatte, als wir uns zum ersten Mal begegnet waren.

»Ja, das stimmt«, sagte er dann. »Wir möchten dich gern bei uns aufnehmen.«

»Na, was sagst du?«, fragte unsere Heimleiterin.

»Ich – ich weiß nicht.«

»Das kommt sicher alles sehr überraschend für dich«, sagte Frau Lindenthal.

»Das kann man wohl sagen.«

»Überlege es dir in Ruhe«, meinte unsere Heimleiterin dann. »Es ist ja erst einmal nur ein Vorschlag. Wir wissen noch nicht, ob es überhaupt klappen würde.«

»Oh, da findet sich bestimmt ein Weg, nicht wahr, Martin?«, lachte Frau Lindenthal.

Ihr Mann nickte wieder. »Ich denke schon.«

Als ich aus dem Büro kam, war ich überzeugt davon, dass die Lindenthal und ihr Mann völlig übergeschnappt waren. Und ich war überzeugt davon, dass ich mich auf diesen Vorschlag niemals einlassen würde – bis ich Yves davon erzählt hatte.

Einen Monat später zog ich bei den Lindenthals ein.

Meine neuen Pflegeeltern holten mich schon frühmorgens ab. Das wäre eigentlich nicht nötig gewesen, denn sie wohnten in Steinberg, einer kleinen Stadt, nur vierzig Kilometer von Berlin entfernt, wo ich aufgewachsen war. Wahrscheinlich wollten sie möglichst wenig Aufsehen erregen und weg sein, bevor die anderen Heimbewohner aufgewacht waren.

Julie war schon eine Stunde vor meiner Abreise in meinem Zimmer aufgetaucht und hatte Rotz und Wasser geheult.

»Warum gehst du denn?«, schluchzte sie immer wieder. »Die sind doch total bescheuert, deine beknackten Pflegeeltern!«

»Kann schon sein«, erwiderte ich. »Aber ich gehe trotzdem. Und hör auf zu heulen. Du bist bestimmt auch bald bei Pflegeeltern. Das ist immer so.«

»Ich will aber nicht!«, brüllte Julie. »Die können mich alle mal!«

Ich setzte mich auf mein Bett und zog Julie neben mich. »Mach keinen Scheiß, Kleine. Wenn du Pflegeeltern bekommst, die in Ordnung sind, bleib da. Renn nicht weg, kack nicht in die Küche und mach keinen Stress. Das ist besser. Glaub mir. Ich weiß, wovon ich rede.«

Julie sah mich mit weit aufgerissenen Augen an. »In die Küche kacken? Hast du das etwa gemacht?«

Ich nickte. »Damit sie mich wieder zurückschicken.«

»Cool!«

»Gar nicht cool. Wenn du gute Pflegeeltern findest, nimm sie. Und jetzt hau endlich ab, sonst fang ich auch noch an zu heulen!«

Julie schlang ihre Arme um meinen Hals und drückte mich laut schluchzend, dass mir die Luft wegblieb. Dann ließ sie plötzlich los, sprang auf, rannte aus dem Zimmer und schlug die Tür hinter sich zu.

»Mach's gut, du kleine Nervensäge«, sagte ich leise und stand auf.

Ich nahm meine zwei Koffer und sah mich noch einmal in meinem Zimmer um. Jetzt würde ich also gehen und nicht wiederkommen. Meinen letzten Tag hier hatte ich mir ganz anders vorgestellt. Aber es war ja auch noch nicht mein achtzehnter Geburtstag.

Die Lindenthals saßen im Büro unserer Heimleiterin. Als ich hereinkam, standen sie auf. Genauso war es bei den beiden anderen Malen auch gewesen. Ich fragte mich, warum sie immer aufstanden.

»Da bin ich. Wir können gehen«, sagte ich nur.

»Willst du dich denn gar nicht von den anderen verabschieden?«, fragte unsere Heimleiterin. »Ich habe den Lindenthals gesagt, dass es eigentlich ein wenig früh ist.«

»Von Julie habe ich mich schon verabschiedet. Das reicht.«

Nun stand auch unsere Heimleiterin auf. »Kim, die Einzelgängerin. Ich hoffe, du wirst deinen Platz in der Gesellschaft finden. Die besten Voraussetzungen hast du ja nun.« Sie kam mit ausgebreiteten Armen auf mich zu. »Lass dich noch einmal in den Arm nehmen. Bei unseren schwierigsten Fällen fällt mir der Abschied immer am schwersten.«

»Danke für das Kompliment«, sagte ich und ließ die Umarmung widerwillig über mich ergehen.

Frau Lindenthal riss mir einen der Koffer aus der Hand. »Martin, nimm doch mal.«

»Geht schon«, sagte ich. »Sie müssen mir nicht helfen.«

Frau Lindenthal ließ den Koffer los und tätschelte meine Wange. »Sie? Wir haben doch beim letzten Mal ausgemacht, dass wir uns duzen. Schließlich werden wir von nun an zusammenwohnen. Dorthe und Martin. So heißen wir. Oder willst du lieber Mama und Papa sagen?«

Das fehlte mir noch!

»Ich glaube, das wäre wohl ein wenig übertrieben«, schaltete sich Herr Lindenthal ein.

Er war noch nicht oft hier gewesen, vielleicht zwei- oder dreimal. Und dann hatte er kaum etwas gesagt. Vielleicht mochte ich ihn deshalb lieber als seine Frau. Als ich ihm zum ersten Mal begegnet war, musste ich meine Meinung über das Aussehen reicher Leute über den Haufen werfen. Martin Lindenthal sah nicht reich aus. Und das lag nicht nur an seiner Kleidung. Er hätte wahrscheinlich die teuersten Anzüge tragen können und man hätte ihn immer noch für einen Typen gehalten, der sich in irgendeinem Büro Schwielen in den Hintern saß.

»Dorthe und Martin ist okay«, sagte ich und schwor mir, dass sie für mich immer Herr und Frau Lindenthal bleiben würden. Damit war ich noch höflicher als Yves, der sie nur »die Geldsäcke« nannte.

»Fein!«, freute sich Frau Lindenthal. »Dann lasst uns fahren. Wir haben zu Hause ein Frühstück vorbereitet – zu deinen Ehren. Martin hat mir sogar versprochen, heute nicht in die Firma zu fahren. Und das will etwas heißen. Darauf kannst du dir etwas einbilden!«

Auf dem Weg zum Parkplatz sah ich mich noch einmal um. Unsere Heimleiterin stand in der Tür und winkte uns nach. Dabei versuchte sie zu lächeln.

Sie hat dich verkauft, schoss es mir durch den Kopf.

Die Lindenthals hatten eine dicke Spende für das Heim lockergemacht und sie hatte dafür gesorgt, dass sie meine Pflegeeltern wurden. So musste es gewesen sein, sonst hätte es niemals so schnell geklappt. Nicht bei diesen Typen, die ein Frühstück »zu Ehren« ihres Pflegekindes vorbereiten und dann wieder in die Firma verschwinden.

»Schön, dass ich dich nun nicht mehr hier besuchen muss«, sagte Frau Lindenthal, als wir in ihr dickes Auto stiegen. »Zu Hause ist es doch viel schöner.«

»Das hier ist mein Zuhause«, erwiderte ich.

»Das war es!«, lachte Frau Lindenthal. »Von nun an hast du ein anderes Zuhause. Du wirst Augen machen, nicht wahr, Martin?«

»Ich denke schon«, sagte Martin Lindenthal und gab Gas.

Frau Lindenthal drehte sich zu mir um. »Von nun an können wir uns jeden Tag sehen.«

Das ist auch nicht viel seltener als bisher, dachte ich.

22

Der Rest der Fahrt nach Steinberg verlief schweigsam. Erst als wir das Ortsschild passiert hatten, begann Frau Lindenthal mir ihre kleine Stadt zu erklären. Das meiste interessierte mich nicht die Bohne.

Ich kannte meinen zukünftigen Wohnort bisher nur dem Namen nach. Wir hatten mit dem Heim zwar viele Ausflüge gemacht, aber nach Steinberg waren wir nicht gekommen. Es gab eigentlich auch nicht viel zu sehen. Es war eine dieser Kleinstädte, in denen jeder jeden kennt und jeder auf jeden aufpasst. Ich war froh, hier nicht allzu lange bleiben zu müssen.

Der Marktplatz versöhnte mich wieder ein wenig. Dabei interessierten mich allerdings weniger die typischen alten Häuser oder die Kirche. Ich hatte entdeckt, dass es in einem der alten Häuser ein Café gab.

Ich habe Cafés schon als Kind geliebt. Wenn ich von der Schule nach Hause ging oder mit einer Erzieherin bei einem Ausflug an einem Café vorbeikam, warf ich immer einen Blick hinein. Als ich älter war, ließ ich fast mein ganzes Taschengeld für Kaffee oder Kakao und Kuchen. Am liebsten mochte ich diese altmodischen Cafés, in denen sich Omas von besseren Zeiten erzählten oder irgendwelche Anzugtypen mit ihren Geschäftspartnern oder Familien mit *ihren Kindern frühstückten. Es war das normale Leben. Das Leben, das ich nie führen würde. Darum gefiel es mir wahrscheinlich auch so.*

Schließlich bogen wir in eine Einfahrt ein und standen vor einem Haus. Nein, das war kein Haus. Das war eine Villa, ein Palast. Ich hatte selten etwas Protzigeres gesehen. Es war schon ziemlich alt, mit Türmchen, Erkern und einer riesigen Eingangstür.

»Das Haus hat mein Großvater gebaut«, erzählte Frau Lindenthal stolz. »Der hat auch die Firma gegründet, die mein Mann heute leitet. Zur DDR-Zeit war sie natürlich Volkseigentum«, fügte sie kichernd hinzu. »Nach der Wende sind wir aber gleich aus Westdeutschland hierher gekommen und haben unser Erbe geltend gemacht. Wir sind schon ein wenig stolz darauf, was wir aus der Firma in so kurzer Zeit wieder gemacht haben.«

»War ja auch eine Menge Arbeit«, meinte Herr Lindenthal.

»Was machen Sie denn so?«, fragte ich. »Ich meine, in Ihrer Firma?«

»Du!«, lachte Frau Lindenthal. »Was machst du denn so in deiner Firma!«

»Teile für die Automobilindustrie«, antwortete Herr Lindenthal.

»Nicht besonders interessant, nicht wahr? Aber es ernährt einen!«, lachte Frau Lindenthal wieder.

»Sieht ganz so aus«, sagte ich nur. Allmählich ging mir ihr Gegacker auf den Keks.

Meine neue Pflegemutter bestand darauf, dass ich mir zuerst mein Zimmer ansah.

»Du wirst staunen!«, rief sie.

Das tat ich schon, seit Herr Lindenthal die Eingangstür aufgeschlossen hatte. Das war Luxus! Das war echter Luxus! Der Kram, der hier überall herumstand, gefiel mir zwar nicht besonders, aber er musste ein Vermögen wert sein. Das sah selbst ich.

Frau Lindenthal zog mich die breite Treppe in den ersten Stock hinauf. Dort öffnete sie eine der Türen und zeigte hinein. »Nach dir! Das ist jetzt dein Reich!«

Frau Lindenthal behielt Recht. Ich staunte. Ich betrat ein komplett eingerichtetes Jugendzimmer. Allerdings war es nicht gerade mein Geschmack. Alles war irgendwie – rosa.

Ich sah mich näher um. Es fehlte wirklich nichts. Noch nicht einmal die Bücher in den Regalen. Ich entdeckte zwei Stofftiere.

»Was soll das denn?«, fragte ich sie. »Glaubst du, das ist noch was für mich?«

Frau Lindenthal lief knallrot an. »Nein, natürlich nicht. Aber wir dachten – na ja – du solltest dich gleich wie zu Hause fühlen, so als hättest du schon immer hier gewohnt.«

»Ach so«, sagte ich, ohne es zu verstehen.

Mir wäre es wesentlich lieber gewesen, ich hätte mir von dem Geld, das der Kram gekostet hatte, etwas aussuchen können, das mir auch gefiel.

»Aber Kleidung habt ihr nicht für mich gekauft?«, fragte ich, während ich den Kleiderschrank öffnete.

Er war zum Glück leer.

»Nein, nein!«, rief Frau Lindenthal sofort. »Die haben wir – nicht gekauft. Aber wir können morgen gern gemeinsam shoppen gehen. Was hältst du davon?«

»Viel!«, strahlte ich sie an und dieses Mal meinte ich es wirklich ehrlich.

Wie ich es nicht anders erwartet hatte, verzog sich Herr Lindenthal nach dem Frühstück »zu meinen Ehren« in seine Firma – und ich in mein Zimmer.

»Ich muss die Koffer auspacken«, erklärte ich meiner sichtlich enttäuschten Pflegemutter. »Außerdem bin ich müde.«

»Ja, ja, das kann ich verstehen. Die vielen Eindrücke!«

»Genau.«

Zum Abendessen musste ich dann aber doch wieder ins »Speisezimmer« kommen und mit Herrn und Frau Lindenthal speisen. Ich fragte mich, wie ich das aushalten sollte, zumal ich mit Yves ausgemacht hatte, dass wir uns eine Weile nicht sahen, wenn ich erst bei den Lindenthals wohnte. Genauer gesagt, hatte Yves es so bestimmt.

Nach ein paar Tagen hatte ich mich allerdings an meine neue Bleibe und meine Pflegeeltern schon ein bisschen gewöhnt. Die ausgedehnten Shopping-Touren mit meiner Pflegemutter hatten mir die Eingewöhnung erleichtert.

Ohne zu meckern, brachte sie mich jeden Morgen die vierzig Kilometer zur Schule nach Berlin und nach der Schule war Einkaufen angesagt. Überhaupt schien es den Lindenthals lieber zu sein, wenn ich nicht zu oft in Steinberg herumlief. Ich fragte mich, warum. Vielleicht schämten sie sich ja, vor ihren Nachbarn zugeben zu müssen, so ein Heimbalg wie mich aufgenommen zu haben.

Andererseits war es mir ganz recht so. In Berlin machte das Einkaufen sowieso mehr Spaß und wenn ich zu Hause war, hörte ich meine neuen CDs und freute mich über meine neuen Klamotten, die ich in Neuseeland sicher gut gebrauchen konnte.

Allerdings konnte ich es mir nicht verkneifen, dem Café am Marktplatz von Steinberg einen Besuch abzustatten.

Als die Verkäuferin hinter der Kuchentheke mich sah, wäre sie fast über die Theke gesprungen.

»Das gibt es doch nicht!«, rief sie. »Bist du wieder da?«

Ich sah mich um, ob hinter mir noch jemand hereingekommen war, doch da war niemand.

»Sie müssen mich verwechseln«, sagte ich zögernd.

Die Verkäuferin setzte ihre Brille auf und musterte mich von oben bis unten. »Ja? Ich weiß nicht«, sagte sie zögernd. »Es ist ja schon eine Weile her. Ich könnte schwören –«

»Mit wem haben Sie mich denn verwechselt?«, fragte ich sie.

Die Verkäuferin schüttelte den Kopf. »Nicht so wichtig. Schon gut. Entschuldigen Sie bitte.«

Ich setzte mich an einen der Tische, beobachtete das Treiben der »normalen« Leute auf dem Marktplatz und trank meinen Kaffee. Allerdings war mir dabei nicht besonders wohl. Ständig lugte die Verkäuferin um die Ecke, sah mich skeptisch an und tuschelte mit ihren Kolleginnen. Ich trank meinen Kaffee schnell aus, zahlte und ging. Das nächste Mal würde ich mich doch lieber wieder in Berlin in ein Café setzen.

Meinen Pflegevater bekam ich kaum zu Gesicht. Er fuhr schon frühmorgens los und kam manchmal erst mitten in der Nacht wieder. Schließlich musste er die Kohle verdienen, die seine Frau und ich dann ausgaben.

Nach einer Woche schickte Yves mir eine SMS. Er müsse mich unbedingt sprechen. Ich war heilfroh, dass er sich endlich meldete, und ließ den Sportunterricht sausen, um ihn in einem Café in Berlin zu treffen. Yves wartete schon auf mich.

»Mussten wir uns unbedingt in dieser Spießerbude treffen?«, fragte er und sah sich um.

Ich gab ihm einen Kuss. »So eine Spießerbude will ich auch in Neuseeland haben. Das weißt du doch. Außerdem habe ich für dich blaugemacht. Ausgerechnet in Sport. Das Einzige, worin ich wirklich gut bin.«

»Du und dein Scheißsport«, brummte Yves.

»Was ist denn mit dir los?«, fuhr ich ihn an. »Wir haben uns fast zwei Wochen nicht gesehen. Und anstatt dich zu freuen, meckerst du nur.«

Yves schüttelte den Kopf. »Tut mir Leid. Ich glaube, ich werde nervös.«

»Du wirst nervös? Das ist ja ganz was Neues!«

»Mein Plan ist fertig. Die Sache kann steigen.«

Ich sah mich erschrocken um.

»Keine Panik«, grinste Yves. »Die sind doch sowieso alle schwerhörig hier.«

»Sehr witzig! Mensch, wir müssen vorsichtig sein. Schließlich geht es hier um –«

»Ich weiß genau, worum es geht«, sagte Yves, als ich nicht weitersprach. »Und hoffentlich weißt du es auch.«

Seit er mich an diesem Abend in dem zugigen Hauseingang dazu überredet hatte, Frau Lindenthal zu entführen, hatten wir kein Wort mehr darüber gesprochen. Ich hatte getan, was er von mir verlangt hatte, und war bereit, zu den Lindenthals zu ziehen. Das schien ihm genügt zu haben. Mir war es ganz recht so. Ich wollte nicht darüber reden. Ich wollte noch nicht einmal daran denken und hatte es schon beinahe wieder vergessen. Eigentlich konnten wir uns *ruhig Zeit damit lassen, denn im Augenblick gefiel mir mein Leben im Luxus gar nicht so schlecht.*

»Warum denn so schnell?«, flüsterte ich. »Wir haben doch Zeit.«

»Zeit?«, rief Yves. »Wir haben keine Zeit! Mir geht die Kohle aus! Was meinst du, was das alles kostet?!«

»Kostet?«, fragte ich. »Wie meinst du das?«

Plötzlich begann Yves laut zu lachen. »Du hast die Alte ja ganz schön ausgenommen. Das muss ich dir lassen. Klamotten, CDs, nicht schlecht!«

Plötzlich kapierte ich. »Du hast uns beobachtet!«

Yves nahm mein Gesicht zwischen seine Hände. »Du merkst aber auch alles, Schätzchen!«

Ich schob seine Hände weg. »Warum hast du mir nichts davon gesagt?«

»Damit du dich dauernd umdrehst und mich womöglich noch verrätst?«

»Aber wie konntest du uns beobachten? Du musstest doch arbeiten – warte mal! Hast du etwa deinen Job geschmissen?«

Yves lehnte sich auf seinem Stuhl zurück. »Und ob ich das habe! Der hat mir schon lange gestunken. Und außerdem muss man ein paar Opfer bringen, wenn man an die ganz dicke Kohle kommen will.«

Yves war drei Jahre älter als ich. Wir hatten uns im Heim kennen gelernt.

Erst trafen wir uns heimlich. Nur kann man im Heim einen Freund nicht lange geheim halten, vor allem dann nicht, wenn er selber dort wohnt.

Begeistert waren sie nicht, vor allem nicht unsere Heimleiterin.

»Glaubst du wirklich, der ist der Richtige für dich?«, hatte sie mich gefragt.

An seinem achtzehnten Geburtstag zog Yves aus. Seine Lehre hatte er nach drei Monaten abgebrochen. Er wollte mehr Kohle verdienen, wie er sagte. Aber das war gar nicht so einfach. Irgendwann fand er dann doch einen ganz guten Job, der ihm zumindest so viel Geld einbrachte, dass er sein Leben und eine kleine Wohnung finanzieren konnte. Und ausgerechnet den hatte er nun geschmissen. Ich konnte es nicht fassen!

Ich beugte mich zu ihm vor. »Das kannst du doch nicht machen. Es war schließlich schwer genug, den Job zu bekommen.«

»Wie redest du mit mir?«, fuhr er mich so laut an, dass die Leute an den Nebentischen zu uns sahen. »Haben dich die Geldsäcke in der kurzen Zeit schon so versaut?«

Ich stand auf und ging hinaus. So ließ ich mich von niemandem behandeln, auch von Yves nicht. Allerdings wartete ich vor der Tür. Ein paar Minuten später kam er heraus. Ich lief gleich los.

Eine Weile gingen wir schweigend nebeneinanderher. Ich wartete darauf, dass er sich entschuldigte, und er überlegte, wie er es anstellen sollte.

»Ich habe doch gesagt, dass ich nervös bin«, versuchte er es schließlich. »War nicht so gemeint. Außerdem willst du es doch auch, oder?«

Darauf antwortete ich ihm lieber nicht. Ich wusste nicht, was ich wollte.

Ein wenig hatte Yves sogar Recht gehabt. Das Leben bei meinen neuen Pflegeeltern begann mir zu gefallen. Das lag weniger an den Lindenthals. Was mir gefiel, war das Le-

ben, das sie führten. Eigentlich war es nur ihr Geld und das, was man sich dafür kaufen konnte. Und genau um dieses Geld ging es Yves ja auch. Das Geld, mit dem ich meinen Traum verwirklichen konnte. Mein Café, irgendwo in Neuseeland.

»Ja, ich will es auch, aber ich habe Angst«, sagte ich und meinte es auch so. Ich wollte das Geld, aber ich wollte nicht die Entführung. Nur war das eine ohne das andere nicht möglich.

»Na also«, sagte Yves und nahm mich in den Arm. »So gefällst du mir wieder. Du brauchst keine Angst zu haben. Die Sache ist total easy. Vor allem, weil deine neue Mama dir jeden Wunsch von den Augen abliest.«

»Sie ist nicht meine Mama!«

Yves hob die Hände. »Schon gut, schon gut! Auf jeden Fall wird die Alte keinen Verdacht schöpfen, wenn du sie in einen Hinterhalt lockst.«

»Was meinst du?«

»Wie schon gesagt, habe ich euch beobachtet«, grinste Yves. »Genau beobachtet. Jedes Mal, wenn ihr aus einem Geschäft gekommen seid und du dir etwas gekauft hattest, hat sie gestrahlt, als hättest du ihr den größten Gefallen getan. Wenn du glücklich bist, ist sie auch glücklich. So einfach ist das.«

»Quatsch!«, rief ich.

Yves' Grinsen wurde breiter. »Klar, dass du das nicht zugeben willst, aber so ist es nun mal. Das kannst du mir getrost glauben.«

»Und wenn es so ist? Was hat das mit deinem Plan zu tun?«

»Ist doch ganz einfach. Du musst ihr nur sagen, wohin

du gern fahren möchtest, und sie fährt dich hin. Ganz egal, wo es auch ist.«

»Und wohin, bitte schön, soll ich mit ihr fahren?«

»Kannst du dir das nicht denken?«, fragte Yves zurück.

23

Jemand schlug mir ins Gesicht. Ich musste husten und spuckte Wasser. Es schmeckte widerlich nach Chlor.

»Anna!«, rief Kevin. »Gott sei Dank! Ich hatte solch eine Angst. Erst habe ich gedacht, du machst Spaß, aber als du dann nicht aufgetaucht bist …«

»Verdammt! Warum hast du mich rausgeholt?«, fuhr ich ihn an. »Er wollte mir gerade sagen, wohin er sie bringen will!«

»Anna!«, rief Kevin wieder. »Was redest du da? Wer wollte dir was sagen?«

»Ich heiße nicht Anna«, sagte ich. »Ich heiße Kim.«

»Was sagst du da? Ich verstehe dich so schlecht!«

»Verdammt! Ich muss kotzen!«, rief ich.

Ich schob Kevin beiseite und verabschiedete mich von meinem Frühstück in das frisch eingelassene kalte Wasser.

»Es – es tut mir Leid«, hörte ich Kevin über mir stottern. »Ihr ist nicht gut, glaube ich.«

»Keine Problem, Señor. Wir machen sauber«, sagte eine andere Stimme. »Ist die Sonne. Besser im Zimmer schlafen.«

»Ja, ja«, sagte Kevin hastig und zog mich hoch.

»Kannst du laufen?«, fragte er mich dann.

Ich sah in das nun nicht gerade appetitlich aussehende Wasser des Pools und überlegte, ob ich noch einmal hineinspringen sollte. Vielleicht würde ich mich dann auch noch an den Rest erinnern. Doch ich konnte es nicht. Ich wusste nicht, ob ich das noch einmal aushalten würde. Außerdem würde mich Kevin sowieso gleich wieder herausfischen.

»Geht schon«, sagte ich zu ihm. »Lass uns aufs Zimmer gehen.«

Ich hatte noch immer Pudding in den Beinen. Kevin musste mich stützen, bis er mich in meinem Zimmer sanft aufs Bett legte.

Ich hielt mir dir Hand vor die Augen. »Kannst du bitte die Vorhänge zuziehen und mir was zu trinken geben? Dieser Geschmack ist ätzend!«

Kevin zog die Vorhänge zu und klimperte dann in der Minibar herum. Er goss mir ein Glas Cola ein und reichte es mir.

»*Ich muss kotzen*«, sagte er dabei. »Und dann reihert sie in den Pool. Unglaublich!«

Ich trank das Glas in einem Zug leer. »Im Heim lernst du halt solche Ausdrücke.«

»Wie? Was redest du denn da die ganze Zeit, Anna?«

»Kim«, verbesserte ich ihn. »Ich weiß jetzt, wer ich bin.«

Kevins Mund blieb offen stehen und er ließ sich neben mich auf das Bett fallen.

»Und wer?«, fragte er.

»Ich glaube, du bleibst besser liegen, wenn ich es dir erzähle.«

Kevin sagte nichts, während ich erzählte, was ich in dem eiskalten Wasser des Pools gesehen, ja geradezu noch einmal erlebt hatte. Er sah mich nur an, als wartete er darauf, dass ich sagte: »April! April! War alles nur ein Witz!«

Doch den Gefallen konnte ich ihm leider nicht tun.

»Das ist doch alles Wahnsinn!«, rief er dann plötzlich. »Das kann nicht sein!«

»Es ist meine Erinnerung, Kevin«, sagte ich und tippte mir mit dem Zeigefinger an den Kopf. »Alles hier drin. Ich erinnere mich an alles, an mein ganzes Scheißleben – bis zu dem Spaziergang mit Yves, als er mir sagen wollte, wo er Frau Lindenthal gefangen halten will. Da hast du mich aus dem Wasser gezogen.«

»Das kann nicht sein!«, rief Kevin noch einmal. »Du kannst Frau Lindenthal nicht entführt haben. Unmöglich! Das glaube ich einfach nicht. Nicht du!«

»Aber ich habe es geplant, gemeinsam mit Yves! Und die zwei Millionen Euro, die Lindenthal von seinem Konto abgehoben hat, das war bestimmt das Lösegeld!«

»Das weißt du doch gar nicht.«

»Warum sollte er sonst das Geld von seinem Konto abgehoben haben? So viele Zufälle gibt es nicht!«

»Dann weißt du aber immer noch nicht, ob du nicht vielleicht ausgestiegen bist! Vielleicht hat dieser – Yves Frau Lindenthal ja allein entführt!«

»Vielleicht! Vielleicht!«, rief ich. »Ich will es aber wissen! Ich habe die Schnauze voll von den ganzen *Vielleichts!*«

Ich nahm ein Kopfkissen und legte es auf mein Gesicht. Ich war nicht Anna. Ich war Kim. Kim, die fast ihr ganzes Leben in einem Heim gelebt und die zwei Pflegeeltern zur Verzweiflung gebracht hatte. Und die dann die dritte Pflegemutter entführen und ihren Mann erpressen wollte. Es war schlimm, viel schlimmer, als ich befürchtet hatte. Gestern war ich noch überzeugt davon gewesen, die echte Anna Lindenthal nicht um ihr früheres Leben zu beneiden. Doch nun war es so.

Es dauerte noch bis zum Nachmittag, dann hatte ich Kevin endlich davon überzeugt, dass ich mir das alles nicht einbildete, sondern dass diese irrsinnig klingende Geschichte die Erinnerung an mein früheres Leben war, sosehr wir beide uns auch gewünscht hätten, es wäre ein anderes Leben gewesen.

Kevin stand an der Balkontür und sah hinaus. Ihn schien mein früheres Leben noch mehr schockiert zu haben als mich selbst. Er tat mir wirklich Leid, aber ich konnte nichts daran ändern. Doch ich hatte Angst, ihn zu verlieren.

»Willst du mich jetzt nicht mehr?«, fragte ich ihn vorsichtig. »Ich könnte das verstehen. Ehrlich!«

Er setzte sich zu mir und sah mich an. »Red nicht so einen Scheiß«, sagte er dann zärtlich und gab mir einen langen Kuss.

Es war genau das, was ich dringend gebraucht hatte. Ich durfte nicht daran denken, wie ich das alles hätte aushalten sollen, wenn er nicht bei mir gewesen wäre.

»Woran hast du denn gedacht, als du an der Balkontür gestanden hast?«, fragte ich ihn.

»Warum sie dich als ihre Tochter ausgegeben haben, obwohl du sie – vielleicht entführt hast.«

»Darüber habe ich auch schon nachgedacht!«, rief ich. »Das ergibt doch keinen Sinn!«

»Vielleicht doch«, sagte er. »Sie haben es entweder nicht gewusst oder es war ihnen egal.«

»Egal?«, rief ich. »Spinnst du? Wem ist es wohl egal, wenn er entführt und erpresst wird?«

»Ich habe mir gerade vorgestellt, wie sie sich gefühlt haben müssen«, sagte Kevin.

»Als sie mich als ihre Tochter ausgegeben haben?«

»Nein, früher. Sie haben bestimmt darunter gelitten, dass ihre Tochter spurlos verschwunden ist. Ich bin sicher, sie haben ihre Tochter geliebt. Frau Lindenthal auf jeden Fall, so wie sie dich behandelt hat.«

»Wenn das Liebe ist«, sagte ich nur.

»Eben auf ihre Weise. Ich glaube auch, dass das alles von ihr ausgegangen ist. Wahrscheinlich hat sie ihren Mann nur dazu überredet. Wenn ich daran denke, was er gesagt hat, als du die beiden belauscht hast …«

Ich verstand kein Wort. »Wozu hat sie ihn überredet?«

»Stell dir vor, Frau Lindenthal sieht dich nach dem Unfall, oder was auch immer es war, im Krankenhaus liegen. Totalamnesie. Ein Mensch, der zwar nicht ihre Tochter ist, aber der wie ihre Tochter aussieht. Vielleicht hast du sie entführt, vielleicht aber auch nicht. Was auch passiert ist, es ist gut für sie ausgegangen. Sie lebt und sie ist frei.«

»Aber das Geld ist weg«, unterbrach ich ihn. »Natürlich! Das Geld! Darum hat Yves mich gesucht! Er wollte immer etwas von mir! Bestimmt war es das Geld!«

»Glaubst du etwa, dass du das Geld noch hast?«

»Vielleicht irgendwo versteckt.«

»Aber das hieße –«

»Dass ich dabei war«, ergänzte ich, als er nicht weitersprach.

Kevin schüttelte den Kopf, als wollte er diesen Gedanken verjagen. »Das ist alles noch nicht bewiesen.«

Ich ließ Kevin diese Hoffnung. Doch in mir war davon nur noch sehr wenig übrig.

»Was du auch getan hast«, fuhr Kevin dann unbeirrt fort, »durch deinen Unfall und deine Amnesie hat das alles praktisch nicht mehr existiert. Gelöscht. Vor Frau Lindenthal liegt ein neugeborenes Kind, das aussieht wie ihre Tochter. Zumindest könnte sie es so gesehen haben.«

Ich begriff, worauf er hinauswollte. »Das glaube ich nicht!«, rief ich. »Das ist zu – krank!«

»Das ist sie vielleicht tatsächlich. Auf jeden Fall war es für sie *die* Chance, ihre Tochter wiederzubekommen. Die Voraussetzungen konnten nicht besser sein. In allen amtlichen Unterlagen war Anna als ihre Tochter vermerkt. Vielleicht hatten sie sogar noch einen Ausweis von ihr.«

»In Bochum habe ich einen neuen bekommen.«

»Bochum. Genau! Dort mussten sie hin! In Steinberg konnten sie nicht bleiben. Du scheinst der echten Anna zwar sehr ähnlich zu sehen, aber dort gibt es genug Leute, die sofort erkannt hätten, dass du nicht die echte Anna bist. Aber in Bochum war Anna zuletzt als kleines Kind gewesen. Die Wochenendehe mit ihrem Mann hat sie bestimmt locker in Kauf genommen. Schließlich hatte sie dafür ihre Tochter wieder.«

Mir fiel ein, dass das Zimmer in Bochum fast genauso ausgesehen hatte wie das aus meiner Erinnerung in der Villa in Steinberg.

»Das Zimmer!«, rief ich. »Sie haben mich in Annas Zimmer wohnen lassen. Die Möbel, die Bücher, die CDs, sogar die Stofftiere! Das gehörte alles ihr! Verdammt! Das darf doch nicht wahr sein!«

»Du hast Recht«, sagte Kevin leise. »Das ist wirklich krank. Und trotzdem habe ich keine andere Erklärung dafür.«

Das klang alles so logisch. Auch Yves hatte immer für alles eine Erklärung gehabt. Und doch war es nicht richtig gewesen.

»Ich kann das nicht glauben«, sagte ich. »Ich kann mir das einfach nicht vorstellen! Wie konnte sie mir das antun? Ich habe doch überhaupt nichts mit ihnen zu tun!«

»Doch. Du siehst aus wie ihre Tochter – und du hast, wie es scheint, keine Eltern mehr, zumindest kennst du sie nicht«, erwiderte Kevin. »Das war dein Pech.«

»Ich bin es aber nicht!«, rief ich. »Ich bin nicht ihre Tochter und werde nie so sein wie sie! Das müssen sie doch gewusst haben! So blöd kann doch niemand sein!«

»Es gibt jemanden, der uns sagen kann, ob es wahr ist.«

»Frau Lindenthal«, sagte ich nur.

»So ist es. Bestimmt sitzt sie immer noch in ihrem Haus in Bochum oder in ihrer Villa in Steinberg und fleht zum Himmel, dass du zurückkommst und noch ihre Tochter Anna Lindenthal bist. Darauf würde ich wetten! Wir werden deiner Pflegemutter wohl einen Besuch abstatten müssen.«

Wenn ich die Wahl gehabt hätte, wäre ich nie wieder auch nur in die Nähe dieses Hauses gegangen. Aber diese Wahl schien ich nicht zu haben.

»Wenn es wahr ist, wenn du tatsächlich Recht hast, dann soll sie es mir ins Gesicht sagen!«

Der Himmel über dem Flughafen von Teneriffa Süd war immer noch blau, die Blumen dufteten noch genauso wie vor zwei Tagen und vom Meer wehte ein warmer Wind. Und doch war alles anders als bei unserer Ankunft. Ich hatte gehofft, hier auf Teneriffa das Rätsel um meine Vergangenheit lösen zu können. Diese Hoffnung hatte sich, zumindest zum großen Teil, erfüllt. Ich hatte die Früher-Anna zu Gesicht bekommen. Sie hieß Kim und sie war viel hässlicher, als ich es mir in meinen schrecklichsten Träumen hätte ausmalen können.

Auch dieses Mal versuchte ich den Start so zu genießen, wie ich es bei meinen anderen Flügen getan hatte. Es gelang mir nicht, und das lag nicht daran, dass ich nun wusste, dass ich auch vor meinem Unfall noch in keinem Flugzeug gesessen hatte.

Ich sah zu Kevin. Schon vor dem Start hatte ich gemerkt, dass er sich mit irgendetwas quälte.

Kurz vor der Landung rückte er dann endlich mit der Sprache heraus. »Du bist wirklich erst siebzehn?«

Aha. Das war es also.

»Ja. Kein Wunder, dass alle gesagt haben, für eine Zwanzigjährige sähe ich sehr jung aus.«

»Oh, Mann! Du bist minderjährig!«

Obwohl mir nicht danach zumute war, musste ich laut lachen. »Keine Angst! Ich zeige dich nicht an. Außerdem werde ich in zwei Monaten achtzehn.«

»Trotzdem sind es fünf Jahre Unterschied.«

»Stört dich das?«, fragte ich ihn.

»Mich nicht! Aber vielleicht findest du mich ja zu alt.«

»Red nicht so einen Scheiß«, sagte nun ich und gab ihm einen Kuss.

Die Ausgabe des Gepäcks dauerte ewig lange. Kevin und ich standen etwas verloren zwischen den braun gebrannten, aber doch sichtlich müden Urlaubsrückkehrern.

Als meine Reisetasche endlich auftauchte, war von Kevins Gepäck immer noch nichts zu sehen.

»Ich gehe schon mal raus«, sagte ich.

»Okay. Aber lauf mir nicht weg – mit einem Jüngeren!«

»Das könnte dir so passen!«

Die automatische Tür hatte sich noch nicht hinter mir geschlossen, da kam eine Frau auf mich zu. Sie war schon älter und sah eigentlich ganz sympathisch aus.

»Anna Lindenthal?«

Mir fiel ein, dass ich noch Annas Pass benutzte.

»Ja«, antwortete ich zögernd.

Die Frau hielt mir einen Ausweis vors Gesicht. Ihr Bild und das Wort *Polizei* nahm ich wie durch einen Schleier wahr.

»Weidenbach«, sagte die Frau. »Hauptkommissarin Weidenbach. Würden Sie mich bitte begleiten?«

Ich verstand überhaupt nichts. »Begleiten? Wohin? Was habe ich getan?«

»Bitte, Frau Lindenthal«, sagte die Frau. »Leisten Sie keinen Widerstand. Sonst müssen Ihnen die Kollegen Handschellen anlegen. Und das möchte ich gern vermeiden.«

Wie Geister waren zwei Männer neben mir aufgetaucht.

Ich sah zu der Tür, die die Gepäckausgabe vom Ankunftsbereich trennte. Wo blieb Kevin nur?

Und dann entdeckte ich ihn: Martin Lindenthal. Er stand einige Meter von uns entfernt und beobachtete, wie ich verhaftet wurde.

»Hast du mich angezeigt?«, rief ich zu ihm hinüber.

Er wusste sofort, dass er gemeint war. Er sah mich an, rührte sich aber nicht von der Stelle.

»Papa!«, rief ich noch einmal. »Hast du mich angezeigt?«

Erst als es heraus war, wurde mir bewusst, dass ich ihn Papa genannt hatte. Das war wohl auch der Grund, warum er nun zögernd auf mich zukam. Einige Schritte von mir entfernt blieb er stehen. Warum sah er so traurig aus?

»Du hast mir keine Wahl gelassen«, sagte er dann.

»Habe ich sie entführt?«, rief ich. »War ich es wirklich?«

»Das fragst du mich? Das musst du doch selbst wissen! Oder kannst du dich immer noch nicht daran erinnern? Warum bist du dann fortgelaufen?«

»Weil ich nicht eure Tochter bin!«, schrie ich ihn an. Ich wollte nicht heulen, aber die Tränen rannen über mein Gesicht, ohne dass ich das Geringste dagegen tun konnte. »Du hast es selbst zu Mama gesagt! Das habe ich gehört. Und du hast auch gesagt, ich wäre eine Verbrecherin und ein Monster!«

Der Mann, der für eine kurze Zeit mein Papa gewesen war, riss entsetzt die Augen auf. Er wusste genau, welches Gespräch ich belauscht hatte. Auch er schien mit den Tränen zu kämpfen.

»Weshalb hast du nicht auf mich gehört, Anna? Weshalb hast du die Vergangenheit nicht ruhen lassen? Wir hätten es getan.«

»Warum? Warum?«, schrie ich wie von Sinnen.

»Für Mama – und für mich!«

»Herr Lindenthal!«, ging die Polizistin dazwischen. »Ich habe Ihnen doch gesagt, Sie sollen sich heraushalten. Behindern Sie uns bitte nicht!«

»Was ist da los?«, hörte ich endlich Kevins Stimme. »Lassen Sie sie los!«

Die Kommissarin und ihre Kollegen sahen sich zu ihm um. Und wieder reagierte ich, ohne nachzudenken, so wie an dem Abend, als Martin Lindenthal mich fast mit dem Umschlag aus seinem Schreibtisch erwischt hatte.

Ich wand mich aus dem lockeren Griff eines der Polizisten, schlug einen Haken und rannte los.

24

Da war eine Treppe! Ich musste nach oben! So gut es ging, wischte ich mir die Tränen aus den Augen und sprang mehrere Stufen auf einmal nehmend hinauf. Dann endlich sah ich eine Tür, die nach draußen führte. Ich rannte hindurch und sah mich hektisch um. Hier kannte ich mich aus! Zumindest war ich schon mal am Flughafen gewesen. Zum ersten Mal hatte ich einen Vorteil davon, dass ich mich wieder an mein früheres Leben erinnern konnte. Es war noch fast dunkel, allerdings hatte schon der erste frühe Berufsverkehr eingesetzt. Beides konnte mir nur recht sein.

Mir fiel ein, wie Kevin Martin Lindenthal abgehängt hatte. Ich bog in einen kleinen Seitenweg ein und hetzte dann kreuz und quer über das Gelände des Flughafens, immer darauf bedacht, nicht lange in einer Richtung zu laufen.

»Handball!«, schoss es mir durch den Kopf. »Dabei bin ich auch immer allen weggelaufen.«

Etwas abseits von den Flughafengebäuden entdeckte ich eine Bushaltestelle. Ich drückte mich in der Nähe in einen Mauervorsprung und flehte, es möge bald ein Bus kommen. Dabei sah ich mich immer wieder nach allen Seiten um, doch kein Polizist war zu entdecken und auch sonst niemand, der aussah, als würde er mich suchen.

Endlich wurde mein Flehen erhört. Die Türen waren noch nicht ganz geöffnet, da saß ich schon in der äußersten Ecke des Busses und hätte dem Fahrer am liebsten zugerufen: »Fahr endlich los!«

Mit einem wundervollen Zischen schlossen sich endlich die Türen und der Bus fuhr an. Ich warf einen Blick durch das Rückfenster. Weit und breit war niemand zu sehen, der mich suchte. Ich fragte mich, warum. Der Flughafen war nicht so groß. Entweder hatte Frau Weidenbach nur diese beiden Kollegen mitgebracht und keine Verstärkung bekommen oder es war ihnen nicht so wichtig, mich zu fangen. Das konnte ich mir allerdings nicht vorstellen. Immerhin wurde ich verdächtigt, Frau Lindenthal entführt zu haben.

Das vermutete ich zumindest. Die Polizistin hatte nichts gesagt und auch Martin Lindenthal hatte nicht zugegeben, mich angezeigt zu haben. Aber warum sollte er sonst mit der Polizei am Flughafen auftauchen, um mich festnehmen zu lassen?

Was ich nun tun würde, wusste ich genau. Darüber war ich mir schon bei meiner Flucht im Klaren gewesen: Ich musste nach Steinberg, um Frau Lindenthal zu treffen. Ich war mir sicher, dass sie inzwischen dort war, nachdem ihr Mann mich in Steinberg gesehen hatte. Wenn mir jemand sagen konnte, was wirklich passiert war, ob ich sie tatsächlich entführt hatte, dann war sie es! Und sie war mir außerdem eine Erklärung schuldig, warum sie mich als ihre Tochter ausgegeben hatte.

An der dritten oder vierten Haltestelle stieg ich aus dem Bus. Ich wollte nicht als Schwarzfahrerin erwischt werden und so am Ende doch noch der Polizei in die Hände fallen.

Ich lief eine Weile ziellos durch die Straßen. Die Gefahr, mich zu verlaufen, bestand nicht. Hier kannte ich mich aus. Ich dachte an meinen Besuch in Köln und wie stolz ich darauf gewesen war, die Stadt ganz allein für mich entdecken zu können. Von diesem Gefühl war nichts mehr übrig geblieben. Ich wusste nun, wer ich war und woher ich kam.

»Manchmal beneide ich dich darum, dass du alles wie ein Kind neu entdecken kannst«, hatte Kevin gesagt. Ich verstand nun, was er damit gemeint hatte.

Kevin! Ich musste ihn irgendwie erreichen, denn ohne ihn würde ich mich auf keinen Fall in die Villa wagen. Schließlich konnte ich nicht sicher sein, wann Martin Lindenthal dort auftauchen würde. Nach meinem Erlebnis auf dem Flughafen wollte ich nicht allein sein, wenn ich ihm noch einmal begegnete.

Wenn die Polizei ihn nicht aufgehalten hatte, würde Kevin vermutlich wieder im Hotel sein. Ich hoffte sehr, dass er dort hingefahren war. Wo hätte ich ihn sonst erreichen sollen? Selbst ins Hotel zu gehen, traute ich mich allerdings nicht. Möglicherweise beobachtete ihn die Polizei. Also blieb nur das Telefon.

Ich fand eine Telefonzelle und suchte mir die Telefonnummer unseres Hotels heraus.

Nur, wie sollte ich dort anrufen? Ich hatte zwar ein Telefon, aber weder eine Telefonkarte noch Geld zum Telefonieren.

Ein Typ, der sich eingehend mit seinem Handy beschäftigte, kam aufreizend cool auf mich zugeschlendert. Er musste ungefähr in meinem Alter sein. Warum nicht? Es war zumindest einen Versuch wert.

»Hi!«, sprach ich ihn an.

Er schaute überrascht von seinem Handy auf. Als er mich vor sich stehen sah, lächelte er.

Ich zeigte auf sein Telefon. »Kann ich mal telefonieren? Nur ganz kurz. Festnetz, hier in Berlin.«

Er sah mich an, dann sein Handy, dann wieder mich und gab es mir zögernd.

»Danke!«

Ich wählte die Nummer des Hotels und ließ mich mit Kevins Zimmer verbinden. Ich betete, dass er schon wieder dort war.

»Schneider!«

»Kevin!«, rief ich. »Ich bin es! Kim!«

»Ah, guten Tag, Frau Müller«, sagte er nach kurzem Zögern. »Die Unterlagen sind fertig. Ich schicke Sie Ihnen, wenn ich wieder im Büro bin.«

»Hast du sie nicht mehr alle?«, rief ich.

»Nein, jetzt geht es nicht«, sagte Kevin. »Ich habe gerade Besuch.«

Da begriff ich endlich. »Die Polizei ist bei dir! Sie haben kapiert, dass wir zusammengehören, als sie mich wegen der Entführung von Frau Lindenthal verhaften wollten!«

Der Typ, dem das Handy gehörte, riss die Augen auf. Wahrscheinlich hätte er es mir am liebsten wieder weggenommen. Zum Glück tat er es nicht.

»Genau«, sagte Kevin.

»Mist! Ich muss trotzdem nach Steinberg, Kevin. Ich will wissen, was das alles zu bedeuten hat. Und ich will wissen, ob ich sie wirklich entführt habe. Das kann nur sie mir sagen! Und wenn ich sie dazu zwingen muss!«

Der Handy-Typ streckte seine zitternde Hand nach dem Telefon aus.

»Ich – ich weiß nicht. – Wollen Sie nicht lieber auf mich warten?«, fragte Kevin unsicher.

»Nein. Ich fahre mit der Bahn. Wer weiß, wie lange die dich da noch festhalten. Und ich weiß nicht, wie lange ich mich noch vor der Polizei verstecken kann. Aber wenn sie mit dir fertig sind, dann komm bitte gleich zur Villa.«

Ich gab dem armen Jungen sein Handy zurück. Der griff danach, steckte es in die Tasche und rannte weg.

»Danke!«, rief ich ihm nach. »War echt nett von dir!«

Mittlerweile wusste ich besser, als mir lieb war, wie ich mit dem Zug nach Steinberg kam – und ich gewöhnte mich allmählich daran, dafür nicht zu bezahlen.

Als ich endlich in Steinberg angekommen war, lief ich, so schnell ich konnte, zur Wenzel-Villa.

Als ich das Haus vor mir auftauchen sah, kroch die Angst wieder in mir hoch. Es war taghell und die Sonne schien sogar. Trotzdem hätte mir kein Gebäude unheimlicher sein und mir mehr Angst einjagen können. Und doch musste ich dort hineingehen, wenn ich Gewissheit haben wollte, ob und was ich mit der Entführung meiner Pflegemutter zu tun hatte.

Kevins Auto stand nicht davor, wie ich insgeheim gehofft hatte. Allerdings sah ich auch Martin Lindenthals Auto nicht. Das beruhigte mich ein wenig.

Sollte ich auf Kevin warten? Ich verwarf den Gedanken gleich wieder. Die Gefahr war zu groß, dass Martin Lindenthal oder die Polizei hier bald auftauchten. Möglicherweise hatten sie Kevin unter Druck gesetzt und er hatte mehr verraten müssen, als er wollte.

Ich musste es allein versuchen. Jetzt oder nie! Ich

streckte meine Hand nach dem Klingelknopf an der Tür aus. Ich hatte ihn gerade berührt, da wurde ich herumgerissen.

»Schön, dass wir uns doch noch mal wiedersehen, Schätzchen!«

»Yves!«, rief ich.

Mehr brachte ich nicht heraus. Yves hielt mir den Mund zu. Ich versuchte mich zu wehren, ihm in die Hand zu beißen, doch er war einfach zu stark.

Er hielt seinen Mund dicht an mein Ohr. »Dann hat es sich ja doch gelohnt, dass ich mir tagelang die Beine in den Bauch gestanden habe und mir fast der Arsch abgefroren ist. Ich wusste, dass du zu Mami und Papi zurückkommst. Ich musste nur Geduld haben.«

»Was willst du von mir?«, wollte ich fragen, aber er hielt meinen Kiefer immer noch fest zusammengepresst.

Der Türöffner wurde betätigt und das Eingangstor sprang auf. Ich musste den Klingelknopf noch gedrückt haben, bevor Yves mich erwischt hatte.

»Mami scheint dich zu erwarten«, flüsterte Yves in mein Ohr. Es war unerträglich! »Aber da muss ich sie enttäuschen. Ich habe mir nämlich ein Auto besorgt. Damit machen wir jetzt eine kleine Spazierfahrt, Schätzchen. Willst du wissen, wohin? Das wird dir bestimmt gefallen.«

Wenn dir einer an die Wäsche will, dann ramm ihm einfach dein Knie in die Eier, hatte Yves mir einmal gesagt. Ich erinnerte mich daran – und ich tat es.

Yves riss die Augen auf und gab ein Geräusch von sich. Es war kein Schrei, eher ein Gurgeln. Sein Griff lockerte sich. Ich stieß ihn von mir und rannte auf die Villa zu.

»Mach auf!«, brüllte ich die geschlossene Tür an. »Mach sofort auf!«

Ich holte aus, doch mein Schlag ging ins Leere. Die Tür hatte sich schon geöffnet und Frau Lindenthal stand vor mir. Überraschung, Freude und blankes Entsetzen. In dieser Reihenfolge änderte sich ihr Gesichtsausdruck in Bruchteilen von Sekunden.

»Lass mich rein und mach die Tür hinter mir –«

Yves rammte meinen Rücken mit voller Wucht. Ich sah die Tür auf mich zukommen und ich spürte den Schlag, aber ich wunderte mich darüber, dass es überhaupt nicht wehtat.

Frau Lindenthals Gesicht verschwamm vor meinen Augen, so wie alles andere auch.

Ich wollte sprechen, aber es ging nicht.

Ich öffnete die Augen und sah wieder in Yves' Gesicht. Im gleichen Augenblick war ich hellwach.

»Du Schwein!«, schrie ich ihn an. »Lass mich sofort los!«

Es kam nur ein unverständliches Grunzen dabei heraus. Ich begriff endlich: Ich saß auf einem Stuhl im Wohnzimmer der Lindenthals. Yves hatte mich mit einem Streifen Klebeband geknebelt.

Ich hörte ein Jammern hinter mir. Ich riss den Kopf herum. Es tat höllisch weh. Dorthe Lindenthal saß auch auf einem Stuhl. Allerdings war sie nicht nur geknebelt, sondern auch gefesselt.

»Sie hat sich überhaupt nicht gewehrt«, sagte Yves mit einem breiten Grinsen. »Fast so wie damals.«

Als ich sah, wie erbarmungswürdig sie auf dem Stuhl saß und wie ein kleines Kind jammerte, stieg eine unbändige Wut in mir hoch. Nur mein eigener Zustand und der Rest meines klaren Verstandes, der mir sagte, dass ich nicht die geringste Chance gegen Yves hatte, hielten mich davon ab, ihm an die Gurgel zu springen. Aber ich fühlte noch etwas, das ich nie für möglich gehalten hätte: Ich hatte Angst um sie! Solche Angst, als wäre sie tatsächlich meine Mutter. Wie war das möglich? Warum war ich nicht wütend auf sie, die mir mein Leben vorenthalten hatte und mir vorgegaukelt hatte, ich sei ihre Tochter? Hatte die kurze Zeit mit ihr genügt, um so tiefe Gefühle für sie zu entwickeln? Und sie sollte ich entführt haben? Dazu wäre ich doch niemals fähig gewesen!

Es tat weh, sie so jämmerlich dort sitzen zu sehen, viel mehr weh als der Schmerz in meinem Kopf, als ich mich wieder zu Yves umdrehte.

Der saß vor mir auf einem Stuhl, die Lehne zwischen seinen Beinen.

»Du verdammtes Schwein!«, schrie ich ihn wieder durch das Klebeband hindurch an.

Er stand auf und riss mir mit einem Ruck den Klebestreifen ab.

»Au! – Du Dreckskerl! Du hast sie in unsere Hütte gebracht! Du hast sie also doch entführt!«

Yves' Grinsen wurde breiter. »Du warst ja vorhin auch nicht sehr nett zu mir. Früher war das mal anders.«

»Wenn ich daran denke, wird mir schlecht!«, brüllte ich ihn an.

»Sieh an, wir erinnern uns wieder. Dann kannst du mir ja auch sagen, wo die Kohle ist.«

»Woher soll ich das wissen?«

Yves' Grinsen verschwand mit einem Schlag. Ich sah seine Faust auf mich zukommen und kniff die Augen zusammen, doch der Schlag blieb dieses Mal aus.

»Einmal reicht wohl«, sagte er dann. »Tut mir echt Leid wegen der Beule, aber es musste sein. Auf eine Spazierfahrt hattest du ja keine Lust, oder?«

»Worauf du – ach, du kannst mich mal!«

Er verschränkte die Arme vor der Brust und legte den Kopf schief. »Schon wieder ganz die alte Kim. Von den guten Manieren, die dir deine Millionäre beigebracht haben, ist wohl nicht mehr viel übrig.«

»Was willst du überhaupt hier?«, rief ich, obwohl ich es längst wusste.

Yves beugte sich zu mir vor. »Seit du mir in Bochum entwischt bist, habe ich vor der Scheißvilla gewartet. Jeden verdammten Tag. Ich bin fast wahnsinnig geworden. Aber ich wusste, dass du dich erinnern wirst, und ich wusste auch, dass du dann hier auftauchen wirst.«

»Hör endlich mit dem Gequatsche auf und nimm ihr die Fesseln ab!«, fuhr ich ihn an.

»Klar. Kein Problem. Wenn du mir sagst, wo die Kohle ist, bin ich schon verschwunden und du kannst deine liebe Mami befreien. Bestimmt kauft sie dir dann wieder ein paar schöne Sachen – aus Dankbarkeit.«

»Ich – weiß – es – nicht! Wie oft soll ich dir das noch sagen? Ich erinnere mich nicht. Ich weiß nur, dass wir geplant haben, sie zu entführen, aber ich weiß nicht, ob wir es wirklich getan haben!«

Yves ging wieder einen Schritt zurück.

»Also gut«, sagte er dann. »Du willst es ja nicht anders.«

»Was meinst du?«

»Wenn ich nicht bald von dir erfahre, wo das Geld ist«, sagte Yves leise, »dann ist sie dran. Und wie das geht, weißt du ja sicher noch.« Er zeigte mit dem Kopf auf Frau Lindenthal, die endlich zu wimmern aufgehört hatte, sich aber kaum noch auf dem Stuhl halten konnte.

»Nein, das weiß ich nicht!«, schrie ich, so laut ich konnte. »Und ich weiß auch nicht, wo das verdammte Geld ist! Ich erinnere mich einfach nicht!«

»Erinnerst du dich nicht oder willst du die Kohle für dich? Oder gefällt es dir inzwischen so gut bei den Geldsäcken, dass du ihnen helfen willst?«

»Was redest du denn da? Ich will das Scheißgeld nicht! Du kannst es behalten!«

»Dann sag mir, wo es ist!«

»Ich weiß es nicht!«

»Jetzt reicht es mir! Du sagst mir sofort, wo das verdammte Geld ist! Sofort! Du verarschst mich nicht noch einmal!« Er packte meinen Hals mit beiden Händen und drückte zu.

Ich wollte schreien, aber ich konnte es nicht. Ich versuchte nach Luft zu schnappen, aber auch das konnte ich nicht mehr. Ich sah nur dieses Gesicht. Noch nie hatte ich so viel Hass in einem Gesicht gesehen. Seine Hände drückten weiter meinen Hals zusammen, weiter und immer weiter.

»Wo ist das Geld!«, brüllte er mich an. »Sag es mir, verdammt noch mal! Wo – ist – mein – Geld?«

25

»Du lockst sie zum See! Zu unserer Hütte!«

»Unsere Hütte?«, rief ich. »Spinnst du jetzt total?«

»Überhaupt nicht, Schätzchen. Ich bin so klar im Kopf wie noch nie.«

Diese Hütte war etwas ganz Besonderes, jedenfalls für mich. Yves und ich hatten sie entdeckt, als er noch keine eigene Wohnung hatte. Von der Endstation der S-Bahn war es noch ein Fußmarsch von ein paar Kilometern. Erst durch den Wald, dann durch ein Sumpfgebiet, bis man schließlich zu der Hütte kam. Sie stand am Ufer eines großen Sees. Der See war ein beliebtes Ausflugsziel, allerdings nur an der anderen Uferseite. Auf die Seite, an der die Hütte stand, verlief sich wegen des Sumpfgebietes und der vielen Mücken fast nie jemand.

Entsprechend verfallen war die Hütte. Yves und ich hatten sie uns notdürftig hergerichtet und viele Stunden darin verbracht. In dieser Hütte war es mit ihm am schönsten gewesen. Und ausgerechnet dort sollte die Entführung stattfinden?

»Yves!«, rief ich. »Bitte nicht in unserer Hütte!«

»Weißt du ein besseres Versteck?«

»Aber es ist unsere Hütte! Unsere! Wenn du die Lindenthal darin versteckst, dann – dann –«

Yves nahm mich in den Arm. »Ich weiß ja, was du meinst. Aber wenn das alles vorbei ist, werden wir sowieso nie mehr dorthin zurückgehen. Dann sind wir in Neuseeland. In deinem Café, von dem du schon so lange träumst!«

Es hatte keinen Sinn. Es gab kein Zurück mehr. Ich hatte nur noch eine Chance: Es so schnell es ging hinter mich zu bringen.

»Also gut. Was soll ich machen?«

»Sie anrufen.«

»Wie?«

»Du sagst ihr morgen, du willst eine Freundin besuchen – mit der S-Bahn.«

»Die haben es aber nicht so gerne, wenn ich allein weggehe«, erwiderte ich.

Yves sah mich mit offenem Mund an. »Was erzählst du da? Die haben es nicht so gerne? Wie alt bist du? Acht? Oder haben die dich schon so unter Kontrolle, dass du –«

»Ist ja gut«, unterbrach ich ihn. »Ich sage also, dass ich zu einer Freundin will. Und dann?«

»Dann haust du ab. Wohin ist egal. Hauptsache, du gehst nicht zurück zu ihnen. Um sechs Uhr rufst du sie von deinem Handy aus an und fragst sie, ob sie dich abholen kann, weil du nicht allein im Dunkeln nach Hause fahren willst und blablabla. Dann machst du dich gleich auf den Weg zurück zur Villa der Geldsäcke. Damit hast du ein Alibi.«

»Alibi? Was soll das?«

»Lass mich doch ausreden!«, fuhr Yves mich an. »Wenn sie dich fragt, wo sie dich abholen soll, gibst du ihr diese Adresse und sagst, sie soll auf jeden Fall läuten.« Er kramte einen Zettel aus der Tasche und gab ihn mir. »Lern sie auswendig und schmeiß den Zettel weg.«

Ich las die Adresse. Sie sagte mir nichts. »Wo ist das?«

»Frag nicht so viel. Je weniger du weißt, desto besser. Auf jeden Fall wird die Sache da ablaufen. Kleine Narkose und dann ab zur Hütte.«

Mir lief ein Schauer über den Rücken. »Und wenn sie sich später an die Adresse erinnert? Und wenn sie dich wiedererkennt? Und wenn dich jemand hört oder sieht?«

»Und wenn! Und wenn! Jetzt mach dir nicht in die Hose! Wofür hältst du mich? Ich habe doch gesagt, ich habe einen Plan, oder? Die Sache ist sicher. Todsicher!« Er grinste.

Yves' Grinsen gefiel mir überhaupt nicht.

»Wir lassen sie doch wieder laufen, oder?«

Yves blieb stehen und sah mich wütend an. »Drehst du jetzt durch, oder was? Ich bin doch kein Mörder!«

Ich sah mich erschrocken um. Es waren einige Leute in der Nähe, aber die interessierte augenscheinlich nicht, worüber wir redeten. Es war unglaublich. Wir konnten hier, mitten im Menschengewimmel, in allen Einzelheiten ein Verbrechen planen und niemanden interessierte es!

»Ich habe alles genau geplant«, fuhr Yves fort. »Es ist wichtig, dass das Ganze nicht zu lange dauert. Je schneller wir die Kohle haben, desto schneller sind wir in Richtung Neuseeland unterwegs und desto unwahrscheinlicher ist es, dass sie uns auf die Schliche kommen.«

»Dann muss sie auch nicht so lange in der Hütte bleiben.«

»Genau! Wir greifen uns die Kohle und sie kann wieder zurück zu Papa Geldsack. Darum habe ich auch heute schon den Brief geschrieben – an seine Firmenadresse. Damit er ihn auch früh genug bekommt. Schließlich sitzt er den ganzen Tag in seinem Büro. Wenn ich den Brief gleich morgen früh einwerfe, dann hat er ihn übermorgen.«

»Ein Erpresserbrief?«, fragte ich entgeistert.

»Nee, ein Liebesbrief«, sagte Yves und stieß mir seinen Zeigefinger gegen die Stirn. »Was ist denn mit dir los, Kim? Kannst du nicht mehr klar denken, oder was?«

»Ich bin eben nervös. Wenn es doch nur schon vorbei wäre! Wie viel Geld willst du denn haben?«

»Ich?«, grinste Yves. »Willst du nichts? Zwei Millionen.«

Ich verschluckte mich fast. »Zwei – Millionen – Euro?«

»Lire ja wohl kaum. Wenn schon, denn schon. Schließlich muss die Kohle eine Weile reichen. Für den Flug – erster Klasse natürlich –, für dein Café und überhaupt.«

»Zwei Millionen«, wiederholte ich leise.

Allein bei dem Gedanken an so viel Geld wurde mir heiß. Davon konnte ich mir mein Café einrichten und es würde noch jede Menge übrig bleiben. Und ich musste ja nur einmal anrufen. Eigentlich hatte ich so gut wie nichts mit der Sache zu tun. Die Drecksarbeit würde Yves machen. Drecksarbeit! Ich erschrak über meine eigenen Gedanken. Es war wirklich wie in einem Krimi.

»Alles klar?«, riss Yves mich aus meinen Gedanken.

Ich nickte. Ich wollte nur noch, dass es schnell vorbei war. »Dann machen wir es so.«

Yves schüttelte den Kopf. »Das ist noch nicht alles. Wir haben noch nicht besprochen, wie wir an die Kohle kommen. Aber dafür habe ich auch einen Plan. Ich warte in der Hütte, während du dir die Kohle schnappst. Dann rufst du mich –«

»Ich soll das Geld holen?«, unterbrach ich ihn. »Spinnst du?«

»Wer denn sonst? Oder willst du lieber auf deine Mami aufpassen?«

»Nee, natürlich nicht. Hast du keine Angst, dass sie dich wiedererkennt?«

»Schon mal was von Masken gehört?«, fragte Yves zurück. »Also, jetzt pass genau auf: Kannst du dich an die Bank auf dem alten Friedhof erinnern, wo wir immer hingegangen sind, bevor wir die Hütte hatten?«

»Ja, sicher.«

»Neben der Bank steht ein Abfallkorb. Genau um vier Uhr wird der Geldsack eine Plastiktüte mit der Kohle da hineinlegen. Einen Tag muss ich ihm schon Zeit lassen, die Kohle zu besorgen. Aber das müsste reichen. Wenn es stimmt, was ich über seine Fabrik herausgefunden habe, kann er leicht zwei Millionen lockermachen. Du versteckst dich irgendwo und wenn die Luft rein ist, greifst du dir die Tüte und verschwindest. Aber guck vorher nach, ob er uns nicht hereingelegt hat.«

»Soll ich das Geld etwa dort zählen?«, rief ich. »Woher weiß ich denn, dass er nicht die Polizei eingeschaltet hat?«

»Das wird er sich nicht trauen. In dem Brief steht klipp und klar, dass er die Kohle auf dem Friedhof abliefern muss – und zwar allein. Jedenfalls dann, wenn er seine Alte lebend wiedersehen will.«

Mir wurde schlecht. »Und wenn mich jemand dabei beobachtet?«

Yves grinste mich breit an. »Schätzchen! Du weißt doch, dass dort höchstens ein paar alte Omas Unkraut zupfen. Darum sind wir doch auch immer dort hingegangen. Oder hast du das schon wieder vergessen?«

»Hör auf!«, rief ich. »Erst die Hütte und jetzt die Bank auf dem Friedhof.«

Yves nahm mich in den Arm. »Bleib cool, Schätzchen.

In Neuseeland finden wir neue Plätze, die nur uns gehören.«

»Was mache ich denn, wenn ich das Geld habe? Soll ich zur Hütte kommen?«

Ich war froh, als er den Kopf schüttelte. »Du rufst mich auf meinem Handy an und sagst nur: ›Alles okay.‹ Dann legst du wieder auf. Sonst rufst du nicht an. Weder vorher noch nachher. Ist das klar?«

»Ja, ja! Und dann?«

»Du packst das Geld ein und fährst nach Tegel. Dort treffen wir uns und ab geht's! Also denk dran, dir ein paar Klamotten für Neuseeland einzupacken. Aber nicht zu viele!«

»Tegel? Zum Flughafen? So schnell?«

»Klar. Ich habe alles genau gecheckt. Von Tegel nach Frankfurt und dann ab nach Neuseeland. Je schneller wir weg sind, desto besser.«

»Aber können die uns nicht verfolgen? Ich meine, Passagierlisten und so?«

»Hör schon auf!«, stöhnte Yves. »Erstens haben sie keine Beweise, dass wir was damit zu tun haben. Und selbst wenn sie uns verdächtigen. Bis die anfangen, uns zu suchen, sind wir längst in Neuseeland untergetaucht. Mit der Kohle können wir uns da garantiert falsche Papiere besorgen.«

»Und du lässt sie frei, gleich nachdem ich dich angerufen habe?«

»Klar. Ich schließe die Tür ab und verschwinde. Sie wird zwar eine Weile brauchen, bis sie sich aus der Hütte befreit hat, aber bei dem morschen Zeug dort schafft sie es bestimmt. Das bringt uns jedenfalls mehr Zeit. Bis sie dann jemanden findet, dem sie ihre Geschichte erzählen kann, sitzen wir im Flieger nach Frankfurt.«

Das hörte sich alles so einfach an. Zu einfach. Aber das sagte ich Yves nicht.

Als ich die Tür zur Villa öffnete, stand Frau Lindenthal vor mir. Ich schrie vor Schreck auf.

»Habe ich dich erschreckt?«, fragte sie mit besorgtem Gesicht. »Das wollte ich nicht. Ich habe nur schon auf dich gewartet. Wo warst du denn?«

»In der Bibliothek«, antwortete ich, ohne nachzudenken. »Referat für die Schule.«

Das schien ihr sichtlich zu gefallen. »Ach so. Warst du denn erfolgreich?«

Das war die Gelegenheit!

»Nein, leider nicht. Aber ich treffe mich morgen Nachmittag mit einer Schulfreundin. Wir machen das Referat gemeinsam. Sie hat schon eine Menge Sachen aus der Bibliothek kopiert.«

»Dann gehen wir nicht zum Einkaufen?«, fragte sie enttäuscht.

»Morgen leider nicht. Aber könntest du mich abholen?«

»Sicher! Wann denn?«

»Weiß ich noch nicht. Ich rufe dich an.«

Dorthe Lindenthal nickte heftig. »Ja, tu das bitte. Ich möchte nicht, dass du allein nach Hause kommst. Es wird jetzt schon recht früh dunkel und die S-Bahnen in Berlin – na ja.«

In der Nacht konnte ich kaum schlafen. Immer, wenn ich die Augen schloss, sah ich unsere Hütte vor mir. Yves und ich hatten sie zwar ein wenig hergerichtet, aber um tagelang darin zu wohnen – oder vielmehr darin gefangen ge-

halten zu werden –, war sie ganz sicher nicht geeignet. Es zog durch jede Ritze und ich hatte auch schon Ratten dort gesehen. Ich hoffte sehr, die Sache würde so schnell vorbei sein, wie Yves es mir versprochen hatte.

Am Morgen fühlte ich mich wie gerädert und hätte am liebsten überhaupt nichts gesagt. Martin Lindenthal war zum Glück schon in die Firma gefahren. Frau Lindenthal war supergut gelaunt und sprach ohne Pause darüber, was sie und ihr Mann alles mit mir planten. Sie fragte mich, welche Ausbildung ich machen wollte und was ich mir sonst so für den Rest meines Lebens vorstellte.

»Ich weiß noch nicht«, sagte ich nur.

»Überleg es dir gut«, meinte sie. »Der Weg, den du jetzt einschlägst, wird dein ganzes Leben bestimmen.«

Warum sagte sie das? Warum sagte sie das ausgerechnet jetzt?

Während der Fahrt nach Berlin war sie zum Glück schweigsamer, außer dass sie, wie an jedem Morgen, über den Verkehr schimpfte. Sie setzte mich in der Nähe der Schule ab und fuhr gleich weiter. Ich war heilfroh, sie endlich los zu sein. Gleichzeitig wurde mir klar, dass ich sie, wenn Yves' Plan funktionierte, nie wiedersehen würde.

Nach der Schule lief ich ohne Ziel herum und sah mindestens alle fünf Minuten auf die Uhr. Was sollte ich nur bis sechs Uhr machen? Ich wurde fast verrückt. Einmal dachte ich sogar daran, meine Pflegemutter anzurufen oder einfach zurückzufahren. Doch dann würde aus Yves' Plan nichts werden. Und auch nichts aus den Millionen und meinem Café in Neuseeland.

Schließlich entschloss ich mich zu dem alten Friedhof zu gehen, zu »unserer« Bank. Ich war schon lange nicht mehr dort gewesen. Ich würde mir alles genau ansehen und mir ein passendes Versteck suchen. So verging zumindest die Zeit.

Es hatte sich nichts verändert. Gar nichts. Als ich auf der Bank saß, war mir, als wäre ich erst gestern mit Yves hier gewesen.

Es war kalt, jedenfalls fror ich. Von den großen Bäumen, die die Friedhofswege säumten, rieselten schon die ersten Blätter. Es war dunstig und es roch nach Herbst und nach Tod. Den größtenteils windschiefen Grabsteinen war anzusehen, dass der Friedhof kaum noch genutzt wurde. Weit und breit war niemand zu sehen. Yves hatte Recht gehabt. Für eine ungestörte Geldübergabe gab es kaum einen besseren Ort.

Ich fand schließlich ein Versteck zwischen dem dichten Gebüsch. Von hier aus konnte ich die Bank und den Abfallkorb sehen. Trotzdem war mir ganz schlecht vor Angst und Aufregung.

Als ich auf die Uhr sah, war es zehn nach sechs. Ich bekam einen Riesenschrecken. Über der Suche nach einem Versteck und meinen Gedanken hatte ich die Zeit vergessen.

Hektisch kramte ich nach meinem Handy und wählte die Nummer der Lindenthals.

»Was sage ich, wenn Martin Lindenthal sich meldet?«, schoss es mir durch den Kopf, während ich schon das Freizeichen hörte. Er war zwar um diese Zeit normalerweise noch nicht zu Hause, aber das musste ja nicht immer so sein.

»Hallo, Kim«, hörte ich Frau Lindenthals Stimme. »Soll ich dich jetzt abholen?«

Ich verschluckte mich und musste husten. »Woher weißt du, dass ich es bin?«, keuchte ich immer noch hustend.

»Ich habe deine Nummer auf dem Display gesehen. Geht es dir nicht gut? Bist du erkältet?«

»Nein, nein, alles klar! Kannst du mich abholen?«

»Sicher. Wo denn?«

Ich gab ihr die Adresse durch und legte sofort auf. Mist! Jetzt hatte ich ihr nicht gesagt, dass sie läuten soll. Aber das war bestimmt nicht so schlimm. Wenn ich nicht vor der Tür stand, würde sie es wahrscheinlich sowieso tun. Das hoffte ich jedenfalls. Noch mehr Sorgen machte mir meine Telefonnummer. Sie war auf dem Display zu sehen gewesen. Die Polizei würde bestimmt herausfinden, dass ich Frau Lindenthal kurz vor der Entführung angerufen hatte. Aber das war nun auch schon egal. Zumindest dann, wenn Yves' Plan klappte.

Ich stand auf und rannte zur nächsten S-Bahn-Haltestelle.

Während der Fahrt ging mir der Gedanke nicht mehr aus dem Kopf, dass ich vergessen hatte, ihr zu sagen, sie solle läuten. Was war, wenn sie es nicht getan hatte und wieder nach Hause fuhr? Bestimmt würde sie mich fragen, warum ich sie zu einer falschen Adresse geschickt hatte. Ich könnte ihr sagen, ich hätte mich mit der Adresse vertan und wäre mit der S-Bahn nach Hause gefahren, als sie nicht kam. – Nein! Das ging nicht! Dann müsste ich ja viel später zurückkommen als sie. Ich musste aussteigen und warten. Aber dann hatte ich kein Alibi! War das überhaupt nötig? Ja, sicher. Schließlich musste ich noch zwei Tage bei den

Lindenthals wohnen. Daran wollte ich gar nicht denken. Auf jeden Fall durfte Martin Lindenthal mich nicht verdächtigen. Aber der kam doch sowieso immer spät nach Hause. Und wenn es heute nicht so war?

An jeder Haltestelle kämpfte ich mit mir, ob ich aussteigen und noch ein paar Stunden warten sollte, bis ich wieder nach Hause fuhr oder nicht. Schließlich siegte meine Überzeugung oder besser meine Hoffnung, dass Yves' Plan aufgehen würde. Ich blieb sitzen.

»Hallo!«, rief ich, noch in der Eingangstür zur Villa stehend. »Ist jemand zu Hause?«

Es blieb still. Ich ärgerte mich über mich selbst. Ich hätte wissen müssen, dass mein Pflegevater auch an diesem Tag erst spätabends nach Hause kommen würde. Ich könnte wieder gehen und mich für ein paar Stunden verstecken. Aber war mir nicht gerade eine Nachbarin begegnet?

Ich verscheuchte meine wirren Gedanken, ging hinein, schlug die Tür hinter mir zu und rannte die Treppe hinauf. In meinem Zimmer warf ich mich auf mein Bett.

»Der Plan muss klappen! Er muss einfach!«, brüllte ich in mein Kissen.

Ich blieb liegen und wartete auf Geräusche. Ein Auto, das vorfuhr, ein Schlüssel im Schloss der Eingangstür. Es blieb still – und ich schlief ein.

26

Ich weiß nicht, was mich geweckt hatte. Als ich die Augen öffnete, lag ich noch genau so auf dem Bett, wie ich mich hineingelegt hatte. Aber es war taghell! Ich sah auf den Wecker. Neun Uhr!

Ich sprang aus dem Bett, riss die Tür auf und rannte die Treppe hinunter.

»Hallo!«, rief ich wieder. »Ist jemand da?«

Ich erwischte mich dabei, dass ich hoffte, sie würde mir antworten. Doch es blieb so still wie am Abend zuvor.

Ich stürzte in die Küche und sah gleich den Zettel auf dem Tisch.

Dorthe, wo warst du letzte Nacht? Bitte ruf mich gleich an, wenn du nach Hause kommst. Martin.

Es war passiert. Es war also tatsächlich passiert! Yves' Plan hatte funktioniert. Er hatte Frau Lindenthal entführt! Mein Magen krampfte sich zusammen. Ich musste mich beherrschen, um mich nicht zu übergeben. Was sollte ich jetzt tun? Yves anrufen? Nein! Das hatte er mir ausdrücklich verboten.

Ich las mir den Zettel noch einmal durch. Es war unglaublich! Seine Frau war die ganze Nacht nicht nach Hause gekommen und er schrieb einfach nur, sie solle ihn anrufen. Machte er sich überhaupt keine Sorgen? Vielleicht blieb sie ja öfter mal eine Nacht weg. Ob sie einen Liebhaber hatte? So selten, wie ihr Mann zu Hause war, hätte mich das nicht gewundert. Nein, bestimmt hatte sie keinen Freund. Dazu war sie viel zu brav und zu spießig.

Nun saß Martin Lindenthal also in seinem Büro und wartete auf den Anruf seiner Frau. Sie würde nicht anrufen. Stattdessen würde er einen Erpresserbrief bekommen. – Der Brief! Yves hatte doch gesagt, dass er ihn gestern schon abschicken wollte. Also würde Herr Lindenthal ihn heute bekommen! Ich hatte keine Ahnung, wann die Post in der Firma ankam. Es war kurz nach neun. Das war bestimmt noch zu früh. Aber es würde sicher nicht mehr lange dauern. Wenn Martin Lindenthal den Brief gelesen hatte, würde er garantiert gleich nach Hause kommen. Und bis dahin musste ich weg sein! Ich wollte ihm auf keinen Fall begegnen, ganz abgesehen davon, dass ich mich möglichst unauffällig verhalten musste. Um in die Schule zu fahren, war es viel zu spät. Trotzdem musste ich hier verschwinden.

Ich rannte die Treppe hinauf in mein Zimmer und sprang in frische Klamotten. Am liebsten hätte ich geduscht und mir den ganzen Dreck des letzten Tages abgewaschen, aber das traute ich mich nicht. Wenn Martin Lindenthal hier auftauchte, musste ich weg sein.

Ich war schon an der Eingangstür, da hielt ich noch einmal inne. Hatte ich auch nichts vergessen? Ich musste noch meine Tasche packen! – Nein, das war ja erst für morgen angesagt. Noch ein Tag! Ich musste noch einen ganzen Tag durchhalten! Wie sollte ich das nur schaffen?

In der Bahn beruhigte ich mich wieder ein wenig. Um mich herum war es wie immer. Niemand interessierte sich für den anderen. Die Leute starrten aus dem Fenster oder lasen Zeitung. Ein paar Tage später würde es bestimmt in der Zeitung stehen. Ich sah die Schlagzeile schon vor mir: Fabrikantengattin entführt! Ich hoffte, dass dort auch stehen würde, dass sie nach Zahlung des Lösegeldes wieder wohlbehalten zu Hause war und dass die Polizei im Dunkeln tappte.

»Bullen sind blöd«, sagte Yves immer. »Darum heißen sie auch so.« Hoffentlich hatte er Recht damit.

Die Bahn hielt an der Haltestelle, an der ich immer ausstieg, wenn Frau Lindenthal mich nicht zur Schule fuhr. Warum sollte ich gerade hier aussteigen? Die Schule war das Letzte, wo ich jetzt hinwollte. Mir fiel ein, dass ich überhaupt nicht mehr dort hingehen würde. Ohne es zu wollen, musste ich leise lachen.

Ich setzte mich wieder hin und fuhr weiter durch die Berliner Innenstadt.

Meine Freude darüber, nicht mehr zur Schule gehen zu müssen, war schnell verflogen. Wenn ich nur wüsste, ob es wirklich so abgelaufen war, wie Yves es geplant hatte. Wie hatte er es eigentlich geplant?

»Eine kleine Narkose«, hatte er gesagt. Was hatte er damit gemeint? Einen Schlag auf den Kopf? Betäubungsmittel? Warum hatte ich blöde Kuh ihn nicht danach gefragt? Bestimmt hatte sich Frau Lindenthal gewehrt. Vielleicht war es ja gar nicht bei der »kleinen Narkose« geblieben. Vielleicht hatte Yves härter zuschlagen müssen und sie war nun – daran durfte ich überhaupt nicht denken. Ich hielt es nicht mehr aus. Ich musste es wissen! An der nächsten Haltestelle stieg ich aus und nahm die S-Bahn zum See und zu unserer Hütte.

Als ich die Endstation erreicht hatte, überkamen mich

wieder Zweifel. Bestimmt würde Yves sauer auf mich sein. Er konnte sehr unangenehm werden, wenn er sauer war. Andererseits hatte ich ein Recht darauf, zu wissen, wie es Frau Lindenthal ging. Und ich wollte auch wissen, wie es ihm ging!

Den ersten Teil des Weges durch den Wald lief ich, so schnell ich konnte. Doch je sumpfiger der Boden wurde, desto langsamer kam ich vorwärts. Schließlich musste ich bei jedem Schritt darauf achten, eine einigermaßen trockene Stelle zu finden. Yves und ich waren diesen Weg oft gegangen. Es hatte uns nichts ausgemacht. Wir hatten uns auf »unsere« Hütte gefreut und waren stolz darauf gewesen, sie entdeckt zu haben und ganz allein für uns nutzen zu können. Wenn ich nun daran dachte, hätte ich heulen können.

Ich erschrak, als die Hütte vor mir auftauchte. Gleich würde ich wissen, was am Tag zuvor wirklich passiert war. Vorsichtig näherte ich mich. Was sollte ich jetzt tun? Ich konnte nicht einfach hineingehen. Frau Lindenthal würde mich sofort erkennen. An dem einzigen Fenster waren die Fensterläden zwar nicht geschlossen, aber die Vorhänge zugezogen. Hatten die sich gerade bewegt?

Die Tür wurde aufgerissen und Yves stürzte heraus.

»Bist du wahnsinnig?«, fuhr er mich mit unterdrückter Stimme an. »Ich habe dir doch gesagt –«

»Ich hab's nicht mehr ausgehalten! Ich wollte wissen, wie es dir geht!«

»Es geht mir gut! Das siehst du doch!«

»Hat alles geklappt?«

»Ja, verdammt! Jetzt verschwinde endlich, bevor dich noch jemand sieht!«

»Und – sie? Ist sie da drin?«

»Wo soll sie denn sonst sein? Geh mir nicht auf den Geist, Kim! Alles lief wie geplant! Verschwinde endlich, bevor du es noch versaust!«

»Deine Maske!«, rief ich. »Wo ist deine Maske?«

Yves ballte die Fäuste und sah zum Himmel. »Sie pennt! Bevor sie aufwacht, setze ich die Scheißmaske wieder auf!«

»Sie schläft? Dann kann ich sie mir doch ansehen.«

Ich wollte an Yves vorbeigehen, doch der packte meinen Unterarm und riss mich zurück.

»Aua! Du tust mir weh!«

»Dann mach endlich, was ich dir sage. Hau ab!«

»Aber ich kann sie mir doch ansehen. Nur kurz!«

»Und wenn sie gerade dann aufwacht? Dann können wir gleich einpacken!«

»Gib mir doch deine Maske!«

Yves packte auch noch meinen anderen Unterarm und drückte so fest zu, dass ich vor Schmerz leise aufschrie.

»Sie würde dich vielleicht trotzdem erkennen. Dich hat sie schließlich schon oft gesehen. Mich aber noch nicht«, sagte er leise. »Nun geh endlich nach Hause und mach alles so, wie wir es besprochen haben.«

Ich gab auf. »Also gut. Ich gehe. Aber vorher musst du mir noch sagen, wie du sie überhaupt hierher gebracht hast.«

Yves ließ seufzend meine Unterarme los. »Mit dem Boot.«

»Wie?«

Er zeigte zum Seeufer. »Das Ruderboot. Kannst du dich nicht mehr daran erinnern? Es lag doch schon immer hier. Ich habe es am Abend vorher zum gegenüberliegenden Seeufer gebracht. Da gibt es einen Waldweg, der von der Straße abzweigt. Ich habe sie in ihrem Auto bis dahin gefahren, sie *ins Boot geladen und ihre Karre im See versenkt. Eigentlich schade um das schöne Teil.«*

»In dem altersschwachen Kahn?«, fragte ich. »Ich dachte, der säuft spätestens nach zehn Metern ab.«

»Tut er nicht. Siehst du ja. Ist es jetzt endlich gut? Ich will nicht, dass sie aufwacht und unsere Stimmen hört. Dann könnte sie später vielleicht bezeugen, dass es zwei waren. Und wenn wir Pech haben, erkennt sie noch deine Stimme.«

Ich erschrak. Daran hatte ich gar nicht gedacht.

»Okay. Ich gehe«, sagte ich und kam mir so blöd wie selten vor.

Trotzdem drehte ich mich nach ein paar Schritten noch einmal um.

»Yves!«, rief ich flüsternd.

»Was ist denn noch?«

»Du behandelst sie doch gut, oder?«

»Verdammt! Hau endlich ab!«

Auf dem Rückweg war es mir egal, ob meine Schuhe nass wurden. Ohne Rücksicht darauf rannte ich über den sumpfigen Waldboden, obwohl ich eigentlich noch Zeit genug hatte. Aber ich wollte weg! Ich wollte so schnell wie möglich weg von der Hütte. Das war nicht mehr unsere Hütte. Von nun an würde es für mich immer nur die Hütte sein, in der Dorthe Lindenthal gefangen gehalten worden war.

Ich wusste zunächst selbst nicht, warum mich das plötzlich so sehr erschreckte. Schließlich hatte ich sie ja noch nicht einmal zu Gesicht bekommen. Je länger ich lief, desto sicherer war ich mir, dass es genau das war. Und es war die Art, wie Yves mit mir gesprochen und vor allem, wie er mich angesehen hatte. Ich hatte mich schon oft über ihn geärgert und wir hatten uns mehr als einmal gestritten, aber ich hatte noch nie Angst vor ihm gehabt – bis heute.

Je weiter ich mich von der Hütte entfernte und je näher ich der Villa der Lindenthals kam, desto größere Angst bekam ich außerdem davor, bald Martin Lindenthal gegenübertreten zu müssen. Hoffentlich behielt ich die Nerven und verriet mich nicht. Würde er es mir überhaupt sagen? Und wenn, wie sollte ich reagieren? Wahrscheinlich musste ich nur meinen Gefühlen freien Lauf lassen, denn ich war jetzt schon völlig fertig.

Ich spürte mein Herz bis in den Hals, als ich den Schlüssel in die Tür steckte. Sie war abgeschlossen! Er war nicht da! Wie war das möglich? Jeder normale Mensch wäre doch sofort nach Hause gekommen, wenn er erfuhr, dass seine Frau entführt worden war. Oder hatte er den Brief noch gar nicht bekommen? Schließlich war die Post nicht immer pünktlich. Daran durfte ich gar nicht denken. Das würde bedeuten, dass ich noch einen Tag länger aushalten musste – und Frau Lindenthal auch. Vielleicht war er aber auch schon hier gewesen und war wieder gegangen. – Zur Polizei? Ich verscheuchte meine Gedanken und schloss die Tür auf.

»Hallo! Ist jemand da?«, rief ich, wie ich es gestern schon ein paarmal getan hatte.

Und wieder antwortete niemand.

Ich suchte im Haus nach Hinweisen darauf, dass Herr Lindenthal da gewesen war, nachdem ich gegangen war. Ich fand nichts. Sogar der Zettel lag noch auf dem Küchentisch. Doch das musste nichts zu bedeuten haben. Mir blieb nichts anderes übrig, als zu warten. Und zwar dort, wo mein neuer

Pflegevater bis heute noch nicht ein Mal gewesen war: in meinem Zimmer.

Ich saß auf dem Bett und sah mich um. Obwohl es schon dämmerte, schaltete ich das Licht nicht ein. Das hier war nicht mein Zimmer. Sie hatte zwar gesagt, es sei von nun an mein »Reich«, aber das war es nicht. Nichts schien für mich hierher gebracht worden zu sein. Nicht die Möbel, nicht die Poster an den Wänden, nicht die Bücher, von denen ich bisher noch nicht einmal die Titel gelesen hatte, und schon gar nicht die albernen Stofftiere. Bisher hatte ich mich noch nicht einmal getraut, in die Schubladen der Kommode oder in die Schreibtischfächer zu sehen. Ich hatte Angst, ich würde dort etwas finden, das mich erschreckte. Nur, was sollte das sein? Ich wusste es nicht, aber die Angst blieb.

Wenn es mittlerweile nicht dunkel gewesen wäre, hätte ich ihn möglicherweise sogar verpasst. Doch so sah ich für einen kurzen Augenblick Autoscheinwerfer in meinem Fenster aufblitzen. Ich stand auf und schaute hinaus.

Das Auto, mit dem mich die Lindenthals hierher gebracht hatten, hielt vor der Tür und Martin Lindenthal stieg aus.

Ich versuchte in seinem Gesicht zu lesen oder an seinem Gang zu deuten, wie er sich fühlte. Doch das Gesicht konnte ich in der Dunkelheit nicht erkennen und an seinem Gang fiel mir nichts Besonderes auf.

Nun war ich schon über eine Woche hier und hatte höchstens zehn Sätze mit ihm gewechselt. Er war mir immer noch fremd. Ich wäre möglicherweise sogar an ihm vorbeigelaufen, wenn er mir auf der Straße begegnet wäre. Trotzdem mochte ich ihn. Zumindest mochte ich ihn mehr als seine Frau, um die ich mir gerade so viel Sorgen machte.

Vielleicht lag es ja nur daran, dass ich ihn so selten sah, während sie mich kaum aus den Augen gelassen hatte.

Ich presste mein Ohr an die Tür. Ob er wusste, dass ich hier war? Ich hoffte, er würde nicht zu mir kommen, und gleichzeitig wünschte ich es mir. Dann hätte ich endlich Gewissheit gehabt.

Ich hörte nichts. Ich ging zum Fenster. Das Auto stand noch vor der Tür. Was machte er da unten? Seine Frau hatte ich ständig herumlaufen, mit Gegenständen klappern oder manchmal sogar singen gehört. Von ihm war absolut kein Geräusch zu vernehmen.

Ich öffnete vorsichtig die Tür und sah in die Diele hinunter. Sein Mantel hing an der Garderobe. Ich schloss die Augen und lauschte. Da! Jetzt hatte ich deutlich seine Stimme gehört. Mit wem sprach er? Mit der Polizei? Oder war seine Frau etwa wieder da?

Ich musste nachsehen, sonst würde ich noch verrückt werden!

Während ich die Treppe hinunterging, wurde die Stimme deutlicher. Nur was er sagte oder mit wem er sprach, konnte ich nicht verstehen. Dazu sprach er zu leise. Ich folgte der Stimme und landete vor der Tür des Arbeitszimmers. Ich holte tief Luft und presste mein Ohr gegen die Tür. Er war da drin. Daran gab es keinen Zweifel. Nur konnte ich ihn immer noch nicht verstehen. Warum redete er so leise? Ich musste es wissen. Jetzt! Ich nahm all meinen Mut zusammen, klopfte an und wollte die Tür öffnen. Sie war verschlossen!

»Wer ist da?«, rief er.

Erschrocken sprang ich einen Schritt zurück. »Ich bin es!«, brachte ich heraus.

»Kim?«

»Ja!«

»Was willst du?«, rief er durch die geschlossene Tür.

Jetzt! Jetzt musste ich ihm die Frage stellen.

Ich holte tief Luft. »Wo ist Dorthe? Ich habe sie seit gestern nicht gesehen!«

Es dauerte lange, bis er antwortete. Zu lange.

»Sie musste weg. Ganz plötzlich. Ihre Mutter. Sie ist krank geworden. Tut mir Leid, dass wir dir nichts gesagt haben.«

Er wusste es! Er wusste es, aber er wollte es mir nicht sagen. Warum auch? Schließlich kannte er mich genauso wenig wie ich ihn, obwohl er mich als seine Pflegetochter aufgenommen hatte. Warum, zum Teufel, hatte er das gemacht? Ob seine Frau ihn dazu überredet hatte?

Aber das war jetzt völlig egal. Er wusste, dass seine Frau entführt worden war, sonst hätte er mich nicht angelogen, sondern mich gefragt, ob ich wüsste, wo sie war. Dann musste er auch Yves' Brief bekommen haben. Wahrscheinlich telefonierte er gerade, um das Geld zusammenzubekommen.

»Ach so«, brachte ich unter allergrößter Kraftanstrengung mit einigermaßen normaler Stimme heraus. »Ich hatte mir schon Sorgen gemacht!«

»Brauchst du nicht! Nimm dir etwas zu essen aus dem Kühlschrank oder lass dir eine Pizza kommen. Ich muss noch arbeiten.«

Pizza! Ich hatte den ganzen Tag so gut wie nichts gegessen. Bei dem Gedanken, in eine vor Fett triefende Pizza zu beißen, wurde mir schlecht.

»Ist gut«, sagte ich und schlich, obwohl es nicht nötig ge-

wesen wäre, so leise, wie ich gekommen war, zurück in mein Zimmer.

Nun hatte ich also Gewissheit. Yves hielt Frau Lindenthal in der Hütte gefangen und ihr Mann wusste, dass er bis morgen zwei Millionen Euro Lösegeld besorgen musste.

Nur fühlte ich mich deshalb nicht besser. Ganz im Gegenteil. Mir wurde immer klarer, auf welchen Wahnsinn ich mich da eingelassen hatte. Entführung! Erpressung! Darauf stand, ich weiß nicht wie viele Jahre Gefängnis. Auf jeden Fall würde ich alt und grau sein, wenn sie mich wieder herausließen.

Weißt du, was du aus deinem Leben machen willst?, hatte Frau Lindenthal mich gefragt.

Und ob ich das weiß, hatte ich geantwortet.

Wenn ich nicht so eine irrsinnige Angst gehabt hätte, hätte ich lachen müssen.

Ich musste mich ablenken. In einer Ecke stand ein Regal mit CDs. Sie waren, wie all der andere Kram, schon hier gewesen, als ich kam. Es kostete mich eine Menge Überwindung, aber ich holte sie aus dem Regal. Die CDs, die ich mit Frau Lindenthal gemeinsam gekauft hatte, wollte ich nicht hören. Nein, ich konnte sie nicht hören.

Ich brauchte lange, bis ich eine CD gefunden hatte, die mir einigermaßen gefiel. Wenn Frau Lindenthal sich hatte beraten lassen, als sie sie gekauft hatte, war sie hereingelegt worden. Jede der Scheiben war mindestens drei Jahre alt.

Ich legte mich auf mein Bett und setzte den Kopfhörer auf. Dreimal musste ich mir die CD anhören, dann war ich endlich eingeschlafen.

27

Obwohl ich wieder vergessen hatte, mir den Wecker zu stellen, wachte ich am nächsten Morgen früher auf. Ich blieb liegen und sah aus dem Fenster. Wenn der Nebel sich verzog, würde es bestimmt ein schöner Herbsttag werden. In Neuseeland war jetzt Frühling. Bald würde dort Sommer sein. Sommer! Ich schloss die Augen und dachte daran, wie der Sommer in Neuseeland sein würde. Ich hatte es oft genug in Büchern und Fernsehberichten gesehen. Doch bald würde ich ihn auch riechen und spüren können.

Aber wollte ich all das gemeinsam mit Yves erleben? An der Hütte hatte er mir eine Seite von sich gezeigt, die mir Angst gemacht hatte. Vielleicht sollte ich mit ihm Schluss machen, sobald wir in Neuseeland angekommen waren. Wenn wir es überhaupt bis dahin schafften.

Wäre in diesem Augenblick eine Fee gekommen, um mir einen Wunsch zu erfüllen, so wie ich es mir als Kind so oft erträumt hatte, wäre dieser Wunsch gewesen, die Zeit zurückdrehen zu können. Bis zu dem Abend in dem zugigen, dunklen Hauseingang oder bis zu dem Moment, als Alex mich gefragt hatte, ob ich mit den Lindenthals als Pflegeeltern einverstanden wäre. Dann würde ich jetzt zwar nicht in diesem schönen Haus wohnen, aber es ginge mir ganz bestimmt viel besser.

Alles in meinem Kopf und meinem Körper wehrte sich dagegen, aber ich stand trotzdem auf. Ich ging gleich zum Fenster, in der Hoffnung, Martin Lindenthals Auto würde nicht mehr dort stehen. Ich wurde enttäuscht. Ich fragte mich, wie ich es überstehen sollte, ihm gerade jetzt zu begegnen, ein paar Stunden, bevor ich ihm zwei Millionen Euro abnehmen würde.

Beim Duschen und Anziehen ließ ich mir viel Zeit. Irgendwann ließ es sich aber nicht mehr vermeiden, ins Erdgeschoss zu gehen. Das Auto stand immer noch vor der Tür. Nur Martin Lindenthal war nicht zu sehen. Bis auf das Schlafzimmer sah ich mich überall im Haus um. Entweder er war zu Fuß oder mit einem Taxi unterwegs oder er schlief noch. Es war mir egal, solange ich ihm nicht begegnen musste.

Ich holte mir einen Joghurt aus dem Kühlschrank und verzog mich in mein Zimmer. Ich hatte mir gut überlegt, welche Sachen ich in die kleine Reisetasche packen wollte. Nach ein paar Minuten war der Joghurtbecher leer und die Reisetasche gepackt.

Nun konnte es mir nicht schnell genug gehen. Ich sprang die Treppe hinunter, schlug die Haustür hinter mir zu und rannte, bis ich keuchend am Bahnhof ankam. Ein paar Minuten später saß ich im Zug. Geschafft! Ganz gleich, was auch passierte, in die Villa der Lindenthals würde ich bestimmt nie wieder zurückkehren!

So unsicher ich am Tag zuvor gewesen war, an diesem Tag wusste ich genau, wie ich die Wartezeit überbrücken wollte. Ich würde in eines meiner Lieblingscafés gehen und so viel Kaffee in mich hineinschütten, wie ich aushielt. Es würde ein Abschied werden, von meiner Stadt, von meinem

Land und von meinen geliebten Cafés. Aber zumindest die würde ich ja nach Neuseeland mitnehmen. Das hoffte ich jedenfalls.

Als mich die Serviererin schon besorgt fragte, ob ich denn so viel Kaffee auch vertragen würde, war es endlich so weit. Ich hatte mir genau ausgerechnet, wann ich zu dem alten Friedhof aufbrechen musste. Ich durfte zwar nicht zu spät kommen, aber auch nicht zu früh. Je länger ich mich dort versteckte, umso größer war die Gefahr, entdeckt zu werden. Außerdem wusste ich nicht, wie lange ich es in dem Versteck aushalten würde, ohne durchzudrehen.

Mein Zeitplan stimmte. Um zwanzig vor vier hockte ich zwischen hohen Büschen mit Blick auf die Bank und den Abfallkorb. Die Blätter hatten sich zwar schon verfärbt, hingen aber fast noch vollzählig an den Zweigen. Bei meinem ersten Besuch hatte ich es mit meiner Jacke getestet. Hier war ich von keiner Seite aus zu sehen. Und wenn mich doch jemand entdeckte, könnte ich immer noch sagen, dass ich eine schwache Blase hätte.

Zwanzig Minuten können endlos lange werden. Vor allem dann, wenn man auf feuchtem Friedhofsboden hockt, die Käfer und Würmer um einen herumkrabbeln und man viel zu viel Kaffee getrunken hat. Auf dem Friedhof gab es eine öffentliche Toilette. Die konnte ich von meinem Versteck aus sehen. Ich hätte alles gegeben, um dort hinzugehen, aber das traute ich mich nicht. Und hier? Nein, das wäre zu eklig gewesen.

Mein Herz raste und ich wusste nicht mehr, ob es an meiner Angst, meiner Nervosität oder dem Koffein lag.

Als Martin Lindenthal an meinem Versteck vorbeiging, biss ich mir in die Hand, sonst hätte ich aufgeschrien. Ohne nach links oder rechts zu sehen, ging er zu dem Abfallkorb, warf eine Plastiktüte hinein, drehte sich um und war wieder verschwunden. Es war wie in einem Film. Und es war wahnsinnig schnell gegangen!

Es hatte geklappt! Es hatte tatsächlich geklappt!

Nur jetzt nicht durchdrehen!, sagte ich mir immer wieder. Noch war es nicht vorbei. Ich musste ruhig bleiben und es genau so machen, wie ich es mit Yves besprochen hatte: Erst ein paar Minuten warten, dann zum Abfallkorb, in die Tüte sehen, ob das Geld auch darin ist, dann einpacken und weg. Das ist leichter gesagt als getan, wenn die Knie und der Magen höllisch wehtun, die Blase fast platzt und das Herz rast, als hätte man einen Marathonlauf hinter sich.

Ich sah auf meine Uhr. Drei Minuten! Ich musste es drei Minuten aushalten.

Es war die Hölle, aber ich schaffte es. Noch ein Blick in alle Richtungen, dann sprang ich aus meinem Versteck, rannte zum Abfallkorb, riss die Tüte heraus und rannte, ohne hineinzusehen, zur Toilette.

Es war ein unglaubliches Gefühl! Die Erleichterung und dann die Plastiktüte mit den vielen Geldscheinen darin. Das waren zwei Millionen! Das waren mindestens zwei Millionen!

Meine Hände zitterten so sehr, dass ich Mühe hatte, meine Hose wieder hochzuziehen.

Ich stopfte die Plastiktüte in meine Reisetasche und rannte los. Kurz vor dem Ausgang blieb ich wieder stehen. Ich durfte nicht rennen! Das war zu auffällig. Ich schloss die Augen und versuchte mich zu beruhigen. Mein Herz raste immer noch, aber meine Atmung wurde ein wenig ruhiger. Ich zog meine Jacke straff und ging hinaus.

In dem Augenblick sah ich es. Das heißt, ich nahm es mehr aus den Augenwinkeln wahr. Da war jemand hinter mir! War das Martin Lindenthal? Oder die Polizei? Ich wagte nicht, mich umzudrehen. Ich hörte deutlich Schritte hinter mir. Sie kamen näher. Meine Gedanken überschlugen sich. Was sollte ich tun? Das Beste würde sein, langsam und unauffällig wegzugehen, wie jemand, der gerade auf dem Friedhofsklo gewesen war.

Stattdessen lief ich los.

Ich wusste nicht, wohin, ich rannte einfach geradeaus. Ich rannte um mein Leben.

Als ich wieder zur Besinnung kam, stand ich in einem leeren, heruntergekommenen Fabrikgebäude. Ich wäre noch weitergerannt, aber es ging nicht mehr. Ich fiel auf die Knie und hustete, bis mir schwarz vor Augen wurde. Sollten sie doch kommen und mich mitnehmen. Es war mir egal, wenn nur diese grauenhaften Seitenstiche endlich aufhörten!

Es kam niemand und ich erholte mich wieder, zumindest konnte ich aufstehen und mich umsehen. Ich war allein. War ich gar nicht verfolgt worden? Oder war ich ihnen entkommen?

Ich hatte keine Ahnung, wo ich war, aber irgendwo würde es sicher auch hier eine S-Bahn-Haltestelle geben. Doch was sollte ich tun, wenn meine Verfolger noch in der Nähe waren und mich sahen? Wenn sie das Geld bei mir fänden, wäre alles aus.

Ich musste das Geld verstecken, bis ich sicher war, nicht mehr verfolgt zu werden. Am besten würde es sein, das Geld hier zu verstecken, um es dann später mit Yves zu holen.

Dort, wo die blinden Fabrikfenster zerborsten waren, fiel

genug Licht in die alte Fabrikhalle, um nach einem Versteck suchen zu können. Die rußschwarzen Mauern waren zum großen Teil verfallen. Irgendwo huschte etwas über den Boden, das ich lieber nicht so genau sehen wollte.

Ich musste mich beeilen und das Geld verstecken, bevor mich doch noch jemand aufspürte! Nur wo?

Schließlich stopfte ich die Plastiktüte samt Inhalt zwischen die Trümmer einer halb umgestürzten Mauer. Hier würde bestimmt niemand nach Geld suchen, zumindest nicht in den nächsten zwei Stunden. Länger würde es sicher nicht dauern, bis ich mit Yves wieder hierher kommen konnte. Hoffentlich reichte es dann noch für den Flug nach Frankfurt. Aber wir konnten ja auch einen Nachtzug nehmen. Der war sogar noch unauffälliger. Zumindest gab es dort keine Passagierlisten.

Ich rechnete damit, dass sich ein Dutzend Polizisten auf mich stürzen würden, sobald ich auf die Straße kam. Es passierte nicht. Es passierte gar nichts. Die Leute liefen an mir vorbei, ohne mich zu beachten, obwohl ich wahrscheinlich schrecklich aussah.

Nach einigem Suchen fand ich tatsächlich eine S-Bahn-Haltestelle und bald saß ich in dem Zug, der mich zu Yves bringen würde. Yves! Er wartete doch auf meinen Anruf!

Ich sah aus dem Fenster. Nur noch drei Haltestellen bis zur Endstation. Wenn ich ihn jetzt anrief, würde er Frau Lindenthal freilassen und nach Tegel fahren. Vielleicht würden wir uns ja unterwegs begegnen – vielleicht aber auch nicht. Es war nicht auszudenken, wenn wir uns verpassten! Ich entschloss mich ihn anzurufen und ihm zu sagen, dass er vor der Hütte auf mich warten sollte.

Ich war froh, dass Yves' Nummer in meinem Handy ein-

gespeichert war. Ich wäre sonst wahrscheinlich nicht in der Lage gewesen, sie zu wählen.

»Ja?«, hörte ich schon nach dem ersten Freizeichen.

»Alles okay. Aber warte auf mich.«

»Wie? Wieso soll ich warten? Warum hat das so lange gedauert? Stimmt was nicht?«

»Doch! Alles okay! Ehrlich! Ich erkläre es dir! Ich bin gleich da!«

Ich legte auf und sah auf die Uhr. Es war kurz nach fünf.

In spätestens zwei Stunden würde es dunkel werden. Ich hoffte, dass wir bis dahin das Geld holen konnten. Ich hatte keine Lust, im Dunkeln in der Fabrik herumzustolpern und danach zu suchen. Außerdem wurde es wieder neblig. Aber das konnte uns ja nur recht sein.

Yves wartete vor der Hütte auf mich. Als er mich sah, rannte er mir entgegen.

»Was ist los? Warum sollte ich warten? Sag bloß, der Geldsack hat die Kohle nicht bezahlt!«

»Doch, hat er. So, wie du es geplant hast.«

»Hast du nachgesehen?«

»Ja!«

»Dann zeig her! Mensch, ich will sie sehen! Ich will sie anfassen!«

»Er hat sie bezahlt. Aber dann wurde ich verfolgt – glaube ich jedenfalls.«

Yves riss die Augen auf. »Verfolgt? Von wem?«

»Keine Ahnung! Auf jeden Fall musste ich das Geld verstecken.«

»Verstecken?«, brüllte er mich an. »Tickst du noch ganz richtig? Wo ist das Geld?«

»Schrei mich nicht so an! Hast du Frau Lindenthal freigelassen?«

»Natürlich nicht! Nach deinem komischen Anruf erst recht nicht! Und das war ja wohl auch gut so!«

»Wie meinst du das? Er hat doch bezahlt!«

»Aber du hast das Geld nicht mehr!«

»Wir müssen nur hingehen und es holen, Yves. Es liegt sogar auf dem Weg nach Tegel. Das dauert gar nicht viel länger! Lass sie frei! Bitte!«

Yves packte meine Schultern und schüttelte mich, so wie an dem Abend in dem zugigen Hauseingang. »Wo ist die verdammte Kohle? Wo?«

Noch vor einer Woche hätte ich Yves ohne zu zögern gesagt, wo das Geld war, aber das war nicht mehr der Yves, den ich kannte – oder zu kennen glaubte. Er machte mir Angst.

»Lass Frau Lindenthal frei, dann sag ich es dir.«

»Hast du Angst um deine Pflegemami?«

»Hör auf, so einen Scheiß zu reden!«, schrie ich ihn an.

»Sag du mir lieber, wo du die Kohle versteckt hast!«, schrie er zurück.

»Keine Chance! Erst Frau Lindenthal!«

Yves holte tief Luft. »Also gut. Ich sag dir, wie wir es machen. Du gehst zurück, holst die Kohle und fährst nach Tegel. Dort treffen wir uns wie besprochen.«

»Und was machst du?«

»Ich kümmere mich um Frau Lindenthal.«

»Was soll das heißen? Lass sie doch einfach frei! Ich verstecke mich so lange, bis sie weg ist. Oder wir hauen einfach ab, so wie du gesagt hast. Bis sie sich befreit hat, sind wir längst verschwunden!«

Mit einem Ruck stieß Yves mich von sich, dass ich rücklings in den Matsch fiel.

»Also gut!«, schrie er mich an. »Du willst es ja nicht anders!«

Er zog eine Strumpfmaske aus der Hosentasche, zog sie sich über den Kopf und lief mit langen Schritten zur Hütte zurück.

Ich rappelte mich auf und lief hinter ihm her. Er riss die Tür auf, stürzte in die Hütte und knallte die Tür hinter sich zu. Ich hörte, wie er den Riegel von innen vorschob.

Wie eine Verrückte riss ich an der Tür, aber sie rührte sich keinen Millimeter. Zu schreien traute ich mich nicht, aus Angst Frau Lindenthal könnte meine Stimme wiedererkennen, falls sie uns vorher nicht sowieso schon gehört hatte.

Dann schrie plötzlich jemand. Es kam aus der Hütte! Das war Frau Lindenthals Stimme! Wie versteinert blieb ich vor der Tür stehen.

Als Yves sie öffnete, trug er die Maske nicht mehr.

»Was ist los? Wo ist sie?«

Statt einer Antwort drehte sich Yves wieder um und zog kurz darauf Frau Lindenthal hinter sich her nach draußen.

»Was hast du gemacht?«, schrie ich ihn an. »Ist sie –«

Yves ließ ihre Arme los. Ihr Kopf schlug auf dem Boden auf, zum Glück war der aufgeweichte Waldboden nicht so hart.

Yves kam mit wutverzerrtem Gesicht auf mich zu. »Hör endlich mit dem Geheule auf! Sie ist bewusstlos. Plötzlich ist sie durchgedreht und hat mir die Maske vom Kopf gerissen.«

»Und?«

»Das fragst du noch? Sie hat mich gesehen!«

»Was hast du vor, Yves?« Ich bekam vor Angst kaum noch ein Wort heraus. Er war zu allem fähig. Das wusste ich. Warum begriff ich das jetzt erst?

»Nichts habe ich vor«, antwortete er plötzlich wieder ganz ruhig. »Hilf mir lieber, sie zum See zu bringen!«

»Zum See?«

»Ja, verdammt! Ich will sie ins Boot setzen und zum anderen Ufer fahren. Wenn sie gefunden wird, soll sie möglichst weit weg von der Hütte sein.«

»Und dann?«

»Und dann? Und dann? Frag nicht so blöd! Wir machen es wie besprochen! Wenn wir sie ins Boot geladen haben, fahre ich sie zum anderen Ufer und du holst die Kohle! Jetzt pack endlich mit an!«

Ich traute mich nicht, ihm zu widersprechen. Ich hatte Angst, sonst bald neben Frau Lindenthal zu liegen. Also hob ich ihre Beine hoch, Yves fasste sie an den Armen.

So vorsichtig ich konnte, legte ich Frau Lindenthal ins Boot. Yves ließ sie einfach fallen.

Er wischte sich den Schweiß von der Stirn. »So, das reicht. Den Rest übernehme ich. Wir sehen uns am Flughafen.«

Damit gab er dem Boot einen Stoß und schwang sich hinein.

Den Rest wollte er erledigen? Welchen Rest? Einen Augenblick zögerte ich, dann lief ich durch das knöcheltiefe, eiskalte Wasser und sprang zu ihm und der bewusstlosen Frau Lindenthal ins Boot.

»Spinnst du? Was soll das denn jetzt wieder? Ich habe dir doch gesagt –«

»Ich fahre mit. Und wenn du von der Kohle etwas sehen willst, hinderst du mich nicht daran.«

Yves sagte nichts. Er sah mich nur wütend an. Aber da war noch etwas in seinem Blick. Und das ließ mir kalte Schauer über den Rücken laufen.

Mit starrem Blick ruderte Yves das Boot. Frau Lindenthal lag bewusstlos zu unseren Füßen. Ihre Haare waren blutverklebt. Der Nebel wurde immer dichter. Nur das Quietschen der altersschwachen Ruderriemen und das gleichmäßige Eintauchen der Ruderblätter waren zu hören. Sonst war es absolut still.

Ich konnte zwar kaum etwas sehen, aber wir befanden uns vermutlich mitten auf dem See, als Yves zu rudern aufhörte.

»Was ist los? Warum ruderst du nicht weiter?«

Yves antwortete nicht. Stattdessen grinste er mich plötzlich an und bückte sich, um etwas vom Boden aufzuheben. Als ich erkannte, was es war, wurde ich vor Schreck und Angst fast wahnsinnig.

»Ein Seil!«, schrie ich. »Was soll das?«

Yves sagte immer noch nichts. Er hob Frau Lindenthals Beine hoch und schlang das Seil darum. Ich griff nach dem Seil. Das andere Ende war an einem Abfallsack befestigt. Und der war mit Steinen oder Sand gefüllt!

»Du Schwein! Du verdammtes Schwein!«, schrie ich völlig außer Kontrolle. »Du willst sie umbringen!«

Yves schlang den ersten Knoten um das Seil und sah hoch. Er grinste immer noch. »Glaubst du im Ernst, ich lasse zu, dass die Alte mich identifiziert?«

»Du hast es von Anfang an geplant! Sag es! Sag, dass es stimmt!«

28

»Verdammt! Kim! Bist du da drin?«

Es hämmert. Mein Herz hämmert in meinem Kopf. – Nein, das ist nicht in mir, das kommt von außen! Jemand schlägt mit den Fäusten gegen die Tür!

Kevin! Das ist Kevins Stimme!

»Kim! Antworte doch! Yves! Ich weiß genau, dass du da bist! Was hast du mit ihr gemacht? Komm raus oder ich hol dich! Du verdammter Dreckskerl!«

Der Druck auf meinen Hals lässt nach. Ich spüre Luft in meiner Kehle. Es tut höllisch weh! Ich versuche gleichzeitig nach Luft zu ringen und zu husten.

Wo ist er? Wo ist Yves? Wo ist Kevin?

Ich sehe hoch. Warum kann ich nicht mehr richtig sehen? Die verschwommene Gestalt, die auf die Tür zugeht, muss Yves sein. Er öffnet die Tür. Da ist Kevin!

»Kevin!«, röchele ich. »Pass auf! Er –« Ich muss wieder husten und bekomme fast noch weniger Luft als vorher.

»Verdammt!«, brüllt Kevin. »Was hast du –«

Ich kann nicht erkennen, was es ist, aber Yves schlägt es Kevin auf den Kopf. Er fällt gegen die Wand neben der Eingangstür und rutscht auf den Fußboden.

Blut! Kevins Kopf blutet!

»Kevin!«, schreie und huste ich gleichzeitig.

Ich will aufstehen, aber ich kann nicht. Ich sehe nur Yves' Beine. Sie kommen auf mich zu. Ich versuche aufzustehen und taumele gegen die Wand. Nur weg! Weg hier!

Du musst Hilfe holen!, schreit eine Stimme in mir.

Das Telefon! Ich muss an das Telefon kommen! Aber wo ist es? Endlich erinnere ich mich.

Mit all meiner Energie befehle ich meinem Körper, sich zu bewegen – und er gehorcht. Ich laufe auf die Stelle zu, wo ich das Telefon vermute, ohne zu sehen, ob es tatsächlich dort ist. Ich stolpere und laufe weiter. Meine Augen werden wieder ein wenig klarer.

Da! Da ist es! Ich greife danach! Jetzt wählen! 110! Wieso kann ich die Zahlen nicht erkennen?

»Lass das Telefon fallen!«, schreit Yves hinter mir.

Mein Gott! So nah ist er schon! Ich habe keine Zeit mehr zu telefonieren. Ich muss weg! Aber wohin? – Ins Bad! Dort kann ich mich einschließen!

Nimm das Telefon mit, sagt die Stimme in mir.

Gott segne denjenigen, der das schnurlose Telefon erfunden hat. Ich fahre herum und renne an Yves vorbei auf die Treppe zu.

»Bleib stehen!«

Du kannst mich mal, sagt die Stimme in mir.

Kevin liegt noch an der Tür. Das Blut aus seiner Kopfwunde hat schon sein Hemd erreicht. Ich darf jetzt nicht heulen, dann schaffe ich es nicht! Sein Anblick gibt mir Kraft für die Treppe.

Da ist die Badezimmertür! Ich stolpere hinein, werfe die Tür hinter mir zu und drehe den Schlüssel um. Gleichzeitig kracht das, was auch immer Yves in der Hand hat, gegen die Tür.

»Mach die Tür auf! Sofort!«, schreit er dabei.

»Du kannst mich mal!«, schreie ich nun laut heraus.

Ich sehe die Zahlen wieder! Irgendwie schaffen es meine Finger, die richtigen Tasten zu treffen.

»Notruf der Polizei. Wie kann ich Ihnen helfen?«

»Überfall!«, brülle ich in den Hörer. Etwas Besseres fällt mir nicht ein. »Kommen Sie schnell! Bitte! – Und jemand ist verletzt! Krankenwagen! Bitte!«

»Nennen Sie mir bitte die Adresse und Ihren Namen.«

Wieso ist der Typ so ruhig? Nimmt der mich nicht ernst?

»Überfall!«

»Die Adresse und Ihren Namen bitte!«

»Lindenthal! Anna Lindenthal!« Zum Glück bin ich noch so klar im Kopf, dass ich ihm diesen Namen nenne. »In der Wenzel-Villa! In Steinberg!«

»Eine Person ist verletzt?«

»Ja!«, schreie ich. »Ich hoffe, nur verletzt«, füge ich leise hinzu.

»Wir kommen sofort. Bleiben Sie ruhig und versorgen Sie den Verletzten, soweit es Ihnen möglich ist.«

Es knackt in der Leitung. Erst jetzt nehme ich wieder wahr, was sich auf der anderen Seite der Tür abspielt. In regelmäßigen Abständen schlägt ein Gegenstand gegen die Badezimmertür.

»Mach auf!«, brüllt Yves. »Sag mir, wo das Geld ist! Mach auf! Oder ich bring dich um und die Alte gleich mit!«

»Bleib, wo du bist!«, schreie ich zurück. »Du bist ja wahnsinnig! Was hast du mit Kevin gemacht?«

Endlich hört er auf, gegen die Tür zu schlagen.

»Dem geht es gut! Komm raus und überzeuge dich selbst!«

»Das könnte dir so passen! Ich bleibe hier, bis die Polizei kommt!«

»Du hast die Polizei gerufen?«, schreit er. Seine Stimme überschlägt sich. Gleich darauf kracht der Gegenstand mit noch größerer Wucht gegen die Tür. »Ich hole dich da raus! Und wenn es das Letzte ist, was ich tue! Sag mir endlich, wo das Geld ist!«

Wenn er so weitermacht, wird er es schaffen! Ich kann vor Angst kaum noch denken. Ich reiße das Fenster auf. Sie müssen doch bald kommen! Noch nie habe ich mir Polizeisirenen so herbeigewünscht.

Ich sehe zur Tür. Aus dem Rahmen lösen sich schon die ersten Splitter. Lange wird die Tür nicht mehr halten. Es hat keinen Sinn. Ich bin dort nicht mehr sicher. Aus dem Fenster springen kann ich nicht. Das sind sicher vier Meter. Ich würde mir alle Knochen brechen. Aber wenn ich mich von außen an das Fensterbrett hänge und dann loslasse, könnte ich es einigermaßen unverletzt überstehen.

Ich klettere auf das Fensterbrett und rutsche mit den Beinen voran langsam an der Außenwand herunter. So gut es geht, versuche ich nicht darauf zu achten, was sich vor der Tür abspielt und wie weit der rettende Boden von meinen Füßen entfernt ist.

Schließlich hänge ich mit den Füßen zwei Meter über dem Garten. Unter mir ist ein Blumenbeet. Das wird den Fall hoffentlich abdämpfen.

Handball ist ein harter Sport, höre ich meinen Lehrer sagen. Und die Hallenböden sind nicht aus Schaumgummi. Darum zeige ich euch jetzt, wie man sich beim Fallen richtig abrollt. Und dann üben wir das, bis ihr es könnt.

Kann ich es noch? Ich lasse los. Schultern rund, Kopf

einziehen, Aufprallenergie umleiten, abrollen. In meiner Schulter knackt etwas. Ich spüre den Schmerz bis in meine Beine.

Ich stehe auf und versuche aufzutreten. Es tut weh, aber ich bleibe stehen. Ich gehe einen Schritt. Auch das schmerzt, aber ich kann gehen. Ich kann fliehen!

»Du kommst hier nicht weg!«

Ich sehe Yves auf mich zufliegen. Im letzten Augenblick lasse ich mich zur Seite fallen. Dicht neben mir schlägt er auf dem Boden auf. Zum ersten Mal in meinem Leben höre ich einen Knochen brechen. Yves liegt dicht neben mir. Sein Gesicht ist vor Schmerz verzerrt, doch in seinen Augen sehe ich nur Hass. Er greift nach mir und öffnet den Mund. Die Spucke läuft heraus.

Ich robbe mich von ihm weg und stehe auf. Ich muss weg! So schnell es geht! Wenn er mich erwischt, wird er mich umbringen. Ich weiß es. Ohne zu zögern, würde er mich töten.

Ich will rennen, doch ich kann nur noch humpeln. Ich sehe mich nach ihm um.

Er will aufstehen, doch er bricht winselnd gleich wieder zusammen. Er versucht es noch einmal. Er schreit auf – und bleibt liegen.

Ich zögere. War es das? Kann er mir nichts mehr tun?

Ich gehe einen Schritt auf ihn zu. Er sieht mich immer noch hasserfüllt an. Doch er kann nicht mehr aufstehen. Ich habe es geschafft! Er ist erledigt!

Ich muss beinahe lachen, als ich daran denke, wie er über mein Handballtraining gelästert hat.

»Scheißsport?«, brülle ich ihn an. »Da hast du deinen Scheißsport!«

Ich muss mich beherrschen, um ihn vor Wut nicht mit Tritten zu bearbeiten. Aber viel wichtiger ist es jetzt, zur Villa zurückzugehen. Ich muss nach Kevin sehen!

Er liegt immer noch auf dem Fußboden. Aber seine Augen sind geöffnet!

Als er mich sieht, versucht er aufzustehen, sinkt aber stöhnend wieder zurück. »Mein Kopf! Dieser verdammte –«

»Kevin! Was machst du denn? Bleib doch liegen!«

»Kim! Alles in Ordnung?«

»Ja, ja, geht schon.«

»Gott sei Dank! – Wo ist er? Wo ist dieses –«

»Es ist alles vorbei! Er hat sich ein Bein gebrochen. Vielleicht auch beide. Der kommt hier nicht mehr weg.«

»Du musst die Polizei anrufen!«

»Habe ich schon. Sie müssen jeden Augenblick kommen. Und auch ein Krankenwagen. Bleib bitte ruhig liegen. Ich bin so froh, dass du nicht – ich habe mir solche Sorgen um dich gemacht!«

»Ich mir um dich noch viel mehr.« Kevin versucht zu lächeln. »Du musst ihn fesseln«, sagt er dann. Ich sehe ihm an, wie schwer es ihm fällt zu sprechen. »Sicher ist sicher. Dem ist alles zuzutrauen. Irgendwo muss noch dieses Klebeband sein.«

»Das mache ich. Gleich. Aber vorher musst du noch etwas wissen. Es stimmt. Ich habe sie entführt.«

»Warum sagst du mir das jetzt?«

»Weil – weil ich nicht weiß, ob du –«

Kevin legt seine Hand auf meinen Mund und lächelt wieder. »Mach dir keine Hoffnung. Mich wirst du nicht los. Und jetzt schnür endlich diesen Kerl zusammen, bevor er doch noch abhaut.«

Ich höre ein Geräusch hinter mir. Frau Lindenthal! Sie hatte ich fast vergessen.

Sie sitzt noch immer gefesselt auf ihrem Stuhl. Ihre Augen sind weit aufgerissen. Ich löse ihre Fesseln und ziehe vorsichtig den Klebestreifen von ihrem Gesicht.

»Danke! Anna! Ich –«

»Was ist auf dem See passiert?«, unterbreche ich sie. »Er hat dir doch den Sack um die Beine gebunden!«

»Du musst ihn fesseln!«, stöhnt Kevin hinter mir. »Frag sie, wo er den Klebestreifen hergenommen hat!«

»Er hatte ihn bei sich«, sagt Frau Lindenthal. »Ich glaube, er hat ihn in seine Tasche gesteckt.«

»Ich komme gleich wieder«, sage ich zu ihr und laufe noch einmal hinaus zu Yves.

Der liegt immer noch auf dem Rasen. Seine Augen sind geschlossen. Er ist ohnmächtig. Das wundert mich nicht. Der Lage seines Beins nach zu urteilen, muss es mehr als einmal gebrochen sein. Das muss höllisch wehtun.

Ist es überhaupt nötig, ihn noch zu fesseln? Ja, Kevin hat Recht. Yves ist wirklich alles zuzutrauen, auch mit einem gebrochenen Bein vor der Polizei zu fliehen. In welcher Tasche wird das Klebeband sein? Ich beuge mich über ihn und greife in seine Jackentasche. In dem Augenblick öffnet er seine Augen. Er sieht mich an. Er schreit. Seine Hände fahren hoch und packen meinen Hals. Ich versuche, um Hilfe zu rufen, ich versuche zu atmen. Doch ich sehe nur diese Augen und weiß, er wird mich umbringen.

»Du Schwein! Du verdammtes Schwein!«, schreie ich völlig außer Kontrolle. »Du willst sie umbringen!«

Yves schlingt den ersten Knoten um das Seil und sieht

hoch. Er grinst immer noch. »Glaubst du im Ernst, ich lasse zu, dass die Alte mich identifiziert?«

»Du hast es von Anfang an geplant! Sag es! Sag, dass es stimmt!«

»Du bist zu naiv, Schätzchen. Das ist dein Problem. Aber das wird sich noch ändern. Lass mich nur machen.«

In mir knallt eine Sicherung durch. Ich springe auf und stürze mich auf ihn. Es ist mir egal, ob das Boot kentert und wir alle ertrinken. Da sind nur noch Wut und Verzweiflung.

Ich bin nicht sehr groß und ziemlich dünn, jedenfalls im Vergleich zu Yves. Er hätte meinen Angriff also mühelos abwehren können. Aber er kommt wohl zu überraschend für ihn. Ich erwische ihn mit beiden Fäusten an der Brust. Er schreit auf, taumelt, verliert das Gleichgewicht und fällt aus dem Boot. In letzter Sekunde bekommt er den Bootsrand zu fassen. Ich will mich noch auf die andere Seite werfen, aber es ist zu spät. Das Boot kentert. Bevor ich auf dem Wasser aufschlage, sehe ich noch Frau Lindenthal über den Rand des halb gekenterten Bootes ins Wasser fallen. Das Seil ist immer noch um ihre Beine geschlungen.

Sie ertrinkt, denke ich. Das Dreckschwein lässt sie ertrinken!

Ich habe Angst. Todesangst. Doch seltsamerweise habe ich fast mehr Angst um sie als um mich. Und plötzlich spüre ich eine unbändige Wut. Ich könnte ihn umbringen!

Dann denke ich nichts mehr. Das kalte Wasser sickert durch meine Kleidung und ich sehe den Rand des umschlagenden Bootes auf mich zukommen. Den Schlag spüre ich schon nicht mehr.

»Lass sie los! Lass sie los! Lass sie los!«

Der Griff um meinen Hals lockert sich. Etwas Kaltes strömt durch meinen Hals. Die Schmerzen sind unerträglich, doch ich bin unendlich dankbar dafür. Ich rolle mich auf die Seite, huste und ringe nach Luft.

Neben mir bewegt sich etwas. Ich nehme all meine Kraft zusammen und sehe hoch.

Dorthe Lindenthal kniet auf Yves und hämmert unablässig ihre Fäuste gegen seinen Kopf. Dabei schreit sie in einer unerträglichen Lautstärke. Yves bewegt sich nicht mehr. Er blutet aus Mund und Nase. Wenn sie nicht aufhört, bringt sie ihn um!

Ich gehe auf die Knie, packe ihre Schultern und ziehe sie von Yves herunter. Sie sieht mich an wie einen Geist, dann klammert sie sich an mich.

»Du lebst!«, schluchzt sie. »Ich dachte, er hätte dich –«

»Das hätte er auch«, sage ich leise. »Wenn du nicht gekommen wärst. Danke.«

Sie sieht mich an und wischt sich die Tränen aus den Augen. »Aber du bist doch meine Tochter! Anna!«

»Bitte sag das nicht zu mir. Ich bin nicht Anna. Ich bin Kim. Das weißt du doch!«

Sie presst mich wieder an sich. »Ja, das weiß ich. Aber für mich bist du meine Tochter. Für mich bist du Anna und du wirst es immer bleiben.«

Mit aller Kraft löse ich mich aus ihrer Umarmung. »Mama!«, sage ich. Ich will mich dagegen wehren, sie so zu nennen, aber ich kann nicht. »Hör auf! Bitte! Es ist auch so schwer genug für mich. Es tut mir so furchtbar Leid, was ich euch angetan habe. Das kann ich doch nie wieder gutmachen!«

»Es wird alles gut«, sagt sie und sieht mich wie ein kleines Kind an. »Es wird bestimmt alles wieder gut! Du kommst zu uns und dann –«

»Nein, das kann ich nicht. Und das muss ich auch nicht. Ihr habt doch eine Tochter. Anna! Ich meine, die richtige Anna. Sie lebt noch!«

Dorthe Lindenthals Gesichtsausdruck verändert sich. »Ja, das stimmt. Sie lebt noch, aber wir sind tot.«

»Wie meinst du das?«

»Für sie sind wir tot. Sie wird nie mehr zu uns zurückkommen. Das wissen Papa und ich. Wir haben zu viele Fehler gemacht, ihr zu viel angetan. Als wir das begriffen haben, war es zu spät. Da war sie weg.«

»Habt ihr deshalb nie nach ihr gesucht?«

Dorthe Lindenthal nickt. »Das war auch nicht nötig. Wir wissen, wo sie ist.«

»Woher?«

Sie sieht durch mich hindurch. »Wir wissen es – und wir wissen auch, dass wir sie verloren haben. – Aber wir haben eine neue Chance bekommen! Dich!«

»Nein! Hör auf! Ich will das nicht hören!«

Dorthe Lindenthal packt meine Schultern. »Doch! Du musst es jetzt wissen, damit du uns verstehst! Ich habe mir solche Vorwürfe gemacht, nachdem wir Anna verloren hatten. Papa hat sich noch mehr in die Arbeit gestürzt und ich habe versucht alles wieder gutzumachen.«

»Das kann ja sein! Aber was habe ich damit zu tun?«

»Du siehst aus wie sie«, sagt sie leise. »Als du zum ersten Mal vor mir gestanden bist, konnte ich es nicht glauben! Ich konnte nicht glauben, dass es einen Menschen gibt, der Anna so ähnlich sieht! Als ich Martin den Vorschlag gemacht habe, dich bei uns aufzunehmen, war er erst gar nicht einverstanden – bis er dich gesehen hat!«

»Das verstehe ich ja noch! Aber dann! Als du entführt wurdest und ihr gemerkt habt, dass ich etwas damit zu tun hatte!«

»Das wussten wir doch nicht!«

»Aber ihr müsst es geahnt haben!«

Dorthe Lindenthal sieht auf den Boden. »Ja, das stimmt. Vor allem Martin hat es geglaubt.«

»Und trotzdem habt ihr mir vorgemacht, ich sei eure Tochter?«

»Es war – eine so große Versuchung! Verstehst du das nicht?«

Ich verstehe sie. Sosehr sich mein Verstand auch dagegen wehrt, ich verstehe, was sie meint. Nur etwas anderes will immer noch nicht in meinen Kopf.

»Wie sind wir da nur lebend wieder herausgekommen?«

Dorthe Lindenthal presst sich die Handballen gegen die Stirn, als wolle sie die Gedanken aus sich herauspressen.

»Ich weiß es nicht genau«, sagt sie dann weinerlich. »Martin hat gemeint, der Schock des kalten Wassers hätte mich aus meiner Ohnmacht geweckt. Ich weiß nur noch, dass ich fast wahnsinnig vor Angst wurde, als ich merkte, dass ich unter Wasser war und immer weiter hinuntergezogen wurde. Ich griff an meinen Fuß und spürte ein Seil. Zum Glück war es nicht fest angebunden. Ich zog daran und es löste sich.«

»Das war der Müllsack.«

»Ich hatte nur noch einen Gedanken. Nach oben!«, fährt sie fort. Es kommt mir fast so vor, als hätte sie vergessen, dass ich neben ihr sitze. »Und dann –«

»Und dann?«

»Dann greife ich plötzlich in Stoff. Da war noch jemand! Ich habe meine Hände in den Stoff gekrallt und ihn nach oben gezogen. Irgendwann war ich über Wasser. Ich habe kaum noch gemerkt, wie ich geschwommen bin – und ich habe den Stoff nicht losgelassen. Es war nicht bewusst. Es war wie ein – Reflex. Erst am Ufer habe ich gesehen, dass du es warst.«

»Und was hast du da gedacht?«

»Nichts. – Nein, ich weiß es nicht mehr. Ich kann mich nur noch daran erinnern, dass du mich mit grauenhaft leeren Augen angesehen hast. Es war so furchtbar! Ich wusste nicht mehr, was ich tun sollte. Ich habe nur noch geschrien. Das hat uns wahrscheinlich das Leben gerettet. Später habe ich erfahren, dass mich ein Spaziergänger gehört hat. Als er bei uns angekommen ist, waren wir beide bewusstlos. Dann kann ich mich nur noch daran erinnern, dass ich im Krankenhaus aufgewacht bin.«

Mir wird klar, dass sie mir gerade zum zweiten Mal das Leben gerettet hat. Mir, die sie entführt hat und von ihrem Mann zwei Millionen Euro erpresst hat. Ich will etwas sagen, aber ich kann nicht.

Dorthe Lindenthal vergräbt das Gesicht in ihren Händen. »Und dann bekamen wir die schreckliche Nachricht. Du warst zwar am Leben, aber dein Gedächtnis hattest du verloren. Vollständig.«

»Und du hast trotzdem nicht geglaubt, dass ich etwas mit der Entführung zu tun hatte?«

Sie lässt die Hände sinken und schaut mich an. »Ich habe gehofft, dass du es nicht warst. Und als ich dich da liegen sah, konnte ich nicht anders! Du sahst aus wie Anna. Ohne

Gedächtnis, ganz unschuldig. Da habe ich gedacht, ich könnte so meine Tochter wiederbekommen. Du bist – du warst wie ein neugeborenes Baby! Unsere Chance, wieder ganz von vorn anzufangen! Auch für dich!«

»Ich war aber kein neugeborenes Baby. Ich hatte ein Leben. Siebzehn Jahre lang. Und die waren nicht zum Lachen. Das kannst du mir glauben!«

»Das weiß ich. Aber so muss es doch nicht weitergehen. Es ist noch nicht zu spät! Willst du nicht wieder zu uns kommen? Wir fangen noch einmal ganz von vorne an! Ich werde mich um dich kümmern! Und auch Papa hat gesagt, er will weniger arbeiten. Wir könnten wieder nach Steinberg ziehen! Dann kannst du ihn sowieso öfter sehen! Und um die Entführung mach dir keine Sorgen. Wir nehmen uns Anwälte, gute Anwälte. Die besten! Außerdem hast du mich doch heute gerettet! Das werden sie sicher berücksichtigen!«

»Mama! Hör auf!«

Sie nimmt mich in den Arm. Ich spüre ihre Tränen auf meinem Gesicht. »Bitte, Anna! Bitte! Bitte! Wir lieben dich doch so!«

Ich sehe alles wieder vor mir, die Hölle und den Himmel der letzten Tage. Und ich sehe mein altes Leben, nach dem ich so verzweifelt gesucht und das ich jetzt endlich wiedergefunden habe. Jetzt, da ich alles über meine Vergangenheit weiß, muss ich über meine Zukunft entscheiden. Dorthe Lindenthal hat nicht gelogen. Sie und ihr Mann würden alles tun, um mir ein sorgenfreies und wahrscheinlich sogar geborgenes Leben zu ermöglichen. Das Leben der Anna Lindenthal.

»Ich bin nicht Anna«, sage ich noch einmal. »Anna ist

eure Tochter, eure richtige Tochter. Wollt ihr nicht noch einmal mit ihr reden? Es ist so viel Zeit vergangen. Sie hat sich bestimmt verändert, so wie ihr auch.«

Dorthe Lindenthal schüttelt heftig den Kopf. »Das hätte keinen Sinn. Du hast Recht. Sie hat sich verändert. Sie ist nicht mehr unsere Anna und wir sind nicht mehr ihre Eltern. Sie lebt nun ein Leben, das mit uns nichts mehr zu tun hat.«

Ich löse mich aus ihrer Umklammerung und sehe ihr in die Augen. »Du willst gar nicht, dass eure wirkliche Tochter zurückkommt. Du willst ihr nicht gegenüberstehen und sie um Verzeihung bitten, mit ihr wieder dort anfangen, wo sie euch verlassen hat. Ist es nicht so? Du willst eine Tochter, so wie du sie dir immer gewünscht hast. Ein neugeborenes Baby, mit dem du noch einmal von vorne anfangen kannst. Ich wäre doch nur ein Ersatz, die Wiedergutmachung an der Anna, die ihr durch eure eigene Schuld verloren habt.«

»Nein! Das stimmt nicht!«, schluchzt sie auf, so wie an dem Abend, als ich sie vor ihrer Wohnzimmertür belauscht habe.

Ich streichle noch einmal ihren Kopf und gebe ihr einen Kuss auf die Wange. »Hör bitte auf zu weinen. Es geht nicht. Ich muss wieder in mein altes Leben, mein richtiges Leben, zurück.«

»Aber warum? Willst du wieder so leben wie früher?«

Ich muss trotz allem lachen. »Nein, ganz bestimmt nicht. Aber die letzten siebzehn Jahre gehören mir, so schlimm sie auch gewesen sind. Ich kann sie nicht einfach verleugnen. Und die nächsten Jahre werden sicher auch nicht besser werden. Vielleicht sind die Polizei und die Richter ja gnädig mit mir. Keine Ahnung. Aber was auch immer passiert, ich muss da durch – als Kim und nicht als Anna.«

»Warum?«, fragt sie noch einmal.

»Weil es mein Leben ist.«

Joachim Friedrich, Jahrgang 1953, gehört zu den erfolgreichsten Kinderbuchautoren. Von seinen Büchern liegen zahlreiche Übersetzungen vor. Joachim Friedrich lebt mit seiner Familie in Bottrop.
Seine Internet-Adresse lautet: www.joachim-friedrich.de

Bei Thienemann u. a. bereits erschienen:
Ana-Lauras Tango
Die geheime Tür
4 ½ Freunde
4 ½ Freunde und die verschwundene Biolehrerin
4 ½ Freunde und die Weihnachtsmann-Connection
4 ½ Freunde und der rätselhafte Lehrerschwund
4 ½ Freunde und die wachsamen Gartenzwerge
4 ½ Freunde und das Geheimnis der siebten Gurke
4 ½ Freunde und der Schrei aus dem Lehrerzimmer
4 ½ Freunde und das Krokodil im Internet
4 ½ Freunde und die Fahndung nach dem Schuldirektor
4 ½ Freunde und der verschwundene Diamantenmops
4 ½ Freunde und der Schulfest-Skandal
4 ½ Freunde und die verhängnisvolle Kniebeuge
4 ½ Freunde und die Spur der stinkenden Socke
Amanda X – Amanda und die Detektive
Amanda X – Bella und der Poltergeist
Amanda X – Circus Barone und der Fluch des Papageis
Amanda X – Didi und die flüsternden Pferde
Amanda X – Eric und das boxende Schaf
Amanda X – Fee und das Geheimnis des Zauberers
Amanda X – Gary und das singende Geisterkränzchen

Friedrich, Joachim:
Kaltes Wasser
ISBN 13: 978 3 522 17754 2
ISBN 10: 3 522 17754 1

Einbandillustration: Felix Eckardt
Schrift: Rotis Serif
Satz: KCS GmbH, Buchholz/Hamburg
Reproduktion: immedia 23, Stuttgart
Druck und Bindung: Friedrich Pustet, Regensburg

5 4 3 2 1* 06 07 08 09

Thienemann im Internet: www.thienemann.de